JN154323

帰還

父と息子を分かつ国

The Return: Fathers, sons and the land in between

Hisham Matar

ヒシャーム・マタール

金原瑞人・野沢佳織＝訳

人文書院

帰還　目次

＊〔 〕で記した割注は訳注

Copyright © 2016 by Hisham Matar
Japanese translation rights arranged
with Matar Design Ltd c/o Rogers, Coleridge and White Ltd., London
through Tuttle-Mori Agency, Inc., Tokyo

帰還——父と息子を分かつ国

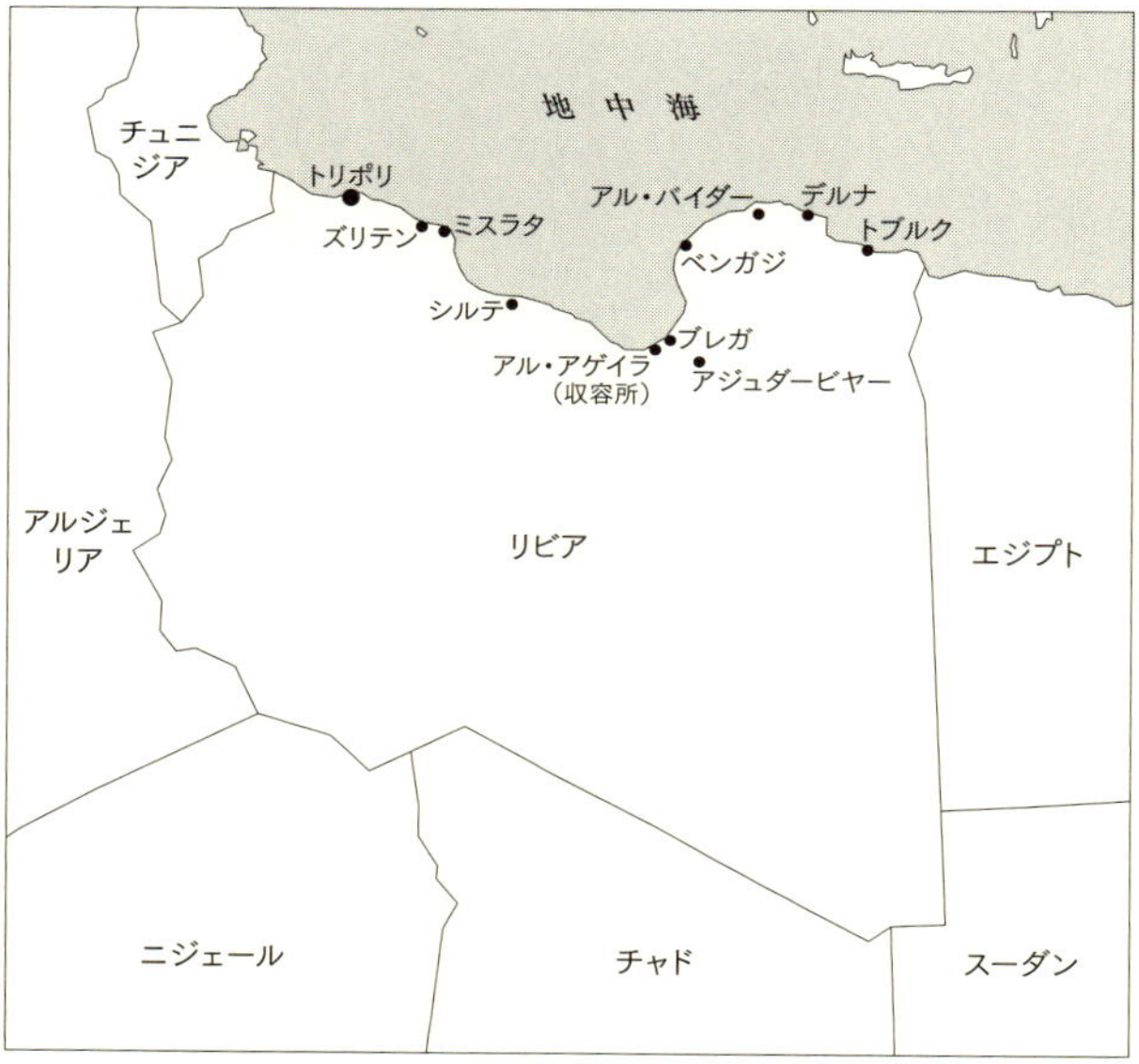

地中海
チュニジア
トリポリ
ズリテン
ミスラタ
アル・バイダー
デルナ
トブルク
ベンガジ
シルテ
ブレガ
アル・アゲイラ
（収容所）
アジュダービヤー
アルジェリア
リビア
エジプト
ニジェール
チャド
スーダン

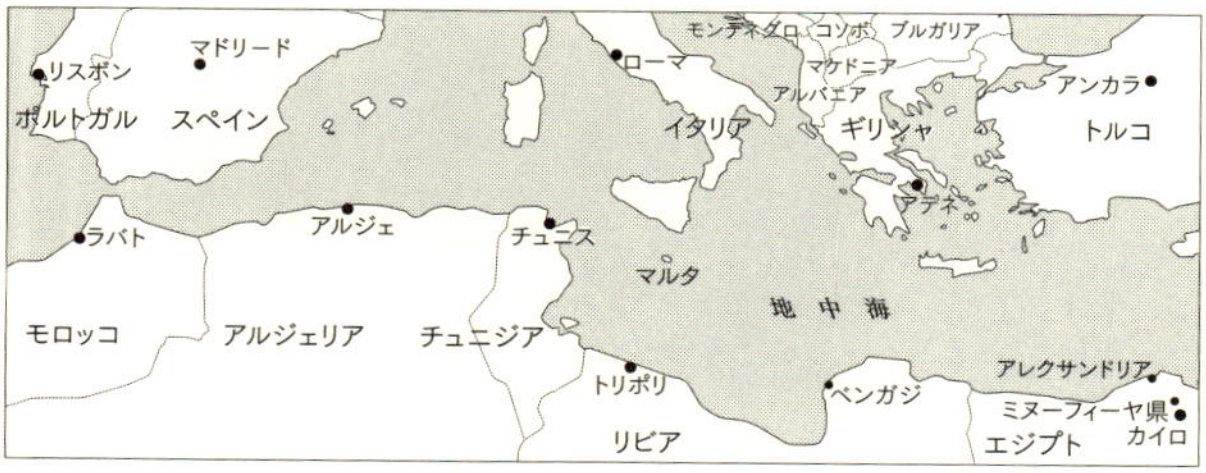

モンテネグロ
コソボ
ブルガリア
マドリード
ローマ
マケドニア
リスボン
アルバニア
アンカラ
ポルトガル
スペイン
イタリア
ギリシャ
トルコ
アテネ
ラバト
アルジェ
チュニス
マルタ
地中海
モロッコ
アルジェリア
チュニジア
アレクサンドリア
トリポリ
ベンガジ
ミヌーフィーヤ県
リビア
エジプト
カイロ

1　トラップドア

二〇一二年三月の、ある早朝。ぼくは母と妻と並んで、ロビーの椅子に腰かけていた。一列に並んだ椅子は、カイロ国際空港のタイル張りの床に固定されていた。やがて、リビアのベンガジ行き八三五便は定刻に出発の予定、とアナウンスが流れた。ときおり、母が心配そうにこちらを見る。妻のダイアナも気づかわしそうな目をして、ぼくの腕にそっとふれるとほほえんだ。立ち上がって少し歩いてきたほうがいい……。ところが、体が固まってしまったみたいに動かない。自分がこんなにじっとしていられるとは、思ったこともなかった。

ゲート前のロビーはがらんとしていて、向かいの椅子には、ひとりぽつんと男が腰かけている。太ってくたびれた感じの、五十代半ばくらいの男だが、気になってしょうがない。膝の上で両手をきつく握りあわせ、左のほうに体を傾けている——あきらめ切ったようなふうに見える。エジプト人で、隣国のリビアを訪れようとしているのだろうか？　それともリビア人で、革命後の故国に帰ろうとしている？　リビア人だとしたら、カダフィ派だったのか、反カダフィ派だったのか？　あるいはどちらとも決めかねて、気持ちを胸にしまっておくタイプだったのか？　またアナウンスが流れた。出発の時間だ。気がつくと、ぼくは搭乗を待つ人の列の先頭に立っていた。傍らにはダイアナがいる。彼女は一度ならず、生まれ故郷のカリフォルニア州北部の町に連れていってくれた。だからぼくも、その町に生えている木や草の種類や、日差しの色や、彼女が育った町の位置関係などを知っている。そしていま、ぼくもようやく、故国のリビアに妻を連れていこうとしていた。彼女はハッセルブラッドとライカを鞄に入れてきている。お気に入りのカメラだ。それと、フィルムも百本。ダイアナはきっちりと仕事をする。いったん糸をつかむと、どこまでもたどっていく。それを知っているだけに、ぼくはこの旅が楽しみであると同時に不安でもあった。リビアには、もう何も与えたくない。すでに多くのものを奪われたから。

母が、滑走路に面した窓のそばを行ったり来たりしながら、携帯電話で話している。ロビーはしだいに混みあってきた。この便の利用客はほとんどが男性だ。ぼくたちの後ろの長い列は川のように蛇行している。ぼくは、忘れ物にでも気づいたみたいにダイアナの腕を引っ張ると、列から外れた。いまになってリビアにもどるのはまずいと、ふいに思ったのだ。一家でリビアを離れたのは一九七九年、三十三年前のことだ。この時間の溝が、大人になったいまの自分と八歳の自分とを隔てている。ベンガジ行きの飛行機に乗れば、その溝を越えることになる。どう考えても無謀な旅だ。さんざん苦労して身につけた能力を奪われかねない。愛する場所や人から離れて生きる能力を。ヨシフ・ブロツキー〔ロシア生まれの詩人、随筆家。一九七二年に国外追放されてアメリカに亡命した。八七年にノーベル文学賞受賞〕は正しかった。ナボコフやコンラッドも正しかった。故国のロシアにただの一度ももどらず、それぞれの流儀で、病から立ち直るみたいに故国から自由になった。故国に残してきたものは消えていった。もしもどっていたら、大切なものがなくなったり損なわれたりしているのを目の当たりにしただろう。一方で、ドミートリイ・ショスタコーヴィチ〔ソ連時代の作曲家〕やボリス・パステルナーク〔ロシアおよびソ連の詩人・小説家〕やナギーブ・マフフーズ〔エジプトの作家〕も正しかった。彼らは故国を一度も離れなかった。離れれば、自分の根っこを断たれ、切り倒された木の幹のように固く虚《うつ》ろになってしまう。

　しかし、故国と決別することも故国にもどることもできない者は、どうすればいい？


　五ヵ月前の、二〇一一年十月。ぼくは、このままリビアにもどらなくていいのか、と考えた。ニューヨークで、冷たい風に吹かれてブロードウェイを歩いていたときに、ふと、その考えが頭に浮かんだのだ。それはまっさらの、まぎれもなくこの頭が生み出した考えに思えた。若い頃に酒を飲んで酔ったときのような、大胆で、何も怖くない気分だった。

　ニューヨークでしばらく暮らそうと決めて、住み慣れたロンドンを離れたのは、その一ヵ月前のことだった。コロンビア大学のバーナード・カレッジに招かれて、亡命作家や移民作家の小説についての講義を受け持つことになったのだ。しかし、ニューヨークにはもっと昔からつながりがあった。一九七〇年の春に、父がリビア国連代表部の一等書記官に任命され、家族を伴ってニューヨークに赴任した。その年の秋にぼくが生まれたのだ。三年後の一九七三年には一家でトリポリにもどり、ぼくはその後も四、五回、ニューヨークを訪れたが、いずれも短期間だった。だから、生まれた街にもどったとはいえ、そこはほとんどなじみのない街だった。

　リビアを離れて三十余年のあいだに、ぼくたち家族には第二の故郷ともいうべき街がいくつかできた。まずは、ケニアのナイロビ。ここには一九七九年にリビアから逃れてしばらく住み、その後も幾度となく訪れた。それからエジプトのカイロに一九八〇年に移り住んで、長いこと暮らした。ローマには休暇でよく訪れた。そしてロンドン。ぼくが十五歳のとき、寄宿学校に入るために渡って、以来二十九年間、自分なりの人生を築こうと奮闘してきた地だ。それからパリへ。ロンドンでの生活にいらだち、疲れきって、もう二度とイギリスへはもどらないと心に誓って引っ越した。だが結局、二年後にはロンドンにもどった。どの街にいたときも、いつの日か、はるか彼方の出生地、マンハッタン島でおだやかに暮らせたらいいと思っていた。ディナーパーティーやカフェや、長時間泳いだあとの更衣室などで、知り合ったばかりの人から「ご出身は?」という退屈な質問をされても、いつものようにうろたえたりせず、気軽に「ニューヨークです」とこたえる。そんな想像をしては、にんまりする。その答えは真実であると同時に偽りでもある。まるで手品のようだ。

マンハッタンに移り住んだのはちょうど四十歳になる年で、リビアが分裂したときで、しかも九月一日だった。さかのぼって、一九六九年の九月一日に、リビアのムアンマル・カダフィという若い陸軍大尉がクーデターを起こしてイドリース国王を退位させたことが、ぼくの人生の重要な特徴の多く——どこに住み、どの言語で書き、いまこれを何語で書いているか——を決した。だから、あのタイミングでのニューヨーク行きには、神の意志が働いているように思えてならなかった。

リビアの政治史を通じて、一九八〇年代ほどおぞましい時期はない。カダフィ政権に異を唱えた反体制派の人々が、広場や競技場で絞首刑に処された。国外に逃れたが追跡されて、拉致されたり暗殺されたりした人もいた。八〇年代はまた、カダフィの独裁政治に対抗して、武装した断固たる抵抗組織が誕生した時期でもあった。そして、ぼくの父は反体制派の最重要人物のひとりだった。父が率いていた組織は、南の隣国、チャドに訓練所を持ち、リビア国内にもいくつかの地下組織を擁していた。父はもともと陸軍の軍人だったが、その後、外交官を短期間つとめ、一九七〇年代の半ばには、三菱の乗用車からコンバースのスポーツシューズまで、幅広い製品を中東地域に輸入する貿易商として成功し、かなりの収入を得ていた。そうした経歴のために、父はカダフィ政権から危険な政敵とみなされるようになった。独裁政権は、父を買収しようとしたり、脅そうとしたりした。いまでも覚えているのは、ある日の午後、父と並んでソファに腰かけていたときのことだ。当時住んでいたカイロのフラットで、ぼくは十か十一で、肩に回された父の腕の重みを感じていた。向かい側の椅子には、ぼくが「おじさん」と呼んで、なんとなく父の支持者か信奉者だと知っていた男たちのひとりがすわっていた。その人が「妥協」という言葉を口にすると、父はいった。「交渉には応じない。犯罪者と交渉などするものか」

一家でヨーロッパへ行くとき、父は必ず銃を持っていった。車に乗る前には、ぼくたちに十分離れていなさいといってから、地面に両膝をついて車台の下をのぞき、それから両手で目を囲って窓ごしに車内を見て、爆弾が仕掛けられた形跡がないか調べた。当時、父のような反体制派のリーダーが鉄道の駅やカフェで銃撃されたり、車を爆破されたりしたことが何度かあったのだ。一九八〇年代、まだカイロにいた頃に読んだ新聞記事によると、リビア人のある有名な経済学者が、ローマのテルミニ駅で地下鉄を降りたとたん、見知らぬ男に拳銃を胸に突きつけられて射殺された。記事の横には、その経済学者の遺体の写真が載っていた。遺体は、おそらくその日のものと思われる新聞で覆われていたが、足首から下がのぞいていて、よくみがかれた革靴の先が左右とも上を向いていた。また、リビア人の学生がギリシアで銃撃されたこともあった。アテネのモナスティラキ広場でカフェのテラス席に座っていたとき、ふたり乗りのスクーターが停まって、後ろに乗っていた男に数発撃たれたのだ。ほかに、BBCワールドサービスのリビア人のニュースキャスターがロンドンで殺害されたこともあった。一九八四年四月、セント・ジェームズ・スクエアにあったリビア大使館の前でデモ集会が開かれたときには、大使館員のひとりが二階の窓を押し上げて機関銃を構え、群衆に向かって乱射した。この事件で女性警官のイヴォンヌ・フレッチャーが死亡し、リビア人のデモ参加者十一人が負傷した。うち数名は重傷だった。

リビア国外に脱出した反体制派の主要人物に対するカダフィの追跡は——一九八〇年代初頭、海外情報収集機関のトップだったムーサ・クーサが公式の大会で宣言したとおり——その家族にまでおよんだ。ぼくには、きょうだいは兄がひとりいるだけだが、兄のジヤードは、十五歳のときスイスの寄宿学校に入学した。しかし、わずか二、三週間後のある日、学期半ばにもかかわらずカイロにもどってきた。ぼくたちは家族そろって、空港にジヤードを迎えに行った。ほかの乗客に混ざって到着ロビーに出てきたジヤードの顔は、いつもより青白く見えた。その数日前に、母が何度か電話しているところをぼくは見ていた。ダイヤルを回す母の指は震えていた。

ジヤードがいたスイスの学校は、人里離れたアルプスの高いところにあった。いちばん近い村へ行くにも、公共の交通機関はケーブルカーしかなく、それも日中の数時間しか動いていない。そんな状況下、二日続けて、一台の車が学校の正門の前の小道に停まっているのにジヤードは気づいた。車には四人の男が乗っていた。どの男も長髪で、いかにもカダフィの革命委員会のメンバーらしかった。夜遅くに、ジヤードは学校の事務室に呼び出された。受話器を取ると、男の声が聞こえた。「わたしはきみのお父さんの友だちだ。いいか、これからいうとおりにするんだぞ。すぐにそこを出て、いちばん早い列車でバーゼルへ行きなさい」

「え？　何があったんです？」ジヤードはたずねた。

「いまは話せない。とにかく急いで。いちばん早い列車でバーゼルへ行くんだ。そこで出迎えて、すべて説明するから」

「だけど、もう真夜中ですよ」とジヤード。

相手はそれ以上説明せず、ただ繰り返した。「いちばん早い列車でバーゼルへ行きなさい」

「できませんよ。あなたがだれかもわからないし。二度と電話してこないでください」ジヤードは電話を切った。

すると、相手の男は母に電話してきて、そのあと母が学校に電話を入れ、ジヤードに、すぐ学校を出て、わたしがいうとおりにしなさいといった。

ジヤードは、いちばん慕っている先生を起こした。ケンブリッジ大学出身の若い教師だ。その教師はきっと、アルプス山中で英文学を教えて授業の合間にスキーをして過ごしたら楽しいだろうと思って、そこに就職したのだろう。ジヤードはその教師にいった。

「父が手術を受けることになって、手術室に入る前に会いたいといっているそうです。だから、いちばん早い列車でバーゼルまで行かなければなりません。すみませんが、駅まで送ってもらえませんか？」

その教師が母に確認の電話をすると、母はジヤードのいっているとおりだとこたえた。次には校長が起こされることになった。校長も母に電話してきて、やはり母の説明に納得した。教師が時刻表を調べると、四十分後にバーゼル行きの列車があった。急げば間にあうかもしれない。

駅へ行くには、例の四人の男が乗っている車のすぐ横を通らなければならなかった。ほかに道はない。通り過ぎるとき、ジヤードは体をかがめて靴ひもを結んでいるふりをした。教師は慎重に運転して、曲がりくねった山道を下っていく。ところが、二、三分すると、背後にヘッドライトが見えてきた。教師が「尾行されてるみたいだぞ」といったが、ジヤードは聞こえないふりをした。

駅に着くと、ジヤードは車を降りてコンコースに駆けこみ、公衆トイレに隠れた。乗る予定の列車がホームに入ってくる音が聞こえると、しばらく待って、客の乗降が終わりかけた頃にさっと走り出て列車に飛び乗った。ドアが閉まり、列車は動きだした。ジヤードはすっかり四人を巻いたつもりでいたが、じきに、彼らが列車の通路をやってきた。見つかってしまった。ひとりがにやっと笑いかけてくる。ジヤードが車両から車両へ移動すると、四人もついてきて、「そこのガキ、一人前の男のつもりか？　なら、こっちへ来て態度で示せ」といった。ジヤードが列車の先頭まで行くと、車掌が運転手と話していた。

「あの人たちにあとをつけられているんです」ジヤードが車掌に訴えると、声によほど恐怖がにじんでいたのだろう、車掌は即座に信じてくれて、隣に腰かけていなさいとジャードにいった。四人の男はそれを見て、隣の車両に退散した。列車がバーゼルに着くと、ホームに、スイスの警官の制服を着た男が何人か待っていた。前夜ジャードに電話してきた父の同志も、そのなかにいた。

いまでも覚えているが、ジャードからこの一部始終を聞いたのは、家族みんなで食卓についているときだった。ぼくは聞き終えて心底ほっとし、よかったと思ったものの、胸の奥に新たな恐怖が生まれ、うずくような痛みを感じた。ただ、顔には出ていなかったと思う。ジャードが話しているあいだずっと、その冒険譚にわくわくしているふりをしていたから。その晩、遅くならないうちに、事の重大さが胸にのしかかってきた。その男たちが口にした言葉——脅すような調子とトリポリの人間特有の話し方をジャードがみごとに真似て、低い声で五、六回再現してみせた言葉——が頭を離れなかった。「そこのガキ、一人前の男のつもりか？　なら、こっちへ来て態度で示せ」

それから少しして、ぼくは十二歳のとき、スイスで眼科医に診てもらうことになった。母に連れられてカイロ空港へ行き、ひとり飛行機に乗せられてジュネーブに向かった。ジュネーブの空港では父が待っているはずで、父とは家を出る前に電話で話してもいた。「もし、何かの事情で、父さんの姿が到着ロビーに見あたらなかったら、案内カウンターに行って、呼び出しのアナウンスを頼みなさい」父はそういうと、海外へ行くときに使っている偽名のひとつを読み上げた。ぼくもよく知っている名前だ。父は続けていった。「どんなことがあっても、父さんのほんとうの名前をいってはいけないよ」

いざジュネーブに着いてみると、到着ロビーに父の姿は見えなかった。ぼくはいわれたとおり案内カウンターに行ったが、お呼び出しする方のお名前は？　と係の女の人にきかれてあせった。ふいにその名前を思い出せなくなったのだ。女の人はぼくが困っているのを見ると、にっこりしてマイクを差し出し、「自分で呼び出してみる？」といってくれた。マイクを受け取って、「父さん、父さん」と何度か呼んでいるうちに、父が駆けてくるのが見えた。にこにこしている。ぼくは恥ずかしくてたまらず、空港の出口に向かって歩きながら父にたずねた。「なんで父さんの名前をいっちゃいけないの？　何を怖がってるの？」人ごみを縫って歩いていると、ふたりの男がアラビア語で話しているのが聞こえてきた。話し方から、間違いなくリビア人だとわかった。その頃、リビア人の話し声を耳にすると、なんともいえず複雑な気持ちになったものだ。恐ろしさと懐かしさを、同じくらい強く感じた。そのとき、男のひとりがもうひとりにたずねた。「そのジャーバッラー・マタールという男の特徴は？」ぼくは黙りこみ、以後、旅行のときに父から面倒な指示をされても、決して文句をいわなくなった。

父が本物のパスポートで旅行するなど問題外で、いつも偽名の書類を使っていた。エジプトにいるかぎりは安全だと思っていたが、一九九〇年三月、父はカイロの自宅フラットからエジプトの秘密警察によって拉致され、リビアのカダフィのもとへ送られた。そして、トリポリのアブサリム刑務所に収監された。「終着駅」として知られる、カダフィ政権が忘れてしまいたい人物を放りこむ刑務所だ。

その後、一九九〇年代の半ばに、数人が命がけで、父の書いた手紙を三通、秘密裏にぼくたち家族に届けてくれた。その一通に父はこう書いている。「この刑務所の残虐さは、本で読んだフランス革命時のバスティーユ牢獄のそれをはるかに超えている。何から何まで残虐だが、わたしはやつらの弾圧に負けはしない……やつらに下げる頭などない」

別の手紙には、「まる一年、日の目を見ず、この独房から出られないこともある」と書かれている。

冷静に正確に、ときおり皮肉をこめて綴《つづ》られる父の文章からは、驚異的な忍耐力が読み取れる。

では、このすばらしい「邸宅」を描写してみよう……。独房はコンクリートの箱だ。隣室とのあいだの壁は、プレハブのパネル。ドアは鋼鉄で、空気をいっさい通さない。窓は、床から三メートル半の高さにひとつ。家具はルイ十六世様式〔直線的で比較的簡素なデザインや、自然への回帰を特徴とする〕だ。マットレスは何人もの囚人によって使い古され、すりきれて、何ヵ所か破れている。ここは空っぽの世界だ。

これらの手紙と、ぼくがアムネスティ・インターナショナル、ヒューマン・ライツ・ウォッチ、トライアル・インターナショナル（スイスのNGO）の助けを借りて集めた元受刑者の証言からわかったのは、父が、一九九〇年三月から少なくとも一九九六年四月までは、アブサリム刑務所にいたということだ。一九九六年に、父はそれまでいた独房から同刑務所内の秘密の翼棟に移されたか、別の刑務所に移送されたか、処刑されたと思われる。

二〇一一年の八月下旬、リビアの首都トリポリは反体制派によって制圧された。反体制派の部隊がアブサリム刑務所を掌握し、監房のドアを破壊すると、コンクリートの「箱」に詰めこまれていた男たちがみな、ようやく太陽の下に出てきた。ぼくはロンドンの自宅にいた。そして一日じゅう、監房の鋼鉄のドアを大槌でたたき壊している男たちのひとりと電話をつないでいた。相手が「待ってろ、待ってろよ」と大声でいったと思うと、大槌で鋼鉄をたたく音が聞こえてくる。それは鐘の音に似ていたが、空にひびく鐘ではなく地下からひびく鐘のようだった。呼びさまされた記憶のように、そこにいたい、いたくない、と聞こえた。その背後では無数の声が、「神は偉大なり！」と叫んでいる。電話の相手は、大槌を別の男に手渡したらしい。荒く息をつく、そのひと息ひと息に、決意と勝利が感じられた。そこにいたい、いたくない。やがて、男たちは地下の最後の独房にたどり着いた。叫び声がひときわ大きくなる。みんなが競って手を貸そうとしているにちがいない。電話の相手が大声で、「何？このなかに？」といった。騒然となる。やがて彼が「ほんとか？」と叫ぶと、電話ごしにいった。この独房にはアジュダービヤー出身の重要人物がいるようだ、と。アジュダービヤーは父の出身地だ。その人物は何年ものあいだ監禁されているらしい。ぼくは言葉を失った。そこにいたい、そこにいたい。「切るなよ」と電話の向こうの男がいう。数秒ごとに「切るなよ」と繰り返す。それから十分、いや一時間？　わからない。男たちはついにドアを打ち破り、目の不自由な老人がひとり、窓のない独房のなかにいるのを見つけた。老人の肌を見れば、何年も日にあたっていないのはあきらかだ。彼らは老人にたずねた。名前は？　わからない、と老人はこたえた。名字は？　わからない。いつからその独房にいた？　どうやら、老人は記憶を失っているようだった。そして、あるものを持っていた。ぼくの父の写真だ。なぜ？　ぼくの父との関係は？　答えは得られなかった。そして、老人は何も思い出せなかったが、自由になれて嬉しそうだった。電話の向こうの男が「嬉しそうだ」といったのだ。ぼくはその写真のことをもっとききたかった。最近のものなのか、古いものか？　壁にピンでとめてあったのか、枕の下に入れてあったのか、老人のベッドのそばの床にあったのか？　ベッドはあるのか？　その受刑者はベッドを与えられていたのか？　しかし、何もきけなかった。電話の相手が「残念だったな」といい、ぼくは彼に礼をいって電話を切った。

十月になり、ぼくがニューヨークでの講義に集中しようと努める頃には、リビアで政治犯が収容されていた刑務所はすべて、地下の秘密の房に至るまで、ひとつひとつ反体制派の手に落ちていった。監房が開けられ、受刑者が釈放されて身元があきらかになる。しかし、父はどこの監房にもいなかった。初めて、真実を突きつけられた。父は射殺されたか、絞首刑になったか、飢死したか、拷問を受けて死んだかにちがいない。それがいつのことだったのかは、だれも知らない。知っている人がいたとしても、やはり死んだか、逃亡したか、怯えていて話せないか、無関心で話す気がないのだろう。投獄されて六年目に手紙が途絶えた、あの頃に父は死んだのか？　アブサリム刑務所で千二百七十人の受刑者が集められ射殺された、あの大量虐殺のときに死んだのか？　それとも、ひとり死んでいったのか？　七年目、八年目、九年目あたりに？　それか、二十一年目に革命が起こったあとに死んだのか？　ひょっとして、ぼくが幾度となく受けたインタビューのどれかが行われているときだったのか？　ぼくが独裁政治を非難していたそのときに……。あるいは、父は死んでなどいないのかもしれない。ジャードが信じ続けているように、政治犯の囚われていた刑務所がすべて開放されたあとも。ジャードは希望を失っていなかった。父は刑務所から出たものの、何らかの不都合によって、つまり、記憶を失ったか、見たり聞いたり話したりする能力を失ったかして、もどってこられないのだと考えていた。シェイクスピアの『リア王』でヒースの荒野をさまよう、グロスター伯のように。息子のエドガーは盲目の父親に、「手をお貸しなさい。もう、あと一歩で崖っぷちです」という。父親のグロスター伯は自殺するつもりでいる。エドガーのそのせりふは、この二十五年間、ぼくの頭のなかにひびいていた。

ジャードは、解放されたときに記憶をなくしていたあの老いた受刑者の話を聞いて、父も生きているかもしれないと希望を抱いたにちがいない。ぼくがニューヨークに引っ越した数日後に電話してきて、だれか、父の現在の姿を想像して似顔絵を描いてくれる人を見つけてほしいといった。その絵をリビアじゅうに貼り出し、ウェブでも公開すれば、「だれかが、これはあの人だと気づいてくれるかもしれない」とジャードはいった。そこでぼくは、カナダで警察の捜査用に似顔絵を描く仕事をしている女性に相談した。すると、父とそのきょうだいの写真、ぼくの祖父の写真を、なるべくたくさん送ってほしいといわれた。やがて、写真を受け取ったその女性から電話が来て、父が刑務所で耐えていた状況についてあれこれ質問された。どんなものを食べていたか、拷問を受けたり病気にかかったりした可能性はあるか、といったことだ。そして、十日後に絵が送られてきた。容赦なく頬をこけさせ、目を落ちくぼませ、額のかすかな傷痕を目立たせてあった。いちばんこたえたのは、その似顔絵がほんとうらしく思えたことだった。見ていると、ほかの変化についても考えずにいられなかった。たとえば、父の歯はどうなっただろう？　毎年一回、家族そろってローマで歯科検診を受けるたび、マッツォレーニ先生に診てもらっていた歯は？　イタリア人のマッツォレーニ先生はいつも、ぼくたちのひそかなプライドをくすぐった。「みなさん、ミネラルの豊富なリビアの水や食物に感謝すべきですね。こんなにいい歯にしてもらったんですから」といってくれるのだ。歯のほかにも、父がぼくの名を呼ぶときにそれなりの働きをした舌や、声を発していた喉はどうなっただろう？　それから、声を共鳴させていた頭部のパーツ――左右の鼻孔、空洞、骨と肉と脳の重さは？　父のおだやかな声は変わったのだろうか？　送られてきた絵の、年老いた父の声はどんなふうにひびくのだろう？　ぼくは結局、その似顔絵をジャードに送らなかった。ジャードもそのことをきいてこなくなった。次に会ったとき、見せることは見せたが、ジャードはその絵をちらっと見て、「違うな」といった。ぼくもそう思うといって、絵を封筒にもどした。「母さんには見せるんじゃないぞ」とジャードはいった。

あの肌寒い十月の夕方、ニューヨークの街角でぼくは、リビアにもどる自信がないくせに、絶対にもどらないという意志を貫くこともできない自分に気がついた。アッパーウェストサイドのフラットに帰っても、ダイアナには、歩いているときに「まっさらの」考えが浮かんだことは話さなかった。一緒に夕食をとり、ぼくは皿を片づけてゆっくり洗った。そのあと、ふたりで音楽を聴き、暗い通りを散歩した。その夜はほとんど眠れなかった。ぼくは気づいたのだ。リビアに二度ともどらないのなら、あの国のことを二度と考えてはならない。しかし、それではまた、何かに抗って生きることになる。もう、抗い続けるのはごめんだった。

夜明けにフラットを出た。ニューヨークの無関心が嬉しかった。ぼくはずっと、自分をモスクの入口に置き去りにした母親を想う孤児のように、マンハッタンを想ってきた。まったく無意味なのに、それがなければ始まらない、そんな感じだ。自暴自棄になりそうなときも、マンハッタンにいけば故国を追われたことを忘れて生きられるかもしれないと、思ったりしていた。その朝、ぼくの足取りは重かった。年をとったと思うけれど、自分にはどこか子どもっぽさも残っている。リビアを離れた瞬間、自分の一部が成長を止めてしまったかのようだ。ぼくは、デイヴィッド・マルーフが小説〔一九七八年に発表された*An Imaginary Life*をさす。未訳〕で描いた古代ローマの詩人、オウィディウスのようだった。彼は故国から追放され、言葉の通じない土地で子どもに返ったように感じている。ぼくは大学の研究室に向かった。仕事に没頭したかった。その日の午後に行う講義のことを考えようと努めた。テーマはカフカの『審判』。主人公のKが、自分を処刑するためにやってきたふたりの男に見せた弱さについて。Kの暗く英雄めいた屈服について。Kは自分に言い聞かせる。「いまわたしにできるのは、この頭を最後まで冷静に、分析的に保つことだけだ」と。そして過ちに気づき、後悔の念とともにつぶやく。「わたしはいつも、二十の手で世界をつかみたがっていた……」ぼくは、講義という、考えることがあってよかったと心のなかでつぶやきながら、歩道にはめこまれた溝ぶたの鉄格子をまたいだ。その下には、人がかろうじて立っていられるが横にはなれないほどの狭い空間があった。地中に埋めこまれた、灰色の深い箱。何のためのものかまるでわからなかったが、気がつくと歩道に両膝をついてなかをのぞいていた。どんなに目を凝らしても、跳ね上げ戸《トラップドア》もダクトもなく、外への脱出路は見つからない。ふいに涙がこみあげ、ぼくは声をあげて泣いていた。

2　黒のスーツ

一九八〇年、ぼくたち一家はエジプトで暮らしていた。子どもだったぼくは幾度となく、自分の部屋で地図を広げ、住んでいるところから国境まで何キロあるか計算した。その後もずっと、カダフィが死ぬか国外に追放されるかして、家族みんなでリビアにもどれたらいいのに、と思っていた。一九八五年、ジヤードがスイスで危ない目にあった二年後に、ぼくはヨーロッパの寄宿学校にいかせてほしいと両親に頼んだ。そして、行き先をイギリスに決めた。ジヤードの一件があったので、ぼくは偽名を使うことになった。兄弟してボブ・マーリーとボブ・ディランの曲が好きだったので、ボブ〔これは愛称で、正式にはロバート〕という名前を使ったらどうかとジヤードが提案した。ぼくは、エジプト人の母親とアメリカ人の父親を持つキリスト教徒の少年を装うことになり、一年後の一九八六年にイギリスの寄宿学校に入学して、以後二年間、キリスト教徒のロバートとして暮らした。初めは驚くほどうまくいって、別の人間になりすますのを楽しんでさえいた。

やがて、ある女の子を好きになった。クリーム状のハチミツみたいな色の肌をした女の子で、大きな瞳が、みがきこんだ木材みたいにつやつやしていた。大変な読書家で、よく図書館で見かけたが、同じ本を三日以上続けて読んでいたためしがなかった。不思議な落ち着きと、きっと安定した暮らしから来る、あたたかい雰囲気の子だった。この子が発する言葉はどんなふうにひびくんだろう、と思って眺めていたが、近づいて話しかける勇気はなかった。一緒の授業もなくて声を聞いたこともなかったけれど、春のパーティーのとき、彼女が部屋の向こうからやってきて、びっくりしたことに、踊らない？ と誘ってくれたのだ。ふたりで四、五曲踊って、そのあと、並んで壁にもたれて立っていた。ぼくたち男子がバスで帰る時刻になると、彼女は長い小道を一緒に歩いて送ってくれた。生垣からコオロギの鳴き声が聞こえ、あたりは暗くて、遠くの街灯の明かりがぼんやりさしているばかり……。どちらからともなく、足を止めた。彼女はぼくの頰にキスして、長いことじっとしていた。いまでもその唇のほのかなぬくもりを覚えている。その晩は、嬉しくてほとんど眠れなかった。しかし、翌朝、食堂に入る列に並んでいるときに彼女が駆け寄ってくると、ぼくはそっけない態度をとって、ひとことも口をきかなかった。ぼくをほんとうの名前で呼んだことのない唇にキスするなんて、考えられなかったのだ。あのときの彼女の表情——わけがわからない、信じられないといいたげな表情が、いまも目に焼きついている。

一年が過ぎ、夏休みにカイロの自宅にもどると、母の料理を食べ、家でも外でも、本名か、そのいろんな省略形で呼ばれて過ごした。アラビア語と、あらゆるアラブ的なものが恋しくてたまらなかった。しぐさから社会のルール、音楽に至るまで。そして、ロンドンへ発つ日が近づくにつれ、ぼくは無口になった。両親はそれに気づいたようだ。ある日の午後、父が部屋に入ってきて、「わかっているだろうが、気が変わったら、いつでもそういうんだぞ」とやさしくいってくれた。けれども、自分がどれだけ熱心に海外にやってくれと頼んだか、それを考えると、このままがんばるしかないと思った。

寄宿学校にもどると、友だちのひとりが、転校生がきたぞと知らせに来た。

「アラブ人で、ハムザというんだ」

「どこの国の出身？」ぼくはたずねた。

「リビア、だと思う——あれ、レバノンだったかな？」

ぼくはその名前を調べた。間違いなくリビア人で、父親は政府の役人だった。向こうも、ぼくのほんとうの名字を知ればきっと素性に気づくだろうと思った。その頃には、父は反体制派の有名なリーダーのひとりになっていたのだ。初対面のとき、ハムザは片手を差し出して「こんにちは《マルハバ》」といい、にっこりした。その笑顔を、ぼくはじきに何度も見ることになる。ハムザとはすぐに親しくなった。音楽の好みも似ていた。水曜の午後は授業がないので、男子のほとんどはパブに出かけたが、ぼくたちは美味《うま》い料理を出すレストランをさがして歩いた。あるときハムザが、きみのことを兄弟のように愛している、といった。ぼくも同じだ、とこたえた。

ハムザはめったにリビアのことを話さなかった。ぼくはリビアを離れて八年もたっていたので、ハムザに様子を聞けたらいいのにと思った。一度、何人かで森にハイキングに行ったとき、うっかりリビアのフォークソングをハミングして、ハムザに気づかれたことがある。ぼくはいった。「兄さんの親友がリビア人で、結婚式によんでくれたんだ。大騒ぎだったよ。その人がいつも音楽のテープを持ち歩いてて……。この歌、知ってる？　どのあたりのフォークソングなのかな？　どんな歌詞だっけ？」

その頃、校長のほかにただひとり、ぼくの素性を知っていた寮長が、自宅によんでくれるようになった。ウェールズ出身の人で、顔が詩人のテッド・ヒューズに似ていて、ヒューズと同じく釣りが大好きだった。そしていつも葉巻のにおいをさせていた。ときおり、消灯の直後に、寮長がドアをノックして「ロバート、電話だ」と小声でいうと、ぼくは部屋を出てついていった。じきにフラットに着く。寮長はそこで、奥さんと四人の子どもと二匹の犬と暮らしていた。キッチンのテーブルにつくと、寮長が小さなグラスに赤ワインを注いでくれ、奥さんが目玉焼きをつくってくれた。寮長はぼくを決して本名で呼ばなかったが、そうやってときどき、ぼくが本来の自分にもどれる時間をくれたのだ。

まれに、友情が隠れ家のように思えることがある。ハムザとの関係はまさにそんなふうになりつつあった。しかし、一年が過ぎ、卒業が迫ってくると、寄宿学校という閉ざされた空間で結ばれた絆がはたして長続きするだろうか、と不安になってきた。だから、ハムザがカーディフ大学に進むことになって、内心ほっとした。ぼくはロンドンの大学に行くことが決まっていた。別れの日、ぼくたちはほかの数人の仲間と一緒に、近くの村のパブにくりだした。その夜はみんな大いに盛り上がって、ずっと友だちでいようとしきりに約束しあった。だが、ぼくはみんなの顔を何度も見ながら、「そんなの無理だ」という声が頭のなかでひびくのを聞いていた。どうしてこの同級生たちにふたたび会えるだろう？　いちばん親しい相手とさえ、再会できそうにない。ぼくはその場を去ることにした。駅へ向かう前に店のトイレに行くと、ハムザがついてきた。手を洗うあいだ、鏡にふたりの顔が並んで映っていたのが、いまでも目に浮かぶ。ぼくたちは抱きあい、ハムザが「くそっ、寂しくなるな」といった。彼の耳の形と、自分がその耳をじっと見ていたことを覚えている。ぼくは、つい口をすべらせたかのようにいった。

「ハムザ、ぼくはリビア人なんだ。ほんとうの名前はヒシャーム・マタール。ジャーバッラー・マタールの息子さ」

ハムザは離れなかったが、体をこわばらせたのがわかった。

「ごめん」ぼくは、何を謝っているのかよくわからないまま、いった。

体を離して見つめあうと、お互い涙を流していた。もう一度抱きあい、急いでバーにもどって、また飲んだ。ぼくたちは全員、店が閉まるまでいた。ぼくもハムザも、さっきの会話の内容をほかのみんなにはひとことも話さなかった。ハムザは決してぼくのことをヒシャームとは呼ばなかった。

彼は父親の命にかけて、きみのロンドンまでのタクシー代を払わせろと言い張った。ロンドンに行く途中、ぼくは気分が悪くなり、しかたなく運転手に頼んで車を停めてもらい、高速道路の路肩に吐いた。

それから何年もたって、ダイアナと一緒にロンドンのメリルボン・ロードを歩いていたとき、向こうからハムザがやってくるのが見えた。彼のほうが先に気づいていたらしく、昔と変わらぬ笑顔で近づいてきた。握手を交わし、抱きあって、ぼくは彼にダイアナを紹介した。ハムザは、親友の恋人に初めて会ったときの、誇らしいような恥ずかしいような気持ちを感じているようだった。ぼくも彼もポケットをさぐって紙切れを見つけ、電話番号を書いて交換

ていたはずだ。

しかし、そうしているあいだも、お互い、決して電話することはないだろうとわかっていたはずだ。

いまだによくわからないのは自分の決断だ。十五歳の頃のぼくは、家族の愛情に恵まれてのびのびと暮らしていたはずなのに、エジプトとそこで飼っていた馬と、紅海と地中海を離れ、友だちや、この手からえさを食べるほどなついていたジャーマンシェパードのサンダー（雷《サンダー》とはまったく無縁のおとなしいやつだった）とも別れ、何より名前まで変えて、三千五百キロも北の地へ飛んで、壁石が熱くなることのない、大きな石造りの宿舎で四十人のイギリス人の少年と暮らそうと思ったのだ。宿舎は、じめじめした野原や畑のまん中にあって、空はいつもどんより曇っていた。ぼくは「ロバート」で、たまに「ボブ」という愛称で呼ばれた。

イギリスの風景に恋をしたのは、その五年ほど前、十歳で訪れたときだった。家族みんなでロンドンに行ったのだが、いとこがサマセットの寄宿学校にいると聞いて——もしかしたらドーセットか、デヴォンだったかもしれない——会いに行くため、パディントン駅から西へ向かう列車に乗った。いまでもよく覚えているのは駅の様子と、ロンドンから遠ざかるにつれて建物がまばらになり、乗っている客車がどんどん軽くなっていくように感じたことだ。まるで、都会では重力が強く働いていたかのようだった。そして、窓の外の景色から目が離せなくなった。緑の葉を繁らせた生垣が、迫ってきたかと思うと消えていく。川を流れる水や、木の葉に残るしずくのおかげで、空気がさわやかに潤っている。列車を降りたあとは、車に乗って、高い生垣に挟まれた道を走った。行けば行くほど道は狭く深くなり、まるで地中に沈みこんでいくみたいだった。どこまで行っても、光は変わらない。変わるのはもっぱら雲だ。雲と雲が深くからみあい、下側は白く、縁は少し灰色っぽい。そんなイギリスの風景を見ているうちに、いま思うと十歳の少年にしては奇妙だが、こんなふうに考えたのだ。自分にとってはすごく大事だけれどほかの人には何の価値もないから壊れてしまうかもしれない、そういうものでも、ここに置いておけば決してだれにもふれられず、あとで取りに来たとき、置いたところにそっくりそのままありそうだと。

とはいえ、イギリスの寄宿学校に入るという少し変わった決断が、これですっかり説明できるわけではない。ほかにも選択肢はあったのだ。ずっと好きだったスイスに行くこともできたし、当時世界でいちばん刺激的な国に思えたアメリカにだって行けた。しかし、十歳で初めてイギリスを訪れたときから、ぼくはその異国の風土に一体感を抱いていたのだと思う。その感覚は年を経るごとに深まり、いまでは、長く住んでいるからではなく、生まれながらにして、イギリスとつながっていたように感じている。

ただ、これはイギリスに来た理由にはなるが、カイロを離れた説明にはならない。カイロを離れたのは、たぶん、父と母の生活、というより、ふたりがエジプトで築いた生活が不安定に思えていたからだろう。当時、ふたりは多くの決断を先送りしていた。「リビアにもどってから決めればいい」という理由で。ぼくは、エジプトよりイギリスのほうが永続的な生活ができそうだと思ったわけではないが、イギリスにいれば自分の運命は自分でなんとかあやつれそうな気がしていたのだ。

ところが、このイギリスの風景への「恋」に、初日から暗雲が立ちこめる。ぼくは両親から、ヒースロー空港に着いたら黒いタクシーに乗ってまっすぐ学校へ行くようにと指示されていた。それがいちばん快適な移動手段だとふたりは思ったのだろうが、実際にはずいぶんはらはらする羽目になった。ロンドンのタクシー運転手が道に迷ってしまったのだ。あたりは暗くなってきた。運転手はいらいらをつのらせて、もう降りてくれといいだした。特大のスーツケースごと、ぼくを人気のない田舎道に置き去りにするつもりなのだ。

思い返すと、その少し前に運転手を怒らせてしまったのかもしれない。ガソリンスタンドに給油に寄ったとき、運転手はエンジンをかけっぱなしにしていた。カイロでは赤信号で停車しただけでもエンジンを切るのがふつうだから、それは恐ろしいむだに思えた。ぼくは、ものをむだにしてはいけないと徹底的に教えこまれて育ったのだ。皿に米粒をふたつか三つ残しただけでも、母から「その二、三粒のどこが気に入らないの?」と叱られた。だから、運転手がもどってきたとき、「失礼ですが、なぜエンジンを切っていかなかったんですか?」とたずねた。運転手はバックミラーごしにぼくを見て、「これはおれのエンジンだ。だからおれの好きにする」とこたえた。それから一時間ほど夕暮れの田舎道を走り回ったあげく、車を停めて、もう降りてくれといった。ぼくは黙ったまま返事をしなかった。運転手はいらいらと、あてずっぽうに次の角を曲がって細い道に入ったが、のぼり坂にさしかかったとき、ぼくの目に、馬に乗った人影がふたつ、五十メートルほど先を行くのが見えた。

「止めてください」ぼくはいって、窓から顔を出すと、馬上のふたりに必死に手を振って、「すみません! すみません!」と叫んだ。

すると、ふたりが振り返ってくれた。ともに女性だった。あとで知ったところでは、ふたりは地元の農家の娘で、あんなに遅く馬で出かけることはめったにないのだが、ぼくにとっては幸運なことに、その日の午後に愛犬が行方不明になって、さがしていたそうだ。姉妹は、ジヤードやぼくよりも少し年上のようだが、年齢差は同じくらいに見えた。ふたりは馬から降りはしなかった。馬は一頭が雌、もう一頭が雄で、いずれもタクシーより体高があり、手入れがゆきとどいて毛並みがよく、つやつやしていた。

ぼくはカイロで、十一歳から十五歳まで、毎朝五時に起きて、登校前に乗馬を楽しんでいた。夜に男の子ばかりで出かけて遊び回り、夜明けの祈りの合図が聞こえてくると、ギザのピラミッドの裏にある馬小屋に行って、馬にまたがり、砂漠に出ていった。やがて馬の体が温まり、地平線に太陽が姿を見せると、Uターンしてギャロップでもどった。そんなときは、顔をたてがみに近づけて馬のあたたかい首にくっつけ、ピストンみたいに規則正しい馬の息づかいに耳を澄ませた。馬小屋にもどると、馬丁の少年が馬の体をなでて、白い泡混じりの汗をぼくたちに見せ、これで今日はもう使いものにならないと大声で文句をいう。ぼくたちはおわびに料金を倍払い、それでもまだ馬丁が怒っていると、メナハウス・オベロイ・ホテルへ連れていって朝食をごちそうした。

その日、イギリスの田舎道で出会った二頭の馬は、ぼくたちがカイロで乗っていた馬の倍は大きかった。速く走らせるためではなく、冬のあいだ農作業をさせたり、狩りに連れていったりするために飼育している馬なのだろう。姉妹は、ぼくの入学する寄宿学校のことを知っていた。姉のほうが遠くの建物を指さして、こちらが思わずにんまりしてしまうような強い口調で運転手にいった。「ちょっとあなた、そんな低いところからじゃ見えないでしょ?」運転手は車を降りて、学校の黒っぽい石の塔を眺めた。手前の林の木々の葉は、すでに茶色っぽく色づいている。姉が運転手に道順を教えているあいだ、妹はじっと馬にまたがったまま、ぼくのことを見ていた。その両手は寒さで赤くなっていて、痛そうだった。一方、顔は色白で、ほのかにピンク色を帯びていた。彼女の手と顔の色の違いが、そのときのぼくにはとても不思議に映ったものだ。

母とダイアナと三人でベンガジに行くことになっていたので、その四日前、ぼくはロンドンからカイロへ飛んだ。その途中、昔からの疑問が解けた。ふいにわかったのだ。四半世紀以上もイギリスで暮らしてきたのに、なぜ友人たちから、きみはいつか別の国に移り住むような気がするといわれ続けてきたのか。ぼくは、あるいはぼくがロンドンで営んできた生活は、どこか永続性を欠いているように思える。自分はいつイギリスを離れてもおかしくないのだと思うと、不安になると同時にほっとする。同じように故国を追われてロンドンで暮らすようになった人たちのなかで、ぼくと違ってこの街に屈し、ぼくにはないあきらめにも似た落ち着きを身につけた人に出会うと、なぜかいらいらすることが多い。また、イギリスで生まれ育った人ならではの癖や地元の方言をそっくり真似るのは一種の屈辱だと、ずっと思っていた。それでいて、嫉妬深い恋人のように、自分は大方のロンドンっ子よりもこの街の秘密をよく知っていると自負していた。二〇〇四年、トニー・ブレア首相がリビアを訪問したあと、カダフィの側近たちがイギリスの首都に家を買うようになり、ときにはうちからそう遠くないところに家を持つようになると、ぼくのロンドンをあいつらに侵されたくない、と思った。そして同時に、ロンドンに定住していることを感謝した。ここは、秘密を守ることを最も本質的な特徴とする街なのだ。ロンドンからカイロへ向かう飛行機のなかで、自分がなぜこのようないくつもの矛盾する考えを抱くのかがわかった。それは、ロンドンという街ではなく、待ち続けていること自体が原因だったのだ。ぼくは八歳でリビアを離れてからずっと、待ち続けていた。同じように故国を追われながら移住先の国に同化したがっている人たちを心のなかで非難し、自分はここに完全には根を下ろすまいとしていたのは、微弱ではあるが、故国に忠実であろうとする気持ちの表れだったのだ。あるいは、故国のリビアに対してではなく、リビアを離れたときの少年に忠実であろうとしていたのかもしれない。

カイロの空港で、ぼくはふと搭乗を待つ人の列を外れ、忘れ物でもしたか、急に何か思い出したようなふりをしていた。ロンドンのフラットが恋しかった。キッチンの、ものが雑然と置いてある調理台、裏手の窓からの眺め、たそがれどきの灰色の静けさ、家具、飾ってある家族写真、本棚にびっしり並んだ本などが目に浮かんだ。いっそのこと、カイロで二、三日過ごして、ロンドンに帰ろうか。ダイアナとカイロに来ると、ムスタファという男に運転を頼むことにしている。彼の電話番号は知っている。きっと、空港からそう遠くないところにいるだろう。二、三時間後には母の家で、みんなで昼食のテーブルを囲める。そしていつの日か、今日のことを笑いながら思い出し、あのときはあやうくリビアにもどりそうになったね、というかもしれない。

それにしても、なぜ黒のスーツなんか着てきたんだろう。一年ほど前に、黒のスーツを着ていれば聖職者のようにおだやかな人生を送れそうだと、ふと思って買ったものだ。買ってから二度しか着ていないが、二度とも落ち着かない気分で過ごした。型が体に合っていないし、途方もない金額を払ったことを思うとやりきれなかった。それがいま、なぜか、そのしっくりこないスーツを着て故国に向かおうとしている。その朝はとても早く起きて、白のワイシャツと黒のスーツを身につけ、少し時間をかけてネクタイを選び、結んでからまた外して、洋服ダンスのなかにかけた。その洋服ダンスは、ぼくが子どもの頃に使っていたものだった。というのも、リビアに飛ぶ前の晩、狭いマットレスの上にダイアナと横向きに寝たその部屋は、昔ぼくが使っていた部屋だったのだ。ぼくは十五歳にもどったようでもあり、四十一歳でもあり、八歳でもあった。

空港で、母はまだ窓のそばに立ってジャードと電話で話していた。その朝、ジャードが電話してきたのは三度目だった。ジャードと母とぼくは最初、せめて三人一緒にリビアにもどろうと話しあっていた。（だれも口には出さなかったが）父が行方不明のいま、家族全員で帰ることはかなわないにしても……。しかし、ジャードは三人の予定が合うまで待てず、九ヵ月前の二〇一一年六月にリビアへ行った。その頃はまだ、リビアは内戦の最中だった。あの日のことは覚えている。ジャードはエジプトから電話してきて、いま、リビアとの国境からわずか二百キロのところにいるといった。ぼくはダイアナと、南フランスの辺鄙なところにいて、ツルゲーネフの『その前夜』という作品の序文を書いていた。電話の向こうのジャードの声が何度も途切れるので、ぼくは車を運転し、電波のいい場所を求めて丘にのぼった。ジャードはそれまでにも何度か、リビアにもどることを考えて電話してきたが、そのたびにぼくは反対し、なんとか思いとどまらせていた。だがその日、ジャードが電話してきたのは、すでに六時間も車を走らせたあとだった。まず北のアレクサンドリアに向かい、それから海岸沿いの道路を西に進んで、エジプトとリビアの国境に向かったという。ジャードはぼくの意見を聞きたかったのではなく、もうじきリビアに入ると知らせたかっただけなのだ。通信は途切れた。こちらからかけ直したが、何度かけても話し中だった。おそらく、親戚や友だちやちょっとした知人までがジャードに電話してきて、幸運を祈るといっていたのだろう。

その日の朝、ジャードがカイロで彼の妻と四人の子どもたちにしばしの別れを告げていた頃、ぼくは『その前夜』を読んで、アンドレイ・ベルセーネフという架空の人物の行動について考えていた。彼について、前に読んだときは見逃していたこんな描写があった。「ぼんやりしたつかみどころのない感情が、彼の胸の奥にひそんでいた。崇高さのかけらもない悲しみ、とでもいおうか。しかしながら、その悲しみは、『ホーエンシュタウフェン家の歴史』を読む妨げにはならず、彼は昨夜読むのを中断したページから読み始めた」。ベルセーネフはロシア人の学生で、哲学を専攻しており、まさにクリミア戦争が起ころうとしているその「前夜」だというのに、中世盛期の神聖ローマ帝国の王朝に関心を寄せている。滑稽な話だが、それをいったら、リビア人の小説家が、故国で二月十七日革命の嵐が吹き荒れているときに、南フランスの小さなバンガローで机に向かい、百五十年も前に刊行されたロシアの小説について二千語の序文を書こうとしているのも、同じくらい滑稽だろう。

結局、ジャードとはほんの数秒間しか話せなかったが、その声には、ぼくに反対されるのを承知で何かを告げようとするときの、あの決然たる調子があった。そんなジャードにいまさら、リビアに入るのは危険だとか、もどるときは三人一緒と約束したじゃないかなどといっても、むだだ。だから、ようやく電話がつながったとき、兄さんはついに故国に帰れるんだ、うらやましいよ、とぼくはいった。ジャードは、リビアに入ったらすぐにまた電話する、とこたえた。

その日、ジャードと電話で話したあとで、ぼくはダイアナに連れられてブルイ海岸に行った。ダイアナは、ラルディエ岬に行く途中でその場所を見つけたという。ふたりで坂道をのぼり、岩の多い保護地に入っていくと、いきなり静寂に包まれた。海岸の木立のおかげだ。日差しがやわらかくなり、肌にじわっと湿気を感じた。道は幾度となく、並んで歩けないほど狭くなり、ダイアナの後ろを歩いているとほっとした。マツやユーカリの高木が生えていて、野生の花が咲き、ときおり蝶が姿を見せる。道は曲がりながら下っていた。海のすぐそばを歩き、水にふれられるほど近づいたかと思うと、ふたたび高くのぼって海を見下ろす。ぼくたちは何度も足を止めて、景色を眺めた。ぼくの水着のポケットには携帯電話が入っていた。リビアで革命が起こって以来、携帯電話をいつもすぐそばに置いておくようになった。料理をするときはキッチンの調理台に、入浴するときはバスルームのタイルの床に。だが、その日はずいぶん人里離れたところまで歩いたので、もう電波を受信できなくなっていた。ぼくはもどろうといったが、ダイアナはもっと先まで行きたがった。せっかく洞窟までの道のりを半分以上来たのだから、と。人は不安に駆られると、みっともない振舞いをする。ぼくはダイアナについて歩きながら、不機嫌に黙りこみ、いらいらしていた。ブルイ海岸に着くと、電話が電波を受信した。母の声でヴォイスメールが入っていた。「ジャードがリビアに入って、リビア国内で使えるＳＩＭカードを買ったの」といって、番号を読み上げた。ぼくはペンを持っていなかったので、そのメッセージをもう一度聞いて、砂に足で数字を書き取った。小型飛行機が上空を飛んでいたら読み取れるくらい、大きく。ダイアナは洞窟の入口のほうを見上げていた。そこではカモメが三羽、空中に浮かんでいた。羽根を広げたまま、ときおり下に傾けて一、二メートル降下する。墜落するふりか、死んだふりでもしているかのようだ。そしてまた浮上する。それを何度も繰り返していた。はっきりした目的など、何もなさそうに見える。ただおもしろくてやっているのかもしれない。洞窟のアーチ状の入口が風を閉じこめるのを知っていて、何度もやってくるのだろう。ジャードに電話すると、最初の呼び出し音で出た。そして、ぼくを昔のあだ名で呼んで笑った。ぼくも笑った。

それが、ジャードにとって初めてのリビアへの帰還だった。その後、八月に反体制派がトリポリを制圧したときにもジャードは帰り、そのときは母も一緒に行った。家族のなかでいちばん年下のぼくが、最後に帰ることになった。子どもの頃も、ぼくは最後だった。グラスに飲み物を注ぐときも、まずは父と母のグラス、それから兄のグラス、最後に自分のグラスを満たすようにと教えられていた。

3 海

一九六九年九月一日、ぼくが生まれる十四ヵ月前にある出来事が起こって、それがリビアの歴史もぼくの人生も変えてしまった。頭のなかのスクリーンに映し出されるのは、リビアのある将校が、ロンドンのセント・ジェームズ・スクエアを突っきっていくところだ。時刻は午後二時頃。めざすは、当時の在英リビア大使館。この将校はちょうどその日、仕事でロンドンに来ていた。彼は同僚たちから好かれていたが、もの静かで無口なせいで傲慢だと誤解されることもあった。詩を暗記するのが大好きで、何年ものちに投獄されたときには、それが慰めとなり、友となった。実際、政治犯として投獄されていた数人が話してくれた。夜、刑務所内がしんとして、マフムード叔父いわく「ピンが落ちる音も、大人の男がひそかにすすり泣く声も聞こえるくらい静まりかえったとき」に、父が力強く情熱的に詩を暗唱する声が聞こえてきたと。「決して、詩が尽きることはなかった」と、同時期に投獄されていたぼくのいとこは語った。すると、ぼくも思い出した。決して詩が尽きることのなかったその人はあるとき、こう教えてくれたのだ。「本を一冊暗記すれば、胸のなかに家を一軒持ち歩いているのも同じだ」と。

その日、父が在英リビア大使館に行ったのは、いつもどおり、郵便物を受け取るためか、任務の進捗状況について報告書を提出するためだったのだろう。帽子を取って建物に入っていく父の姿を、ぼくは思い描く。大使館の廊下を、職員たちがせわしく走り回っている。ラジオのそばに集まっている人たちもいる。その日、だれも名前さえ聞いたことのなかった二十七歳の陸軍大尉が、リビアの首都トリポリを占拠して権力の座についたのだ。父は大使館から走り出て、空港に行くためタクシーを拾おうとした。

ぼくの記憶によれば、以上が、一九六九年のクーデターについて父が初めて話してくれた内容だ。そのとき、ぼくたちはロンドンにいた。ジヤードもぼくも大学生になっていて、フラットで一緒に暮らしており、そこに父が旅の途中で立ち寄ったのだ。狭いフラットで、ぼくはジヤードと食事をつくり、父と一緒に食べた。三人とも少し食べすぎた。そのあとリージェンツ・パークに行って父をまん中に三人で散歩したか、寝室でふたつのシングルベッドに寝転んで話したか……はっきり覚えていない。公園に行ったのだとすれば、きっと夏の長い午後だったのだろう。ロンドンの夏の午後は、まるで太陽が動くのをやめてしまったみたいに、何時間も明るいままだ。寝室にいたのだとすれば、お互い眠いけれどまだ話していたくて、昼寝をする間を惜しみ、小声で話していたのだろう。いずれにしても、父が、大使館から走り出てタクシーを拾おうとしたんだ、といったのは覚えている。しかし、セント・ジェームズ・スクエアはあまり交通量が多くない。父は大使館の前でしばらく待ってから、芝生をぐるっと回って（このときも走らず、歩いたのだと思う）、近くの通りに入った。父はロンドンの地理に明るくなかったから、東のリージェント・ストリートや南のペルメル街には出なかっただろう。ぼくが一緒にいれば、どちらに行けばいいか、ちゃんと教えてあげられたのに。ともあれ、父はタクシーを拾ってまっすぐヒースロー空港に行き、トリポリ行きのいちばん早い便に席を確保した。

父はカイロでも同じ話をしてくれた。拉致される少し前のことだ。そのときは、新たなエピソードが加わっていた。父は、大使館に入り、クーデターが起こったと聞くと、ロビーの受付デスクに飛び乗って、それまで心から尊敬し仕えてきたはずの王の写真を壁から外したというのだ。そのとき初めて気づいたのだが、父がイドリース国王失脚の知らせを聞いて急いでリビアにもどったのは、心配からだけではなく、王制から共和制への移行に大きな期待を寄せていたからだ。それなら、昔の新聞から切り抜いたイドリース国王のあの肖像写真を見るたび、ぼくがなんとなく物悲しい気分になったのも納得がいく。その写真は、父と母の寝室にあったタンスの上の鏡の、フレームとのわずかなすきまに挟んであった。だれもそれについて何もいわなかったし、抜き取りもしなかった。ぼくが子どもだった頃、その写真は鏡の隅に挟まれたまま、色あせていった。

一九六九年のその日、父が飛行機でロンドンからトリポリに向かっているあいだに、リビアの新たな支配者となったムアンマル・カダフィは、大尉から大佐に自ら昇格して、軍の高官たちを逮捕するよう命じた。父はトリポリ空港に着くとそのまま刑務所に連行された。五ヵ月後には釈放されたが、地位を剝奪され、軍服も取り上げられた。そして、妻と三歳の息子、ジヤードのもとにもどった。その後、カダフィ政権は、イドリース国王の下で高い地位についていたほとんどの軍人に対して同じような措置をとった。彼らを敵に回したくはなかったが、同時に反逆も恐れたのだろう、そうした元軍人の多くを、下位の外交官として海外に送り出した。そうすることで、新たな保安体制を整える時間を稼いだのだ。父も、釈放された後、リビアの国連代表団の管理部門の職を与えられた。ぼくは、父が釈放されてニューヨークに赴任するまでの短い期間に母の胎内に宿ったわけだが、父はその頃、先が見えない状況のなかにいながら希望も抱いていたはずだ。なぜなら、大使館に飾られていた王の写真を外したというエピソードからもわかるように、新たな政権に大いに期待していたのだから。投獄され、軍職を解かれ、一時的に海外に追放されたのは、故国が歴史的変化を遂げたことによる当然の影響と受けとめていたのだろう。いずれ元の職に復帰できるとさえ、思っていたかもしれない。父は、同世代の多くのリビア人と同様、エジプトという前例に触発されていた。エジプトでは、ガマール・アブドゥル・ナセルの指導のもと、若々しく庶民的で愛国的な汎アラブ主義の共和国が誕生し、堕落した君主制に取ってかわったのだ。カダフィはナセルを敬愛すると明言していたし、ナセルもカダフィを全面的に支持していた。父は、リビアを離れるのは不本意だったろうが、絶望してニューヨークに渡ったとは考えにくい。二年後、カダフィが既存の法律をすべて無効とし、事実上永遠に指導者の座に居すわると宣言したときに初めて、父は新政権の本質を知ったのだ。

父は迷信を嫌ったが、ニューヨークでの最初の出勤日に起こったある出来事には、不吉な兆しを感じ取ったのではないだろうか。その朝、国連本部ビルに向かってファースト・アベニューを渡っているとき、トラックが自転車をはねるのを見てしまったのだ。自転車に乗っていた人の手足がもげて、アスファルトに散らばっていた。父はすぐに肉片や骨を拾って、胴体の横に丁寧に並べたという。胴体は、ねじれた自転車と同様、歩道に落ちていたそうだ。以後四十年のあいだに、ぼくたちの一家も故国も、決定的な激しい変化を何度か経験した。それを思うとき、決まって父の姿が重なる。詩人から軍人になり、不本意ながら外交官になって、スーツを着てネクタイを締め、故郷を遠く離れて、死んだ男の体の断片を拾った──そのとき、父は三十一歳で、その年のうちにぼくが生まれた。

一九七三年、ぼくが三歳になる前に、父は辞表を提出して国連代表団の書記官を辞めた。妻ともども故郷が恋しくなって、息子ふたりをリビアで育てたいと思ったからだと父はいっていた。そのとおりだったのだろうが、それだけが帰国の理由ではないことに、カダフィ政権も気づいていたと思う。父は、政府による市民社会への干渉や、カダフィが司法の独立や報道の自由を弱めていく巧妙な手口に反感を抱いていた。そのことに政権が気づいていたのは間違いない。父は、政権に対する反感を社交の場でも口にしていたのだから。以後、父は独裁政権からマークされるようになった。父の歩き方までが当局をいらだたせたらしい。反抗心をみなぎらせていたからだ。それを初めて聞いたとき、当局はなんて鋭いんだろうと思った。ぼくは幼い頃から、父が頭を下げているところなんて想像できず、すでにその頃から父を守りたいと思っていた。父はぼくにとって常に「独立心」そのものだった。そのこと と、父の行方がいまだにわからないことがあいまって、ぼく自身の独立心がややこしいものになった。男子が独立するためには、反抗すべき父親が必要だ。だが、父親が死んだのか生きているのかもわからず、幽霊のような存在では、独立心も弱まる。ぼくの父は類まれな人で、おそらく偉大な人でさえある。多くの子どもと同様、ぼくもそんな父のイメージに反発を感じたが、それは父の強い信念がもたらす結果を恐れていたからでもあった。ぼくは必死で、父をその道からそらせようとした。しかし、そこで初めて学んだのだ。だれかを説得して危険な道に進ませまいとしても、できることには限りがあると。ぼくの望みは、父親に関するかぎり、ごくふつうのものだった。『オデュッセイア』に登場するあの有名な息子、テレマコスのように、そしてたぶん大方の息子たちのように、ぼくが望んだのは「父にはせめて幸せに／自分の家で老いてほしい」ということだった。しかし、父親と再会したテレマコスとは違って、二十五年たったいまも父の「未確認の死と沈黙」に耐え続けている。葬式をしてすべて終わらせられたら、どんなにいいかと思う。確かなものがほしくてたまらない。遺骨にふれ、埋葬のしかたを決め、墓の土をなでて祈りを唱えられたら、どんなにいいだろう。

一九七〇年代、ぼくたち一家はトリポリの中心に住んでいて、近くに母方の祖父の家があった。その家の前庭には高いユーカリの木が何本か生えていて、大きな影をくっきりと地面に落とし、車の上にも黒いかぎづめみたいな葉影を映していた。風が吹くと、光と影がゆれた。ぼくはジャードと、家の横の舗装してあるところでボール蹴りをして遊んだ。羊が屠られるのを初めて見たのもそこでだった。さっきまで生きていた羊が、突然死んでしまう。死ぬ前に激しく足をばたつかせ、鼻で息を吸うが、鼻から入った空気は切り裂かれた首から出ていく。流れ出る血は黒っぽくどろっとしていて、デーツ〔ナツメヤシの実〕のシロップに似ている。羊の口のまわりで、小さな透明な泡がふくらんではじける。ぼくは、羊の大きく見開いた目の横で指を鳴らしたり手をたたいたりしてみたが、羊が反応しないので泣きだした。いったんその場を離れ、しばらくしてもどると、羊は首を切り落とされ、皮をはがれて、竿に吊るされていた。羊の体を包んでいる脂肪の層が、日暮れ時の雲のように薄く、輝いていた。少しすると、ぼくはほかのみんなと一緒にテーブルを囲み、羊のレバーと腎臓のソテーを食べた。両方とも、トウガラシ、タマネギ、ニンニク、パセリ、コリアンダーで味つけしてあった。その料理はたしかに、ほかのどんなときに食べた料理よりも美味かった。なぜなら、大人のひとりがいったように、肉が「信じられないほど新鮮」だったから。

その二、三年後に、ぼくたちの一家はトリポリ西端のアル・マディーナ・アル・スィヤーヒーヤ・クラブの近くに引っ越した。新築の家で、塗りたてのペンキのにおいがした。どの部屋もがらんとしていて、まだだれもそこで寝たことがないのがわかった。庭も手つかずだった。母は前庭にバラの木を、裏庭に小さなブドウの木を植えた。ブドウの木には毎年、真珠粒ほどの小さな実がなって、熟してから一、二週間後に食べると、すごく甘くて喉がひりついた。レモンやオレンジの木も植えた。ちょうど、カダフィが権力をほしいままにしていた時期で、反乱分子を罰するため、いくつもの革命委員会が設置された。それらの委員会は市民生活のあらゆる面を監視して、独裁政治を批判する者を処刑した。学生の反乱分子を、ベンガジの大聖堂の前や大学の正門前で絞首刑に処したこともあった。そして、街を走る車をわざと迂回させ、吊るされた死体を職場に向かう人たちに見せた。「反革命的」「帝国主義的」とみなした書籍や楽器を、店舗や学校や家庭から没収し、広場に積み上げて燃やした。知識人、実業家、組合幹部、学生などが手錠をかけられて床に座らされ、カメラに向かって罪を自白する姿が、テレビで放映されたりもした。

父も母も、世間で起こっている狂気の沙汰からジヤードとぼくを守ろうとして、毎日びっしりと予定を入れた。ぼくたちは学校へ行き、帰宅するとすぐにピアノのレッスンを受け、昼食をとり、それからアル・マディーナ・アル・スィヤーヒーヤ・クラブへ行って泳いだ。そして、そのあとは海辺で過ごした。海はぼくたち子どもの縄張り《テリトリー》だった。大人も数人、いるにはいたが、変わり者ばかりで、空想のなかに出てくる人みたいに見えた。たとえば、両目の白くにごったおじいさんは、一日じゅう港のそばで釣りをしていたが、その人が何か釣り上げたところをだれも見たことがなかった。ほかに、アル・ヒンディというアメリカ先住民の男もいた。一説によると、アル・ヒンディはアメリカで白人の男を殺したから、逃げてきてトリポリに落ち着いたということだった。また別の説では、世界中を旅して回っていて、トリポリに立ち寄り、この街の美しさに魅了されて二度と離れないと決めたとか。そのふたつがごっちゃになった説もあった。アル・ヒンディはよく、港のそばの橋の上に立って、両腕を広げて海に飛びこみ、水に入る寸前に腕を合わせた。ぼくたち子どもはみな並んで、アル・ヒンディの飛びこみを眺めた。ぼくはその頃、海で泳ぐときには、クロールで陸地が見えないほど遠くまで行って、深い海に浮かび、ぐるぐる回転した。それを、方向感覚がなくなるまで続けた。

あの六月の、ジヤードが地中海沿いに西へ進んでリビアに入った日に、ぼくは南フランスで、同じ地中海にひとりで泳ぎ出た。そしてなぜか、いつになく鮮明に思い出した。泳ぎを教えてくれたのは父だったと。父は広げた片手でぼくの腹を支えて、水に浮く感覚を教え、「そうだ、それでいい」といった。以後、ぼくが海を恐れることはなかった。父がいなくなってしまうまでは。

4 陸地

カイロからベンガジに向かう飛行機は満席だった。三人でいったん席についたあと、母が立ち上がって、窓際の席をぼくにゆずり、「あなたの国をよく見て」といった。やがて、飛行機のドアが閉まった。ぼくは日記帳を取り出して、ゆっくり慎重に書き始めた。次の瞬間、パニックに襲われた。それは、口をあけても声が出ない夢のように、喪失から生まれた。それはまた、父が拉致されたあとにぼくが繰り返し見た夢、気がつくと海のはるか沖合を漂っているという夢にも似ていた。どちらを向いても水平線しか見えない。恐怖だけでなく、めまいに似た後悔も感じていた。ぼくが書き記そうとしている言葉、ノート、ペン、飛行機、窓の外の滑走路、ふたりの同行者（ぼくを産んだ女性と、ぼくが成長して男になるのを傍らで見守った女性）――それらがすべて、架空のもののように思えた。

その少し前、空港のロビーで、母はぼくの不安を察して、いたずらっぽくきいてきた。

「いま、故国に帰ろうとしているのはだれ？　スライマーン・アル・ディワーニー？　それともヌーリー・アル・アルフィ？」スライマーンはぼくの最初の小説『リビアの小さな赤い実』の主人公、ヌーリーは二番目の小説『消失の構造』の主人公で、いずれも故国を追われて暮らしている。母はぼくの気分を明るくしたかったのだろうが、同時に、ぼくが熱心に父の消息を調べているのを知っていて、さりげなく警告を発したのだ。母は、父を失ってからの年月、ぼくがどんなに変わったかを見てきた。初めはショックのあまり言葉を失っていたのが、やがて怒りに駆られ、積極的に行動するようになり、毎日決まってすることを増やし、ついには父の消息を調べる運動《キャンペーン》を始め、そのせいで革命前の二年間は消耗しきっていた。そのあいだずっと、母はぼくを心配していたのだ。一方、ぼくはかなり前からこんなふうに思っていた。母は、ぼくが父の消息を調べるうちに危険な目にあったり、調べた結果に衝撃を受けたりするだけでなく、気持ちの休まるときがなくなって、体にも日常生活にも、なすことすべてに影響が出てしまうことを案じているのではないかと。父の身に何が起こったのか突き止めてみせるというぼくの意志が一種の強迫観念になっていることに、母は気づいていた。だから、空港のターミナルのベンチで半ば真面目に、半ばふざけて、絶妙なニュアンスでぼくにあの質問をしたとき、母がほんとうにいいたかったのは、小説の主人公たちを連れて故国にもどりなさい、ということだったのだ。そのほうがお父さん――わたしが「いないけれどいる人」と呼んでいる人――の亡霊を連れてもどるよりもずっといいわ、と。

子どもの頃、リビアを離れて何ヵ月ものあいだ、横になって天井を見上げては、リビアに帰る日のことを想像したものだ。帰ったら、まず地面にキスする。そして、またぼくの「戦車」の手入れをする。とても大事にして毎週油をさしていた自転車のことだ。それから、いとこたちと抱きあう……。いまではもう、いとこたちはみな大人になっていて、それぞれ子どもがいる。ぼくたち家族は、四人そろってリビアから逃れたのではなかった。まず、一九七九年に母が、ジヤードとぼくを連れてリビアを離れた。一年後に父が、陸路を南に向かい、広いリビア砂漠を突っきって警備のゆるい国境からチャドに入った。そして首都のンジャメナからローマ行きの飛行機に乗った。父も母も、主要な銀行口座をローマに持っていたのだ。電話を盗聴される恐れがなくなると、ローマにいる父とカイロにいる母は、つきあい始めたカップルさながら、何時間も電話で話していた。あのときの通話は、国を追われた者が必ず抱えるふたつの問題、故国への愛と今後の生活の段取りについて、話しあうためだけではなかったと思う。父はおそらく、いくつかの選択肢も考えていただろう。一方、母は、故国を離れる決心は固かったものの、外国で暮らすということがふいに現実になって戸惑っていただろう。父は、新生活のためのものをいくつか購入した。手描きの磁器、羽根枕、銀製の大きな燭台など。美しいものを所有して慰めを得ようとしていた。やがて父がカイロに来ると、ぼくたち一家はもっと広くてきれいなフラットに引っ越した。ぼくはそこで初めて、もうリビアにもどることはないのだ、自分はだまされたのだと気づいた。そして、リビアに帰してとだだをこねた。母がなだめようとすると、父が「ほうっておけ。じきに慣れる」といった。それは、父が口にしたいちばん残酷な言葉だった。残酷であると同時に、ほぼ当たってもいた。ぼくはそのときすでに、父の言葉からというより、声の調子やぼくと目を合わせずに立っている姿から、父もまた故国に帰れないことを悲しんでいるのだと気づいていた。子どもにとって、自分は親とは別の人間なのだと、いやおうなく知らされる瞬間がある。それはたいてい、親と子が似たような激しい感情にとらわれているときだ。

飛行機の窓ごしに陸地が見えてきた。赤錆色と黄色。癒えたばかりの傷の色に似ている。もしかしたら、ぼくはようやく解放されるかもしれない。陸地の色が濃くなった。緑が芽吹いて丘をうっすらと覆っている。そして突然、子どもの頃に見たのと同じ海が現れた。国を追われた者は、故国の風景を美化しがちだ。自分はそうなるまいと思ってきた。リビア人が「われらが海」「われらが土地」「故国のそよ風」といった抒情的な言葉を使うと、無性にいらいらした。だが一方で、ひそかに思い続けていた。どんな光もリビアの日差しにはかなわないし、どんなに美しい海もリビアの海にはかなわないと。いま、目のあたりにしている故国は、記憶にあるよりもはるかに美しく輝いていると思った。この国はずっと存在していて、少しも変わっておらず、ひと目で自分の故国だとわかる——そのことがある種の会話のように、呼び声とこだまのように、互いに相手がだれかわかったときに交わすまなざしのように感じられた。

飛行機が着陸した。ぼくは日時を書きとめた。二〇一二年三月十五日、午前十時四十五分。そのとき、ふと気づいた。リビアにもどる日を今日にしたのは、ぼくとダイアナと母の予定を合わせた結果、たまたまそうなったのだと思っていたが、考えてみると、ちょうど二十二年前のいま頃、父は拉致されて数日を過ごしたところだった。父は、ぼくたち家族に宛てた手紙にこう書いていた。目を覚ますとアブサリム刑務所の独房の床に寝かされていて、両手を後ろで縛られ、目隠しをされていた。ふたつか三つ向こうの部屋から、当時のエジプトの諜報機関の副長官が話す声が聞こえてきた。

このすべてを画策したムハンマド・アブドゥル・サラーム(・アル・マフグーブ)大佐は、われわれよりも先にリビアに来ていた。汚い取引だった。エジプト政府は自らを、その良心を売り渡した。この取引については、ホスニー・ムバラク大統領もすべてご存じだ。

飛行機の窓の外を見ながら、考えた。父を拉致した連中は、父を飛行機に乗せたあと、目隠しを外しただろうか？　せめて、空の上から故国を眺めることを許しただろうか？　父が拉致されてから何年も後に、かつてトリポリ空港の滑走路で働いていた男を知っているという人物に会った。滑走路で働いていた男は、あるとき自家用ジェット機が着陸して、囚人らしき男がひとり、護衛に連れられて降りてきたのを見たといったそうだ。その日付と時刻は、父が移送されたときと一致していた。男が語った囚人の様子から、それは父かもしれないと思われた。「髪はまっ白で、身なりはよかった。手錠をはめられ、目隠しをされていた。堂々と歩いていた」ここは、父がほかの何よりも愛した土地だ。「リビアと張りあおうなんて考えるな。勝ち目はないから」と父がいったのは、母とジャードとぼくが、父を説得してカダフィに公然と反旗を翻すのをやめさせようとしたときだった。そのあとの沈黙が、父とぼくたちのあいだの隔たりを表していた。ふたつの考えはとてつもなく食い違っていた。仲のいい一家族の現実の前に、国家が立ちはだかっていたのだ。ぼくは、滑走路の脇に咲いている野生の花に目をやった。春たけなわだ。飛行機を降りると、懐かしいにおいのする空気に包まれた。必要だと思っていなかった毛布を肩にかけられてほっとする、そんな気分だった。タラップの下では、いとこで幼なじみの、ベンガジの裁判官となったマルワーン・アル・タシャーニーが、にこにこして、カメラを手に立っていた。

5　ブロッサー

マルワーンの運転する車でベンガジの市街地に入っていくにつれて、世界が現実味を帯びてきた。マルワーンの家に着くと、待っていた大勢の親戚が迎えてくれた。一緒に昼食をとったあと、ぼくはそっと抜けだして散歩をした。不安は消え、妙にすっきりした気分だった。それも、見た夢を語るときのような「外側から自分を見ている」感じではなく、すっかり入りこんでしまったのだからいまさら心配してもしかたがない、という心境だ。

ちょうど日が沈む頃、ホテルにチェックインした。ぼくとダイアナでひと部屋をとり、隣の部屋に母が入った。どちらの部屋も、窓が海に面している。そこは四階で、四角い窓の下半分を海が、上半分を空が占めていた。電話がひっきりなしに鳴った。ぼくにはきょうだいはひとりしかいないが、いとこだけで百三十人もいる。つまり、会うべき人が何百人もいるということだ。しかし、ロンドンを発つ前から、まずはマフムード叔父と数人のおば、つまり父のきょうだいを訪ねようと決めていた。その人たちは、ベンガジからそう遠くないアジュダービヤーに住んでいる。父が育った町だ。翌朝、ぼくたちは南に向かう二時間のドライブに出発した。

マフムード叔父は、父のいちばん下の弟だ。父は一九三九年生まれで、叔父は一九五五年生まれ。古い写真を見ると、父は少年の頃から真面目そうで、落ち着きがあり、身だしなみもきちんとしている。一方、叔父は、一九六〇〜七〇年代の若者らしく髪をのばしていて、いつも少し笑っている。父が生まれたとき、リビアはベニート・ムッソリーニ政権下のイタリアに支配されていたが、一九四三年、父が四歳のときに、イタリア軍は北アフリカでドイツ軍の支援を受けながらも連合国軍に敗れ、リビアはイギリスとフランスの共同統治下に置かれた。終戦後の一九五一年十二月二十四日に、リビアがイドリース国王のもとでふたたび独立したとき、父は十二歳だった。叔父は、その四年後に生まれた。一九六九年、カダフィがクーデターを起こしたとき、父は三十歳、叔父は十四歳だった。マフムード叔父は、ぼくとジヤードにとって親戚であると同時に兄でもあり、大人の世界のことをひそかに教えてくれる貴重な存在だった。父がニューヨークでの職を辞して、一家でトリポリにもどってくると、叔父はわが家に同居するようになった。フランスの哲学者ヴォルテールの著作やロシア文学が好きで、夢見がちで感じやすく、ストーブを消し忘れたりすることも多かった。ほかの大人と違って、ぼくが庭で遊びたいというと必ずつきあってくれた。昼食後の、日が容赦なく照りつけて家族みんなが昼寝をする時間帯でさえ、だめだとはいわない。ぼくはマフムード叔父とボール蹴りをしたり、ユーカリの木陰に座って休んだりした。叔父のぼくに対する愛情は、ストレートでわかりやすかった。それだけに、一緒にいるととても自由な気分になれた。リビアを離れたあと、父はよくぼくにいったものだ。おまえを見ていると弟を思い出す、と。

一九九〇年三月、父が拉致された週に、リビアの諜報機関の捜査員たちが、アジュダービヤーのマフムード叔父の家に車で乗りつけた。また、別の捜査員たちが、ぼくの父方のおばの夫であるフマード・カンフォーレと、父方の別のおばの息子たちでぼくのいとこにあたるアリー・エシュネイケットとサーレハ・エシュネイケットのところに行った。そして、四人とも逮捕された。彼らは、父の率いる反体制派組織がリビア国内につくった地下組織のひとつに属していた。この一連の逮捕は非常にうまく仕組まれていて、逮捕された四人はそれぞれ、ほかの三人は捕まっていないと信じていた。自分だけが尋問され、拷問を受けていると思っていたのだ。その後、二〇一一年一月にチュニジアとエジプトで革命が起こると、リビアの独裁政権は不安になり、国民の不満をやわらげるために政治犯の一部を釈放した。ぼくは希望を抱いた。その二年ほど前から、父と叔父たち、いとこたちの釈放を求めるキャンペーンを始めていたが、それを一気に加速させた。その結果、二〇一一年二月三日、父以外の四人は、二十一年間の獄中生活の果てに全員釈放された。そして、その十四日後、チュニジアとエジプトで独裁政権が倒されたことに力を得て、リビアじゅうで爆発的に民衆蜂起が起こったのだ。

マフムード叔父が釈放されたとき、ぼくはロンドンにいて、釈放の直後に電話で話した。叔父は車で家に送ってもらっていた。釈放に際してぼくが果たした役割について、叔父は何もいわなかったが、感謝してくれているのが伝わってきて、ぼくはどぎまぎした。叔父は、ダブリン在住のあるリビア人の詩人を知っているか、ときいてきた。「調べてごらん。その詩人がある記事でおまえのことを話しているから。それと、おまえがBBCのアラビア語放送でインタビューにこたえたことがあったろう？」それは、最初の小説が刊行されたときに受けたインタビューのひとつで、もし父が生きていれば聞いているかもしれないと思ったのをぼくも覚えていた。叔父は、「ラジオを耳にぴったりつけて、ひとこともらさずに聞いたよ」というと、驚くほど正確に、インタビュアーが発した質問とぼくの回答を何組か、再現してみせた。そのあとの数分間、叔父はしきりに「覚えてるかい?」と繰り返し、子ども時代のぼくのおかしな言動や、一緒にした遊びなどをあげていった。そして、どちらからともなく電話を切る直前に、「望みを捨てるんじゃないぞ」といった。

この旅の準備をしながら、ぼくは心に誓っていた。父をさがすために自分の直観や本能や感受性を総動員してできるだけ賢く使おう。父に何が起こったのか手がかりを得られそうな場所ならどこへでも行こう、と。とくに、トリポリでダイアナと一緒に必ず訪れようと思っていたのは、父が投獄されていたアブサリム刑務所だった。ぼくは想像した。妻と一緒に、アブサリム刑務所の悪名高い、多くの血が流された中庭を突っきって、長い廊下に入っていくところを。その廊下の両側には、反体制派の部隊が大槌で壊して開けた監房のドアが並んでいる……。ところが、出発の日が近づくにつれて、そこにはとても行けそうにないという気持ちが強くなった。ダイアナがアブサリム刑務所の写真を撮りたいと思っているのは知っていた。ぼくも、まだ撮られてさえいない写真を頭に思い浮かべることができた。しかし、リビアの地に降り立ちもしないうちから、ぼくはダイアナに告げていたのだ。何があろうと、アブサリム刑務所には絶対に行かないし、行ってはならないと。このとき以外、ぼくが妻に何かをしてはいけないといった例はひとつも思い出せない。しかし、だれであれ、ぼくの愛する人があの場所にいると想像するだけで耐え難い――というのが、ダイアナに告げた理由だ。ほんとうのところ、ぼくにはアブサリム刑務所に行く勇気がなかった。長い年月、さんざん耳にし、想像し、悪夢に見たあの独房へは、父とついに再会できるなら行きたいと思ったことも何度かあるが、もしいま、あの場所に身を置いて、父のにおいや、父が生きた時間や、父の魂が消えずにある（あるにちがいない）のを感じたら、自分が永遠に壊れてしまうかもしれない――そう思うと不安でしょうがなかったのだ。

父の身に起こったかもしれないことを考えると、足元に深い穴があくような感覚に襲われる。ぼくはその穴に落ちかけて壁にしがみついている。壁はざらざらしていてつかみどころがなく、やわらかい土でできていて、雨が降ると表面がはがれ落ちる。穴は丸くて井戸のようだ。そう、わが一族の井戸に似ている。ぼくの先祖は何代も前からアジュダービヤーに住んでいたが、ほかにもう一ヵ所、砂漠に三十キロほど入ったところに、もっと昔から親しんでいた場所がある。祖父が生きていた頃は、毎年春になると一族がそこに集まって、春の終わりまでテント暮らしをする習慣だった。いま、そこでは一族のラクダが飼育されていて、ぼくのいとこたちがよくピクニックに行く。砂漠に、時代もののギリシアの壺がふたつ、深く埋めてあって、わずかな雨水を集めている。その場所の名前は、意味も語源もわからないが、「ブロッサー」という。父はそこで一九三九年の春に生まれた。

足元に深い穴があくような感覚を味わう瞬間は、ほかにもある。二〇一二年にリビアにもどったときに、刑務所で父と一緒だった男たちをなぜさがさなかったんだろう、と考えるときだ。とくに、ジャードが二〇一一年にもどったときに会った、一九九〇年代に父と背中合わせの房にいたという男、父と隣人同士だった男を。いったい幾度、その男がジャードに語ったことを思い出しただろう。頭のなかで思い返したこともあれば、声に出してダイアナに聞かせたこともある。しかし、その男を見つけて、父親に忠実な息子としてしかるべき行動をとれるだろうかと考えると、怖くなったのも事実だ。その男に会ったら、父の刑務所での暮らしについて、以前彼がジャードに話してくれたことをあらためて全部聞いて、ジャードがきき忘れたかもしれない質問をいくつかすることになっただろう。ぼくは昔から、家族のなかで細かいところにいちばんよく気がつくといわれていた。父がロンドンで衝撃的なことを口にしたときも、ぼくはまず、「何時の便に乗るの?」とたずねた。それは、父が拉致される二、三ヵ月前のことだった。父は、これからチャドに飛んで自分の率いる反体制派組織の軍事訓練キャンプに行く、といった。いよいよ、仲間と国境を越えてリビアに入って行動を起こすときがきたのだ、と。計画では、北に進んで首都トリポリに入り、リビア国内のいくつかの街にいる同志の力を借りて重要拠点を襲撃し、政権を転覆させることになっていた。だが、父はそのことにはいっさいふれず、ただ、これからチャドに行く、二度ともどらないかもしれないから母さんをよろしく頼む、おまえたちも元気で、誠実な男として生きてほしい、といった。それは、父が自分の父親を亡くして間もなくのことで、そのまなざしにはかつてないほどの強い決意がうかがえた。ぼくは「何時の便に乗るの?」とたずね、テレビの音量を下げもしなかった。テレビではオペラが放映されていて、パヴァロッティが口を大きく開けて歌っていた。ジャードは泣いていた。ぼくは絶対に泣くまいとした。

ベンガジからアジュダービヤーに向かう幹線道路は、いつも荒涼としていたのだが、今年は雨がたくさん降ったとみえ、両側の砂漠に点々と緑の低木が生えていた。小さな木々が、風にあおられてかしいでいる。ときおり、用済みになった戦車や軍用トラックが目に入った。いずれもエンジンその他のパーツを抜き取られ、日をあびて錆びついていた。一度、車を停めて、そうした戦車を見に行った。赤茶色に錆びついて反った鋼鉄が、巨大な落ち葉のようだった。二〇一一年三月十八日、政府軍の機甲部隊がアジュダービヤーからベンガジに向かって進軍した。カダフィはベンガジを見せしめのために攻撃して、反乱をしずめようとしたのだ。いくつかの記事によると、こうした戦車や軍用トラックの一部には、「かつてここはベンガジだった」と書かれた緑の旗とプラカードが積まれていたという。

大きな交差点では必ず、太いロープが道路に張られていた。小銃を持った若者が何人か見張りに立っていて、車のなかをのぞいてから、行け、と手を振る。彼らの表情には疲れがにじんでいた。彼らは、トリポリに樹立されたばかりの政府から資金を得ているものの、正式に任命された兵士ではない。どの検問所も「革命軍」の指揮下にあり、そこから給料をもらっている。横領の苦情は数えきれないが、検問所に立っている連中は小者だという。規模の大きい複数の民兵組織が、油田、港、公共施設などを占拠している。国民評議会――事実上の政府――の一員から直接聞いたところによると、まだ国家軍も国家警察もないので、そうした男たちに頼らざるを得ないそうだ。また、独裁政権に反抗して戦った者には報酬を与えるという政策が内戦後にとられたものの、それが好ましくない結果を生んだとも聞いた。報酬にひかれて何千人もの男たちが小銃を購入し、交差点を警備したり国の資産を守ったりする仕事に就いたからだ。いまや、事態はきわめて深刻で、内戦に勝利した反体制派側で戦ったと主張する者の数が、二十五万にも達しているという。

いとこのマルワーンは、ベンガジ空港でぼくたちを出迎えてくれたとき、冗談めかしてこういった。最高のタイミングで来てくれたよ、自分はいま、ベンガジの裁判官の例にもれずストライキ中だから、好きなだけきみたちと一緒に過ごせる、と。マルワーンによると、つい先週、裁判の最中に武装した男たちが法廷に乱入してきて、担当裁判官に銃を突きつけ、被告人の釈放書類に無理やり署名させたという。裁判官、弁護士など、法曹界の人々の多くは報復行為を恐れている。マルワーンは、トリポリの暫定政府にこの事態を重く受けとめさせる方法をさぐっていた。ぼくもマルワーンに連れられて二、三の会議に出席し、彼が国の最も評判の高い裁判官を集めて、後にリビア裁判官協会となる組織をつくろうとしているところを見た。リビア裁判官協会は、司法の独立性のために監視や各種の運動を行うNGO（非政府組織）だ。

同じような軋轢が、他の様々な分野でも生じていた。希望と不安がこれほど拮抗している場所に、ぼくは行ったことがなかった。どんなことも可能に思われ、会った人たちのほぼ全員が、楽観的な見通しを語ったそばから不吉な予感を語った。

ぼくたちはアジュダービヤーに入ると、町の中心のロータリーに車を停めた。そこはティム・ヘザリントン広場という名前に変わっていた。ミスラタでの戦闘の取材中に死亡した、イギリスの報道カメラマンにちなんだ名だ。その広場で、果物を何箱か買った。ぼくはまたもや、リビアにどう近づいたらいいかわからないというパニックに襲われた。買ったものを果物売りがトランクに積みこんでくれているあいだ、車の横に立っていると、ああ、これがアジュダービヤーの乾いた日差しだった、と思い出した。空の抜けるような青さと、熱気に包みこまれる感じにも覚えがあった。

マフムード叔父が携帯電話にかけてきたので、すぐ近くまで来ている、と返事をした。やがて、懐かしい通りにたどり着くと、叔父が家の前に立っているのが見えた。マフムード叔父は長身でやせている。その後ろにはおばたちが、くっつきあうように立っていた。ぼくはまず、おばたちと抱きあった。彼女たちが泣きだすと、行方不明の兄を思って泣いているのだとわかった。おばたちは、自分の夫や子どもたちに何か約束してほしいとき、ふつうなら神や預言者ムハンマドたちにかけて誓わせるところを、ぼくの父ジャーバッラーにかけて誓わせる。泣いているおばたちの横で叔父がいたずらっぽく笑って、「さあさあ、トルコのメロドラマみたいなのはよそう」といった。ぼくは叔父を抱きしめ、その骨ばった体に長いことしがみついていた。

父が行方不明になって以来、このときほど父の存在を身近に感じたことはない。おばたちは父とそっくりの目をしていて、いつまでもぼくを見つめていたがった。ぼくも、おばたちをいつまでも見つめていたかった。おばのひとりひとりと並んですわり、手を握りあった。父の手も同じように美しく、ひんやりとやわらかかったのを思い出した。

日の光は家のなかでは歓迎されず、締め出されている。外から来るほかのもの、土ぼこり、熱気、悪い知らせなどと同じだ。建物は人の意思や感情を物理的に表現したものともいえるが、ぼくがいないあいだにリビアの建築物は変化をとげていた。自然に背を向けたのだ。子どもの頃、庭のまわりには塀などないか、あっても低かったし、日の高い時間帯をのぞけば、窓は開け放たれていた。それがいまでは、高いブロック塀で視界がさえぎられ、窓にはほぼずっとよろい戸が下りている。日差しや通行人の視線を徹底的に遮断しようとするこの新しい傾向に、ぼくは心理的変化とひそかな不安を読み取らずにいられなかった。実際、長いことよろい戸が下りたままの部屋で過ごすことがよくあった。よろい戸を上げようとしても木材が膨張してしまって枠から離れず、何度か試みた末にあきらめて、しかたなくドアの横まで歩いていって電灯のスイッチを入れる、という具合。昼食をシャンデリアの下でとることもしばしばだった。だから、ドアを開けて光の「壁」に直面し、目を上げて、青空がさかさまの海みたいに浮かんでいるのを見ると、ここでは内と外を隔てる境界線が、古代神話に出てくる、人や動物を変身させる境界に似ているような気がした。

昼食のあと、マフムード叔父と座って話した。部屋の窓にはよろい戸が下ろされ、日光を遮断していた。叔父にききたいことはいくらでもあったが、ぼくがたずねるまでもなく、叔父は刑務所で過ごした年月について語りたがっていた。その日の午後、ぼくたちは、ほぼその話しかしなかった。叔父はアブサリム刑務所で二十一年間も過ごしたのだ。そして、釈放された日に電話で話してくれたときと同じく、体験を語ることで示したかったのは、体制側が失敗したということ、自分は消されもしなかったし記憶もなくさなかったし、看守がときどき聴かせてくれたラジオのおかげで、小説家の甥が遠くのロンドンで何をしているか把握してさえいたということだった。叔父は語ることで、残酷きわまりないアブサリム刑務所と外の世界とを隔てる大きな溝に、橋をかけようとしていた。おそらく、物語はみなそうなのだろうが、叔父が回想を通じていいたかったのは、「自分はここにいる」ということだった。

マフムード叔父はまず、最初に受けた尋問のことを話してくれた。それは逮捕された数分後に始まった。叔父は手錠をかけられたまま、どこかの部屋に座らされていたという。場所はわからない。そこで大量の書類を見せられた。たとえば、ぼくたち家族が住んでいたカイロのフラットから発信された電話の通話内容が、どんなに無意味なものもひとつ残さず書き記された書類などだ。引出しが六つある大きなキャビネットに、書類や写真がぎっしり入っていたという。写真は、父がエジプトの公共施設にいるところや、母と兄とぼくと一緒にいるところ、結婚式やパーティーに出席しているところ、レストランに座っているところ、通りを渡っているところなどを撮ったものだった。「連中は何もかも知っていた」と叔父はいった。カダフィ政権はエジプト当局の助けを借りて、父のことを何年も監視していたのだ。「連中は、ジャーバッラーも逮捕したことはいわなかった。だから、そうとは思いもしなかった」

午前一時、逮捕から十二時間後に、マフムード叔父は目隠しをされてトラックに乗せられた。「どこにいるのかは、まだわからなかった。トラックが動きだして、そのまま永遠に走り続けるんじゃないかと思ったが、ようやく停まった。そして降ろされ、地下に連れていかれた。てっきり、オスマン帝国時代からある古い刑務所に連れてこられたのかと思ったよ。トリポリの、アル・サラーヤ・アル・ハムラー城の地下にある刑務所さ。しかし、そこは地下じゃないとわかった。短い坂のようなところを下っただけだったらしい。いわれるままに歩いて、左、右、左、右と五、六回曲がり、止まれといわれて止まった。『両手を前にのばせ』と命じられてそのとおりにすると、ひとりの男が毛布をくれた。そしてもう一度、『両手を前に』といわれたのでそうすると、今度はマットレスをくれた。それから男はドアを開けた。そのとき、初めてあの恐ろしい音を聞いた。じきになれてしまうんだが、錆びついてるせいか十年も閉めきりだったせいか、重たくなったドアが、鍵を開けられて開く音だ。おれを連れてきたやつは、おれをなかに押しこむとドアを乱暴に閉めて鍵をかけた。手錠は外されていたが、目隠しは解かれていなかった。何が見えるのか、考えると恐ろしかったから、二、三分待ってから目隠しを取った。すると、真っ暗な場所にいた。だが、だんだん目が慣れてきた。恐ろしく喉がかわいていた。だれかに後ろを向けといわれた気がして、回れ右をすると水道の蛇口があった。ひねって、きれいな美味い水を飲んで、神に感謝したよ。それから少しずつ、猫の目みたいに暗闇でも見えるようになった。小さな部屋にいて、四方を壁に囲まれていた。頭がくらくらした。まだ、どこにいるのかわからなかったが、マットレスを床に広げて、正直な話、頭がマットレスにつかないうちに眠っていた。

あくる朝、ふたりの男の話し声で目が覚めた。おれはまだ、自分がどこにいるのかわからなかった。砂漠のまん中にぽつんと立ってる小屋なのか、収容所なのか……。男のひとりが大きな声で『ハミード』と呼び、相手が『おう、サアド』とこたえた。『どこにいるかわかるか?』『いや、おれはどこにいるんだ、サアド?』『アブサリム刑務所だ』そうしておれは、自分がその恐ろしい場所にぶちこまれたのを知ったというわけだ。おれたちみんな、アブサリム刑務所のことは聞いていた。その朝、ふたりの男が話してるのを耳にしたときには、そのふたりは同じ監房にいるんだろうと思った。どちらの男もひどく痛めつけられて、房の両端にでも倒れてるんだろうと。ところが実際には――おれもだんだん刑務所という奇妙な世界に慣れていったんだが、ふたりは別々の、五つくらい離れた独房にいたんだ。おれはメガネをかけていなかったから、壁にくっつくようにして歩きながら、刻まれている名前や日付を読んでいった。そうするうちに、小さな穴を見つけた。のぞきこむと、男がひとりいて、こちら側とそっくりの独房のなかを歩いていた。それで隣人がいるとわかった。やがて、その男が近づいてきて穴をのぞいたと思ったら、『叔父さん?』といった。おまえのいとこのサーレハだった」

それから数日のうちに、マフムード叔父、フマード叔父、いとこのサーレハとアリーは、一緒に投獄されたことに気づいた。四人は建物の同じ部分にいて、互いの声を聞くことができた。マフムード叔父は話を続けた。「おれたちのいる翼棟は満員だった。だが反対側の翼棟は空っぽらしく、人の気配が感じられなかった。ただ、ひとつのドアだけが、ときどき開いたり閉まったりしていた。その房にはだれかいるらしいが、だれなのかはわからなかった。七日後に、その男の声が聞こえた。それからは夜ごと、所内が静まりかえると、その男が詩を暗唱する声が真夜中まで聞こえてきた。どの詩も、アジュダービヤーで人気のある、特有の形式のものだった。哀調たっぷりの反復があって、哀歌《エレジー》に使われることが多い。詩を暗唱しているのは、声からして老人のように思われた。おれたちは耳をそばだてたが、だれなのかわからなかった。ある日、その男がおれの名前を呼んだ。おれは返事をして、あんたはだれだとたずねた。『わからないのか?』と相手がいうので、『わからない』とこたえた。すると相手は黙りこんだ。どのくらい黙っていたと思う? まる一週間だ。そのあと、男はまたおれの名を呼んで、まだわたしがだれかわからないかときいてきた。そしていった。『ヒントをやろう。ズボンがずり落ちてるぞ』それは、おまえの父さんと子どもの頃にいいあっていた冗談だった。だが、おれはこたえなかった。わなだと思ったんだ。ジャーバッラーが同じ刑務所にいるなんて、とても信じられなかった。それからまた一週間が過ぎて、男はまたおれの名前を呼んだ。アリーが『ジャーバッラー伯父さんだ』と叫ぶと、フマードが『信じちゃだめだ。別の証拠を示してもらえ』といった。おれは男にそれを伝えた。すると、『わたしはブロッサーの出身だ』という答えが返ってきた。おれは吐きそうになった。心臓が裂けたような気がしたよ」

マフムード叔父がそこまで話したところで、会話は中断された。庭に続くドアが開いて、壁のような圧倒的な光が差しこみ、家に入ってきた三、四人の人影が黒く浮かび上がった。ぼくたちは立ち上がって彼らを迎えた。親戚や知人だった。ハッカ茶が運ばれてきた。マフムード叔父が部屋のなかを歩いて、客たちに注いでまわる。ぼくもビスケットとナッツを持ってついていった。お決まりの挨拶が繰り返される。それから、話題はリビアが直面している治安上の問題に落ち着いた。議論が白熱すればするほど、マフムード叔父は静かになった。何かきかれたり、だれかが声高に意見をいっても、ただうなずくか、疲れたようにほほえむだけだ。やがて目を閉じたと思うと、眠ってしまった。ハッカ茶には口をつけていなかった。

6　詩

父親と息子を引き離す国では、多くの旅人が道を見失った。そこではすぐに迷ってしまう。テレマコスもエドガーもハムレットも、ほかの数知れない息子たちも、それぞれのドラマが沈黙のうちに進んで、過去と現在のあいだに横たわる茫洋たる海のはるか沖にまで出てしまい、漂流しているようにみえる。彼らも、すべての男がそうであるように、責任者であるもうひとりの男、つまり父親が門を開けたからこそ、この世に生まれてきた。運がよければ、おそらく、父親はそっと門を開き、大丈夫だからなというようにほほえみ、励ますように肩をそっと押してくれるだろう。そして父親たちは、自らもかつては息子だったのだから、きっと知っているだろう。父親に肩を押された感触は、何年たとうと消えることなく、生涯残るということを。どれだけの荷を負わされようと、ひとりじめしたいというひそかな願望に駆られた恋人から何度口づけを受けようと、息子の肩は永遠に忠実に、自分を世に送り出した善き男の手の感触を覚えている。男になるということは、この感謝と記憶、非難と忘却、服従と反抗の連鎖の一部になるということだ。そしてやがて、息子のまなざしは傷つき、鋭くなって、振り返っても影しか見えなくなってしまう。日を追うごとに、父親は夜のなかへ遠遠く、霧のなかへ深く入っていき、あとには断片的なイメージと、重要だが自明の事実だけが残される。その事実はいまいましくもあり、救いでもある――息子が生き続けるためには、父親を少しは忘れることも必要という意味において。その事実とは、どんなにがんばっても決して父親のすべてを知ることはできない、ということだ。

ぼくがそんなことを考えるのは、マフムード叔父の刑務所での話を思い返すときだ。カイロの自宅で無事に暮らしていると思っていた兄のジャーバッラーが、わずか数メートル先の向かいの翼棟にいることを知ったという、あの話を。父と同時期に刑務所にいた男たちから聞いた話の多くがそうであるように、叔父のこの話も、きくと疑問が消えるどころか、さらに疑問が増す。なぜ父は、それほど長いあいだ待ってから話しだしたのだろう？　すでに二、三日前からアブサリム刑務所にいて、マフムード叔父、フマード叔父、ぼくのいとこのアリーとサーレハが独房の壁ごしに大きな声でしゃべっているのを聞いていたはずなのに。また、ようやくマフムード叔父に声をかけたが自分だとわかってもらえなかったときに、ふたたび声をかけるまで、なぜ一週間も待ったのか？　そして二度目の試みも失敗したとき、また一週間沈黙し続けたのはなぜなのか？　父は沈黙していたあいだ、何を考えていたんだろう？　何か疑いか遠慮があったとすれば、それはどこから生じたんだろう？　それに、なぜ謎めいた話し方をしたのか？　なぜ単刀直入に「マフムード、わたしだ、兄のジャーバッラーだ」といわなかったのか？　一方で、マフムード叔父をはじめとする四人が、それほどよく知っている人物の声を聞き分けられなかったのも不思議だ。父が直接叔父に「マフムード、わたしがだれかわからないのか？」と話しかけるより早く、マフムード叔父たちのほうが、夜になると詩を暗唱するあの男はジャーバッラー・マタールだと気づけなかったのは、どうしてなのか？　声だけではわからなかったかもしれないが、父が暗唱するために選んだ数々の詩から、手がかりを得られたのではないか？　父は非常に多くの文学作品を記憶していて、まるで船上の図書館のようだった。近・現代の有名なアラブ系詩人の作品なら、詩人ごとに少なくとも一編は暗記していただろう。しかし、刑務所で暗唱するために父が選んだのは、アフマド・シャウキーほか大勢いる、十九世紀末から二十世紀初頭にかけてのアル・ナフダ、いわゆるアラブ文芸復興期の詩人の作品ではなかった。また、バドル・シャキール・アル・サイヤーブをはじめとする、父自身が称賛していたモダニズムの詩人の作品でもなかった。刑務所の暗く静まりかえった夜、マフムード叔父いわく「ピンが落ちる音も、大人の男がひそかにすすり泣く声も聞こえるくらい静まりかえったとき」に、父が慰めを求めて暗唱したのは、哀調に満ちた、ベドウィン特有の「アラム」の詩だった。アラムにはもともと「知識」「旗」「横断幕」などの意味があるが、基本的には「喪失を通じて得た理解」を意味すると、少なくともぼくは思っている。だがここでいうアラムは、現在よりも過去を重んじる詩の形式のことだ。この形式はキレナイカ〔リビア東部の地方〕全域で人気が高く、とくにアジュダービヤーでよく使われる。

　ぼくは、父がアラムを暗唱しているところを思い描く。その声は家で詩を暗唱したときと同じで、聴くと目の前がぱあっと開けるような気がする。広がるのは不思議に曖昧で境界のぼやけた世界で、凪《な》いだ海が空ととけあう風景に似ている。父は、家ではめったに詩を暗唱しなかった。数人がかりでせがんで、ようやくその気にさせることができた。カイロのアパートで、父と母はよく大がかりなディナーパーティーを催したが、お開きの時間が近づくと、招かれた友人たちが父に詩を暗唱してくれといった。そうなるのはたいてい夜もかなり更けてからだったが、ぼくにしてみれば、それまでのバカ騒ぎにようやく合点がいく瞬間だった。たとえていうなら、山の上の村に似ていた。その村へは、車で、めまいがするようなカーブを何度も曲がった末にようやくたどり着く。それまで、車のなかで、父と母はしきりに言い争っている。母が「もういいわ、もどりましょう」というと、父が「ほら、もうすぐそこじゃないか」とこたえる。やがて坂道が終わって平らになったと思うと、ぼくたちは村のなかにいて、広大な風景から守られている。

　パーティーを催すときには、まずメニューを検討し、何度かの変更を経てようやく合意に達すると、準備が始まった。使用人、子どもたち、少数の献身的な友人など、あらゆる人材を駆使して必要な食材をさがし、調達するのだ。母はその込み入った作業を、高邁な理想に燃える芸術家のような手腕でこなした。何時間もかけて電話して、肉屋、花屋、ミルクとヨーグルトとチーズを届けてくれる農家などに細かい指示を与えた。果物売りのところへは幾度も出かけた。車を運転してナイル川デルタ地帯に入り、舗装されていない狭い道を通って、ミヌーフィーヤ県のシビン・アル・コムに近い小さな村へ行き、本人いわく「自分の目で」ハトを一羽一羽選んだ。ぼくは、ナツメグを買うためカイロ西部の香辛料の店に、そのあとアラビアゴム〔乳化剤として用いる〕を買うためカイロ東部の別の店に行かされた。季節によっては、ニンニクはカイロじゅうでこの野菜売りからしか買わない、と決まっていることもあった。ザクロに関しては、数軒の果物売りから見本を取り寄せ、味見をしてから注文した。また、母の持論によると、エジプト人はオリーブオイルの良し悪しがまるでわからないので、何ガロンもまとめて、リビアのアフダル山地にある母の兄の農場か、リビアとエジプトの国境が封鎖されている場合にはイタリアのトスカナ州またはリグリア州から空輸で取り寄せた。その場合、ジヤードとぼくは運転手と一緒に空港へ行って、なぜわが家ではそんなに大量のオリーブオイルを消費するのかを税関の役人に説明し、役人にしかるべき袖の下を渡して、オリーブオイルを持ち帰り、母に笑顔で迎えられた。オレンジ花水は、母の故郷のデルナか、それが無理ならチュニジアから取り寄せ、パーティーの当日に、少量をザクロのフルーツサラダにかけたり、水差しのなかの冷水に加えたりした。大理石の床をモップで拭くときにも使った。

母の異様なこだわりと父の財力——父は日本や西洋の製品を中東に輸入して一財産を築いていた——のおかげで、ぼくたちは贅沢に暮らすことができたが、財力があったために父の政治活動がエスカレートしたのも事実だ。父は、海外で学ぶリビア人学生のための基金を設立したり、法律事典のアラビア語訳など種々の学術プロジェクトを支援したりもしていた。しかし、父がカダフィ政権から危険人物とみなされたのは、豊富な財源に物をいわせて、反体制的な政治活動を活発に行ったためだ。父はリーダーだった。運動を組織して取りしきるすべを知っていた。リビア国内に数ヵ所の地下組織を配し、隣国チャドでも、リビアとの国境付近に軍事訓練キャンプを設置して運営した。そうした活動に自分の財産を投じただけでなく、大口の寄付を募る才能も持ちあわせていた。世界中を回って、故国を逃れた裕福なリビア人たちに働きかけ、自分の組織を支援してもらった。父の率いる組織の年間予算は、一九八〇年代初頭には七百万ドルだったが、数年後の八〇年代の終わり頃には千五百万ドルに跳ね上がっていた。だが、父の活動はとどまることを知らず、チャドでは小規模な軍隊を自ら指揮していた。

ぼくは子どもの頃、なぜかわからないが、わが家のお金はそのうちに全部なくなってしまうんじゃないかといつも思っていて、心配でたまらなかった。だから一度ならず父に、「いくら残ってるの?」とたずねた。

すると父は笑って、「これはこれは、大蔵大臣。あなたには関係のないこと、とだけ、おこたえしておきましょう」といった。

「うちが貧乏にならないか、心配なんだよ」

すると、父はこたえたものだ。「大丈夫。大学教育はちゃんと受けさせてやる。そのあとは自分で稼いで生きていくんだぞ」

ところが、父が拉致されたあと、銀行口座にほとんど残高のないことがわかった。明細書によると、うちの一家がリビアを離れた一九七九年には残高が六百万ドルあった。それが十年あまりのあいだにすべて消えてしまったのだ。ものすごく腹が立った。それに、父が行方不明になった日を境に、うちのフラットにしょっちゅう出入りしていた大勢のいわゆる活動家や、父の最も親しい仲間までが、ぱったり姿を見せなくなったことにも憤った。まるで、ぼくたち一家が伝染病にでもかかったみたいだった。だがいちばん信じ難かったのは、父が、人生でただの一日も社会に出て働いたことのない母を、十分な収入のない状態でほったらかしにしたことだった。ジャードとぼくは早急に、家計を支える方法を見つけなければならなかった。この事態の説明として唯一、思いついたのは、父はすぐに勝利できると確信していた、というものだった。父は、カイロのフラットを売って、母と一緒にトリポリにもどり、リビアに持っている土地を貸すなり売るなりして暮らしていこうと思っていたにちがいない。時間はかかったが、ぼくはしだいに父の行動の意味を理解していった。母のことはジャードとぼくが守っていくと、父は思ったのだろう。息子ふたりにゆだねられると信じたのだ。それは、父のぼくたちに対する深い信頼を表していた。とくに父の手紙を読むと、囚われの身となったのち、息子たちのことを考えて慰めと安心を得ていたことがわかる。父は、信頼というかけがえのないものをくれた。ぼくは自立を余儀なくされたことを感謝している。父が姿を消したことで困窮し、将来が不確かなものになったけれど、困窮も不確かさも、人生のすばらしい師となり得ることがわかったからだ。

父が拉致される前、カイロでぼくたち一家が住んでいたのは、ムハンディスィーン地区の高層ビルの最上階全体を占めるペントハウスだった。住み始めた頃は何キロも遠くまで見渡すことができ、カイロの街並みが途切れて農場が始まるところまで見えた。しかし、あっという間に周辺に高層ビルが建って、地平線はほんの少ししか見えなくなってしまった。大がかりなディナーパーティーの準備中には、清掃作業員もやってきて、窓台から危なっかしく外に身を乗り出して、応接間の壁一面を占める窓ガラスを洗っていた。その日には、どの部屋にも真鍮《しんちゅう》の香炉を持ちこみ、四隅で煙をたくので、カーテンの後ろに煙が残る。そのあいだにもベルがひっきりなしに鳴って、食材が配達されてくる。玄関のすぐ脇にあるキッチンでは、中央で母が腕をふるい、料理人とメイドふたりが手伝っている。ラジオが大音量でかかっていて、ファリード・アル・アトラッシュ、ナガット・アル・サギーラ、ウンム・クルスーム、ムハンマド・アブドゥル・ワッハーブなどの曲が流れている。母は、カイロこそが文化の都だと考えているリビア人家庭で育った。カイロの街が大好きで、気軽にあちこち出かけていた。リビアにいた頃から、陰気な人に出会うと必ず、自分の母親の口癖を真似て、「あの人たちのことを悪くいわないで。きっとカイロに行ったことがないのよ」といっていたほどだ。カイロに移ってからも、母は、世界は永遠に変わらないとでもいうように振る舞っていた。考えてみれば、それこそ、母親に期待されるものではないだろうか。世界をそっくりそのまま保つこと——そして、たとえ嘘でも、世界は変わらないという前提で生きていくこと。父は過去と未来にとらわれ、リビアにもどって故国を立て直すことを切望していたが、母は現在を全力で生きていた。だからこそ、母の存在が、思春期のぼくの原動力になったのだ。

わが家は政治色が強く、反体制派の人間が大勢やってきては、いかにも反体制派らしい、お決まりの、往々にして退屈な会話が交わされていた。あの豪華なディナーの数々は、そうした現実に対する母なりの仕返しだった。それぞれの食材をいつどこで買うかというこだわりと並外れた料理の才能によって、驚くべき成果をあげ、活動家の男たちを文字通り黙らせてしまった。ぼくはたいてい、パーティーの準備が慌ただしく行われている家から抜けだして、日が暮れる頃に帰宅した。すると、母はぼくをキッチンに引っ張りこんで、料理を何種類か味見させ、塩加減はどう？　とか、これ以上チリを入れないほうがいいかしら？　などときいた。食卓はとびきり豪華に整えられたので、客たちは言葉を失うか、喜びのあまりしゃべり続けるかした。あるとき、客のなかに、イドリース国王の下で大臣をつとめたことのある社交好きな人物がいて、スープが出るまでは会話を牛耳っていた。ところがスープをひとくち飲んだとたん、黙りこんでしまった。食卓にいた全員がその変化に気づき、父が「何かお気にさわることでもありましたか、大臣？」とたずねた。すると、その人は顔を上げずに首を振った。ときおりナプキンを目にあてていたが、食べだしたとたんに汗をかくタイプの人なんだろうとぼくは思った。ところが、その人がスープを飲み終えてしかたなく顔を上げたときに初めて、目が赤くなっていることに全員が気づいた。メインディッシュが運ばれてくる頃になると、その人は一転、楽しそうに笑っていた。この一部始終に、母はたいそう満足したようだ。父も、気持ちを表に出すまいとしていたものの、誇らしく思っているのはよくわかった。その頃の数年間、わが家には活気が満ちていた。父も母も、子を持つ親に共通の心配事を抱えてはいたものの、将来、リビアはきっと暮らしやすい国になると信じている夫婦ならではの、自信に満ちた雰囲気を漂わせていた。

そして、たいていはそうしたディナーのあと、父に詩を暗唱してほしいという声があがった。初めはだれかが遠慮がちにいいだし、別の客がぜひにといい、やがてみんなが口々に催促をして大騒ぎになる。父はわずかに頬を赤らめるが、目は嬉しそうに輝いていて、結局は求めに応じる。詩ほど、父に喜びをもたらすものはないようだった。詩のすばらしい一行は安心をくれて、つかの間、世界を正してくれる。父は言葉によって元気づけられ、勇気づけられた。最初にためらったのは、仲間の熱心さを試すためだけだったことがあきらかになった。父がわずかに前かがみになると、つかの間の静けさのなかに新たな空間が広がる。父は声の使い方を完璧に心得ていた。どこで弦を張り、どこでゆるめればいいか。そして、詩を暗唱するときはいつも、おそらく故郷の町への郷愁もしくは忠誠からだろう、最初と最後にアラムを暗唱した。

父は何度か、自分で詩を書いたこともある。自作の詩を暗唱して聴かせてくれたのは、車のなかでふたりきりになったときだった。しかし、そんなことはごくまれだった。父がぼくを車で学校やスポーツクラブに送っていったり、友だちの家に迎えに来て連れ帰ったりすることは、ほとんどなかったのだ。あるとき父が、母にしつこく誘われて、ぼくの柔道の試合を観戦しに来たことがある。ぼくは気が散ってならなかった。父があまりに浮いていたからだ。父は、エジプトの中流階級の人々に溶けこんでいないばかりか、社交に無関心であることを隠そうともしなかった。ふだんから、世間話に加わったり時間つぶしのためだけに人と話したりすることがほとんどなかった。金や土地や最近の流行りについて話しているところなど、思い出せない。社交の場で沈黙し続けるという驚くべき才能の持ち主で、そのために横柄だとか冷淡だと誤解されることも多かった。自尊心が強かったのは間違いない。一度、エジプト政府のある高官が、政治に関わるのをやめるよう父を説得しようとしたとき、父がこういったのを覚えている。「あなたとわたしのあいだにあるのは、スーツケースひとつだけです。もはやここで歓迎されないのであれば、明日にでも荷作りをします」父が兄とぼくに教えたのは、だれからも、とくに政府からは決して経済的援助を受けてはならないということだ。そして、人に施しをするときには、「右手がしたことを左手が気づかないくらい」、こっそりとするように。あるとき、ぼくが小銭を数えてから物乞いに渡すと、それを見ていた父がいった。「この次に施しをするときは、金を持っていることを見せびらかしてはいけない。奪っているかのように与えるのがコツだ」その言葉の意味をぼくが理解したのは、ずいぶんあとになってからだった。父と一緒に歩いていて、肉体労働者や道路清掃人が昼食をとっているところに行き当たり、一緒に食べないかと声をかけられることがあった。それは単なる習慣で、向こうはこちらが応じるなどとは思っていない。しかし、父は上等な服を着たまま、そうした男たちと一緒に地面に座り、ぼくがためらっていると、「座りなさい、まっとうな食事は百人を養う」といった。父はひとくちかふたくち食べてから、手品のように、しゃべりながら紙幣を何枚か、皿の下にすべりこませた。それから時計を見て、「みなさん、ご一緒できてよかった、ありがとう」というと、その場を去った。父はいつもおだやかな声で話したが、使用人が物乞いやのら猫を追い払うと、大声で叱った。父の方針はシンプルで、人でも動物でも困っていたら必ず助ける、というものだった。「あの人たちの心を読むなどよけいなお世話だ」と父にいわれたのは、ぼくが、恥ずかしながら偉そうに、物乞いは物乞いを仕事にしている、といったときだった。「疑うのではなく、与えることだ」。それと、玄関であれこれたずねてはいけない。何がほしいかいわせるのは、お茶と食べ物を振る舞ったあとにしなさい」そんなわけだから、うわさが広まって、わが家の玄関のベルは日に二度も三度も鳴るようになった。たいていの人は、食費や、学費や、薬代を無心に来た。ときどき、争いの仲裁をしてほしいとか、いざこざの末に取り上げられた荷馬車、自転車、かごなどを取り返してほしいとかいう人もいた。そういう場合は、父の手をわずらわせず、兄とぼくとで対処したこともけっこうあった。それも家庭教育の一環という感じだった。そうしたことを通じて、わが家の特権という壁がやや薄くなり、困窮者の抱えている不公正感や屈辱感がどういうものか、ぼくにも多少わかってきた。それ以外に父がぼくたち息子に強く求めたのは、乗馬と射撃と水泳だった。その三つは父方の祖父のハミードも重要視していて、祖父は、オマル・イブヌ・アル・ハッターブ〔七世紀に活躍した初期イスラーム共同体の指導者のひとりで、第二代正統カリフ〕の伝記を読んでそう考えたのではないかと思う。父は、ときどき午後にぼくを車に乗せて、ギザのピラミッドの向こう、カイロ郊外の砂漠まで連れていき、小銃の扱い方を教えてくれた。車のなかで父とふたりきりになるのは珍しかったが、そんなとき、父はつくったばかりの詩を暗唱して聴かせてくれた。ぼくが冷やかすと、父はわざとむきになって、「傑作なんだぞ。おまえは無知だから、よさがわからんのだ」などといった。するとぼくはおかしくてたまらなくなり、笑いころげるのだった。

　マフムード叔父は、そうしたいっさいを知っていた。刑務所で、父がひそかに自分の存在を叔父に知らせようとしていたのなら、自作の詩のひとつを暗唱して聴かせた可能性は大いにある。たとえば、こんな一節で始まる詩を。

その苦痛がはっきりわかっていなければ
わたしはたずねただろう
どの悲しみに屈すればいいのかと

マフムード叔父は、兄の声を聞き分けられなかった理由をいくつもあげた。刑務所での生活に対する不安、逮捕されたショック、際限のない尋問、独房に閉じこめられて精神的に混乱していたことなど。そして「ああいう状況では、判断力が鈍るものだ」といった。

ぼくが納得しきっていないのを、叔父は感じ取ったのだろう。続けていった。

「結局、どうしても信じたくなかったんだ」

しかし、いかに投獄されたことがショックで、父も同じ刑務所にいるという「悪い知らせ」を信じたくなかったとしても、父の声を聞き分けられなかった十分な説明にはならない。ぼくはしかたなく、しだいに納得のいく唯一の説明を受け入れるようになった。父は声だけで自分だと気づいてほしいと思っていたのだ。声以外の証拠を示さなくても、自分だとわかってほしかったのだ。おそらく、ぼくもそうだが、父が心のなかでいちばん大事にしていたのは、自分を保つことだったと思う。われわれが苦しみを恐れるのは、ひとつには——というより、たぶんそれがいちばん怖いのだろうが——苦しみのせいで自分が変わってしまうことだ。ぼくはいまだに、父がぼくをぼくだとわかってくれない夢を繰り返し見る。最初に見たのは父が行方不明になった数ヵ月あとだったが、以来忘れたことがない。それは、父があまりに苦しい経験をしたために、ぼくを見てもぼくだとわからなくなってしまった夢だった。夢のなかで、父はぼくを、知らない人間を見るような目で見たのだ。そんなわけで、マフムード叔父が父の声を聞き分けられなかったのも、叔父が刑務所での生活に不安だったからだけではなく、父自身が変わってしまっていたせいもあったのではないかと思う。そしておそらく、叔父もそのことに気づいていたが、声に出していいたくなかったのではないか。叔父が父の声を聞いたときの気持ちは、ダンテの『神曲』で、地獄の深みに下りていった詩人がチアッコに出会ったときの気持ちと似ていたのではないだろうか。詩人が生前から知っていたチアッコは、地獄ではすっかり別人のようになっている。そのチアッコに詩人はこういう。

……おまえが耐えてきた苦しみは
おそらく、わたしの記憶するあらゆる苦しみをしのぎ、
わたしの目におまえは見知らぬ男のように映る
だが、教えてくれ、おまえはだれなのか
罰として、かくも哀れな仕事に就かされたおまえ
それ以上の苦しみこそあれ、それ以上不快なことはない

ダンテと同様、マフムード叔父も、それがぼくの父の声だとわかっていたにちがいない。そしてチアッコと同様、父も、自分はもとのままの自分だと自分自身に証明したがっていたのだ。

7　健康か？　家族は？

　父は監禁されているあいだにどんな目にあったのか、という問いが頭から離れない。まずは、最初の数日、最初の数時間のことを考えてみる。というのも、父の刑務所での生活を思い描こうとすると、想像力が霧のなかに迷いこみ、ほんの少し先までしか見えなくなってしまうのだ。父が拉致されて二年ほどは、父がどんな目にあっているか考えただけで、体が思うように動かなくなった。エジプト当局は、ぼくたち家族に口をつぐませておくために、父はカイロ郊外の秘密の場所に拘束されていると、ぼくたちが信じるように仕向けた。そして、もし釈放を求める運動をしたり、彼らいわく、「騒ぎたて」たりしたなら、「状況はよけい悪くなる」と繰り返し警告してきた。ぼくたちはそれを信じた。十九歳だったぼくは、轡《くつわ》をかまされた馬のように用心深く、おとなしくなった。入浴中も、椅子にかけて食事をしているときも、父の身に間違いなく起こっているいまわしいことの数々を考えずにいられなかった。ぼくはあまり話さなくなった。ロンドンのフラットから出るのは、大学に講義を聴きに行くか、ナショナルギャラリーに絵を観に行くときだけになった。飛行機に乗ってカイロに帰省したが、それは事件から一年以上もあとのことで、なぜもっと早く帰らなかったのか、弁解のしようもなかった。ぼくは六ヵ月間、家にこもった。しまいには、部屋から部屋へ移動することさえ容易ではなくなった。境界がゆがんで見えるようになったのだ。リビングと玄関ホールのあいだのアーチ型の開口部が、近づいていくにつれてめちゃくちゃに曲がるさまが、いまも目に浮かぶ。また、どんな動きでも、反復されるのを見ると動悸《どうき》がした。窓から外を見るときには、通り過ぎる自動車のタイヤを決して見ないようにした。その回転に一瞬でも目をやったなら、体が震えだした。ある日、母か兄のいったこと——具体的に何といったのか、よく覚えていない——が引き金になって、ぼくの片脚が勝手に動きだし、キッチンの食卓の下側を繰り返し蹴った。分厚い木製の天板が上下して、のっていた皿が飛び上がり、元の位置とわずかに違うところに着地した。ジヤードがぼくをおさえつけ、理不尽にも母に向かって「なんてことをするんだ」と叱るようにいった。ジヤードはぼくと母を守る責任があると感じており、ぼくもジヤードと母を守る責任を感じており、母も家族みんなを守らなくてはと思っていた。三人それぞれが、親であると同時に子どもでもあった。かつて四本の柱がバランスよく支えていた家は、いちばん太い柱を失って、倒れないよう、絶えず緊張していた。

しばらくして、マフムード叔父は昼寝から覚めたが、客たちは気づかず、大きな声でしゃべり続けていた。叔父はぼくにほほえんでみせ、黙ってみんなのやりとりを聞いていた。そこへ新たな客がやってきた。遠い親戚の人たちだ。ぼくは彼らを知らないし、向こうもぼくのことを知らないが、抱きあい、一緒に座って話し、互いの人生について差しさわりのないことをたずねあった。ぼくは、自分が何者なのか、わかってもらえた気がした。もし荷物を全部鞄に詰めて、この人たちの家を訪ねていったら、きっと泊めてもらえるだろうと思った。そんなことを考えるなんて、いつものぼくらしくなかった。よその家に滞在するのが苦手で、ふだんはなるべく避けているのだから。故国にもどった興奮に酔っているんだ、と自分に言い聞かせた。きっとすぐに酔いはさめるだろう。コーヒー、ハッカ茶、菓子が、また振る舞われた。黙ってタバコをふかしている人もいれば、うつむいて自分の膝や指を眺めている人もいる。最初の興奮と大胆さが消えて話すことがなくなると、みんな、そんなときにたいていの人がする、とりわけリビアの遊牧民が得意なことをした。礼儀にかなったありきたりの言葉や、こうした場にふさわしい、具体的な答えを要しない質問を繰り返すのだ。大事なのは、ぼくの父方の一族の男たちが常に慎重に避けているように、個人の領域を侵す質問やくだらないうわさ話を口にしないことだ。この一族の男たちは、しゃべりすぎる人間を信用しない。そのため、文が二つか三つの短い会話が交わされ、それが延々と続く。大方の客が去ったあとにやってきた、ある老人との会話もそうだった。その人はやせていて、イギリス風の古ぼけた黒いウールのコートを着ており、ボタンを襟元までとめていた。頭に白いターバンをゆるく巻いているが、不思議とずり落ちそうには見えない。みんな、ぼくがその老人と知り合いだと思ったのか、三十三年も故国から離れていたぼくにいろいろ説明するのが面倒だったのか、とにかくだれもその老人を紹介してくれなかった。しかし、ぼくはなんとなくその人に懐かしさを覚えた。老人はぼくの両腕をつかむと、何もいわずにぼくをじっと見た。その瞳は、ヒスイのようなくすんだ緑色だった。老人の顔も、体と同様、むだな肉がいっさいついていなかった。顔はほっそりしていて、端整な目鼻立ち。まっ白な口ひげとあごひげは短めだった。ごわごわした感じの肌は赤味を帯びた濃い茶色で、たくさんあるしわの部分だけ、わずかに色が薄い。ぼくは老人と抱きあった。先に体を離したが、もう一度抱きしめ、相手と同じくらい力をこめた。やがて、老人はぼくの手を引いて隣に座らせた。それからぼくと腕を組むと、にっこりして、またぼくの目をのぞきこんだ。どう生きてきたか、どんな暮らしをしているかといったことは、いっさいきいてこない。きかれたのは、「元気か？　健康か？　家族は？」ということだけで、この三つの問いを二分置きぐらいに繰り返した。

「しばらくぶりですね」マフムード叔父がその老人にいった。場を少し盛り上げようとしたのだろう。

老人は相変わらずぼくを見つめていたが、その笑みにはいたずらっぽさが加わっていた。

老人の息子は、ぼくと同じ年頃で都会的な雰囲気の男だったが、父親のことを少し揶揄《やゆ》するような調子で、マフムード叔父にいった。「症状が深刻になってましてね、ぼくたちとはせいぜい一日か二日しか一緒にいられないんです」

「どこに行くんですか？」ぼくは老人にたずねたが、ふたりで体を寄せあうように座っていたし、集まった人たちの端のほうにいたので、声を低く抑えた。その結果、ふたりで密談でもしているような感じになった。

老人はにっと笑って、うなずいた。「ばかどもには勝手にいわせておけ」といっているようにも、「じきに終わるさ」といっているようにも見えた。

「砂漠に行くんです」息子が頬を少し赤くして、ぼくを見ながらいった。ほとんど面識はないが年齢の近い親戚が、ぼくにどう思われるか心配しつつ好かれたいと思っているときに、よくこんな表情をする。「父は、飼っているラクダたちのところに行くんです。家族よりもラクダのほうが好きなんですよ。すごく甘やかしています」

老人はぼくを見たまま、何もいおうとしない。

マフムード叔父が老人の代弁を試みた。「だれも責められないでしょう。お父さんはきっと、人といることに疲れてしまわれたんですよ」

そのあと、みんな黙りこんでしまったが、ぼくと老人は相変わらず腕を組んだまま、老人は大きな手でぼくの手を握っていた。そしてぼくを見つめ続けた。ぼくは老人からほかの人たちへ、床へ、自分の手の上に置かれた老人の大きな手へと視線をさまよわせた。老人の肌は樹皮のようで、爪は黒かった。それとは対照的に、ぼくの手は真新しく、使いこまれていない感じがした。老人が、「元気か？　健康か？　家族は？」とまたきいてきた。今度は詳しくこたえようとしたが、相手はぼくが提供する情報に興味を示さなかった。そして、その後も同じ質問が続いたが、それは繰り返されるほど滑稽に思える一方で、妙に強く心にひびいた。老人のまなざし――ぼくから離れず、ほかのどこでもなくぼくの目だけをのぞきこむまなざし――は沈黙とあいまって、ぼくを不思議な気持ちにさせた。純粋な寓話のような状況に陥って、そこに囚われてしまったみたいに感じた。老人が求めているのはぼくがそこにいることで、それ以外は何も求めていなかった。老人が息子と一緒に帰っていったあと、マフムード叔父が老人の正体を教えてくれた。

「ムフタフといって、おまえの父さんのいとこだよ。ふたりはとても仲がよかった。ムフタフはブロッサーでラクダといるほうが好きなんだ。子どもの頃、おまえの父さんとよくあそこで遊んでいたっけ。おまえの伯父さんのサラーフが死んだときも、あの人はおまえの父さんと一緒にいた」

「サラーフ伯父さんって？」

「おまえの父さんの一歳上の兄さんさ。子どもの頃に、イタリア軍かドイツ軍かイギリス軍が残していった地雷を踏んで死んだ。そのとき、おまえの父さんは十歳で、小便をしにいったおかげで命拾いをした。だが、サラーフが吹き飛ばされる瞬間を見てしまって、それが長いあいだトラウマになったらしい」

三十何年ぶりかで故国にもどったぼくは、その種の話が古い逸話のようにさりげなく語られるのを聞くことになった。この話もそうだが、そうした情報が衝撃的なのは、まさに、なんとなく納得できるからだ。ぼくの父は、長年悲しみに耐えてきたようなおだやかさと自己抑制を身につけていたし、親戚、とくに何人かのきょうだいとのあいだに一定の距離を置いていた。それは、いまにして思えば、幼くして死んだ兄が残した空白に起因していたのかもしれない。

「あそこの砂漠には、まだ地雷がたくさん埋まっている。ムフタフも、サラーフが吹き飛ばされる瞬間を見ていた。ムフタフは、おまえの父さんのことが大好きだったんだ。わかるだろう？」

8　休戦とクレメンタイン

客が帰ると、またマフムード叔父とふたりになった。叔父は元気を取りもどした。子どもたちとふざけて、子どもたちがおもしろいことをいうと大声で笑った。息子たちよりも手際がよくて、食事のあと、真っ先に皿をキッチンに下げ、まだデザートを食べていない者を見つけては、ぱっと立ち上がって果物の皿を渡した。ただ、心の奥の秘密の部屋では、静かにきっぱりと撤退が行われたようで、ある種の内気さも感じられた。それは、かつて忠誠を試されたのち、ひそかに信念を抱き続けている者の内気さに似ていた。ときおり、会話の最中に、考えこんでふいに黙ってしまうこともあった。やがて、祈りの合図が聞こえてくると、部屋の隅に行った。最近、アラブ世界全域のイスラーム教徒のあいだでは、信者でない人も祈りに参加するよう声をかけるのが流行りだが、叔父は昔どおりにマットを敷いて小声で祈りを唱えた。その姿——ほっそりした体つき、少年のように軽やかな身のこなし——からは、消えまいとする努力がうかがわれた。それは叔父特有の姿であると同時に、人間が有史以来、死すべき運命に抗ってきた姿でもあった。それによって、叔父と世界のあいだに隔たりが生じたが、それは、漁師の投げた網が海面に残す扇形の波紋のように、ほんの一瞬で消えてしまった。

おそらく、マフムード叔父は停戦を申し出たのだ。停戦の条件は叔父だけが知っているか、もしかしたら叔父自身も意識していないかもしれないが、それは限りなく危険に満ちた世界を覆いかくして見えなくする、巧みな策略だ。そんな策略を講じたのはいつだろう？　それは、刑務所でまずい食事をとっていたときか、もしそんな時間があればだが、くつろいだ気分で過ごせた時間にとらえた空白の一瞬だったかもしれない。たとえば、独房から出ることを許されて、刑務所の中庭を強い日差しをあびて歩いていたとき。細長い長方形の地面を行ったり来たりしながら、『カラマーゾフの兄妹』か『カンディド』か『ボヴァリー夫人』か何か、お気に入りの小説のある場面をつぶさに思い出したり、叔父ならではの生き生きした口調で受刑者仲間に語って聞かせたりしていたとき。ちなみに、叔父がそうしたのは、自由な世界にいる人間が本を再読するときと同じく、喜びを再現して深めたいという欲求からだ。あるいは、それは小説ではなく、サッカーの試合だったかもしれない。というのも、ぼくの父と同様、叔父のサッカーに対する情熱と文学に対する情熱は、性質こそ異なれ、強さは同じだから。ぼくが頭に思い描くのは、叔父が太陽の下を歩きながら、幸せな記憶を呼びさましたい一心で、ぼくの父と最後に一緒に見たサッカーの試合の詳細を仲間に語っているところだ。それは、一九八九年九月十三日、父と叔父が投獄されるちょうど六ヵ月前のことだった。ぼくはロンドンの大学で学んでいて、カイロに行けなかった。十年前にぼくたち一家がリビアを離れてから初めて、叔父がカイロのわが家を訪れた、記念すべき日だったというのに。当時、リビア政府は、父の親族のほぼ全員に海外旅行を禁じていた。それは、当局が父を、さらに父の親族を罰するために用いた戦術のひとつだった。父の反体制的な政治活動のせいで、父の親族の男たちはほとんどだれも（政府に忠実だった少数の例外的な人物は別として）職につけず、学位も取得できなかった。大勢いるぼくのおじやいとこも、その制限を受けた人は多かった。ぼくたち一家は、そうした人たちとのつながりを強めてさらに迷惑をかけるのがいやだったので、父方の親族には電話もせず、手紙も出さないようにしていた。事実、ぼくはリビアを離れてからずっと、マフムード叔父の声を聞いていなかった。

一九八九年九月、叔父はカイロのぼくの実家に到着すると、ロンドンのぼくのフラットに電話をくれた。すぐに叔父の声だとわかった。まるで、それまでの十年間、叔父の声がぼくの頭のなかに保存されていたみたいだった。ただ、以前より少し低く、落ち着いた感じに聞こえた。とはいえ、叔父と話すのは八歳のとき以来だったから、ふたりのうち、声帯に劇的な変化が生じていたのはぼくのほうだった。叔父は何度も、「驚いたな、ヒシャーム、すっかり大人の声になったじゃないか」といった。そのときの電話では、ぼくたち一家がリビアを離れた後に叔父が結婚した相手、ザイナブ叔母とも話した。話しながら、どんな女性なんだろう、父と母は彼女をどう思っただろう、などと考えていた。叔父夫妻は、ぼくたちにとっていちばん新しい親族も連れてきていた。ふたりの第二子で、まだ赤ん坊だったイッゾ・アル・アラブ・マタールだ。ふだん、ぼくがカイロの実家に長距離電話をするのは週に一度だったが、叔父の滞在中はほぼ毎日電話した。

その秋、マフムード叔父がカイロを訪れた時期は、ちょうどヨーロッパカップの開催時期と重なっていた。父は読書の次にサッカーが好きで、どこのチームよりもバイエルン・ミュンヘンを応援していた。父が仕事で出張に出ているあいだにバイエルン・ミュンヘンの試合がテレビで放映されると、母は必ずビデオに録画した。父が拉致されたあとも続けて、ひいきのチームの試合だけでなく、放映されるサッカーの試合を全部録画した。どんなにマイナーな試合も欠かさず、エジプトの下位リーグのトーナメント試合まで撮っていた。ぼくが休暇で実家に帰るたび、母の録画したビデオテープは、本のように立てて並べた状態で一メートル分くらい増えていた。どのテープにもラベルが貼ってあったが、いつもの母の丁寧な筆跡ではなく、走り書きの文字で対戦チームがメモしてあった。「マリ対セネガル」「カメルーン対エジプト」「ユベントス対バルセロナ」といった具合で、日付も添えられていた。母がサッカーの試合のビデオ録画をやめたのは、拉致から三年後、父が刑務所で書いた手紙が初めて届いたときだった。そのときまでに、母は数百時間分のサッカーの試合を録画していたから、ぼくが当時計算したところでは、もし父がサッカー好きのままもどってきたとしたら、全部のビデオテープを見るのに数年かかるはずだった。

しかし、マフムード叔父夫妻がカイロを訪れた頃は、まだみんな幸せだった。父も母も、父の最愛の弟を迎えて、絆を深めたはずだ。十六年間も離れていたせいで、叔父は父にとって弟であると同時に息子に近い存在になっていた。父と母は義理の妹にも会い、生まれて間もない甥っ子にも会った。それは父にとって、孫を抱くのにいちばん近い経験だったにちがいない。

その年のヨーロッパカップの一回戦で、バイエルン・ミュンヘンはスコットランド代表のグラスゴー・レンジャーズと対戦した。母はいつものように、試合が始まる数分前まで、どちらのチームを応援するか迷っていたが、結局、ぼくと同じにレンジャーズを応援することにした。そうすれば、父とマフムード叔父に共通の「敵」ができて楽しいだろうという配慮もあったが、もうひとつ、レンジャーズは黒人選手をフィールドに送り出した唯一のチームでもあったからだ。

ぼくは電話で母に教えた。「黒人選手はマーク・ウォルターズっていうんだ。ジヤードのたった二歳年上だよ」

「アフリカ人?」と母。

「わからないけど、レンジャーズ初の黒人選手で、初出場のときは大騒ぎだった。サポーターが怒ってどなったり、唾を吐いたりしてさ。バナナが何千本も競技場に投げこまれたんだ」

ぼくは大げさにいった。たしかに、マーク・ウォルターズの初試合のときにはバナナが投げこまれたが、何千本は大げさだ。

母はマフムード叔父に電話を替わった。ぼくは叔父にも、マーク・ウォルターズについて同じことを話した。叔父はちょっと黙っていてから、昔ぼくと電話で話したときによくいった言葉を口にした。「じつに残念だよ、おまえがここにいないなんて」それから、「おまえのいとこのイッゾが、はじめまして、っていってるぞ」といったが、叔父もぼくも、生後たった十ヵ月のイッゾがそんなふうにしゃべれるはずはないとわかっていた。叔父は父に電話を替わった。

「おまえはどこで観戦するんだ?」父がきいた。

「友だちのところ」ぼくは嘘をついた。

ぼくは電話を切ったあと、地元のパブへ行き、一パイントのビールを注文して、見知らぬ人たちと一緒に試合を観戦した。前半二十五分に、レンジャーズはペナルティーキックを与えられ、マーク・ウォルターズが蹴ることになった。彼がボールから後ろ向きに離れるのを、ぼくは見守った。そしてクルアーンの最初の章《スーラ》を暗唱した。十八歳のアラブ人のイスラーム教徒が、イギリスのパブでスコットランドの代表チームのために祈ったのだ。そのチームに、アフリカ人かもしれない（が、そうでないかもしれない）黒人の選手がいるというだけの理由で。一方、ぼくのリビア人の家族は、故国から逃れてカイロにいて、ドイツのチームに声援を送っていた。嬉しいことに、マーク・ウォルターズは得点した。だが二分後に、バイエルン・ミュンヘンが同点に追いつき、最終的には三対一でバイエルンが勝利した。でも、かまわなかった。レンジャーズが負けたのは黒人選手のせいではなかったのだから。

試合のあとで、もう一度実家に電話した。すると、めったに電話を取ることのない父が出た。

「きっとおまえだと思ったよ。バイエルンの技術を見たか？　まったくすばらしい。そら、叔父さんが話したいとさ」

「ヒシャーム、おまえのいとこは生まれついてのバイエルンのサポーターだぞ。おまえが応援していたアフリカ人の……何て名前だったかな？」後ろで母が、「マーク・ウォルターズよ」と、まるで偉大な哲学者か詩人の名前みたいに教えるのが聞こえた。叔父が続ける。「そうだ、マーク・ウォルターズが得点したとたん、イッゾは火がついたみたいに泣きだしたんだ」

マフムード叔父とザイナブ叔母がカイロの実家を訪れた翌年、イッゾに妹が生まれた。その妹、アマルが最近、ある写真を見つけた。右下の隅にオレンジ色で13/09/89と、あのバイエルン対レンジャーズの試合と同じ日付が入っている写真だ。そこには生後十ヵ月のイッゾが、ぼくの父の膝に抱かれて写っている。イッゾはちっちゃな手をのばして、父がじらすように見せているクレメンタイン〔小ぶりのオレンジ〕を取ろうとしている。父はダークブルーのファルマーラを着ている。リビアの伝統的な服だ。そのウール地を、ぼくは父と一緒に選んで、カイロの旧市街、ハーン・アル・ハリーリーの仕立屋に持っていったのを覚えている。父の手——見るといまでも心を乱されるのだが、この気持ちを伝えるのは難しい——が写真の中央を占め、指先で色あざやかなクレメンタインを挟むように持っている。イッゾの目はその果物に向けられ、父の目はカメラに、したがってぼくたち、というよりぼくに向けられている。手前には果物の鉢。父の右側に、別の男性の両脚が見える。細くて長いところを見ると、マフムード叔父の脚ではないかと思う。叔父も父とそっくりのファルマーラを着ている。父が、自分が使った仕立屋に連れていったにちがいない。父は叔父と、以前にぼくが仕立屋の帰りに連れていった食堂で昼食をとっただろうか？　その食堂は、裏通りの狭い石段をのぼったところにあった。父が「いったいどこに連れていくつもりだ？」といいながらついてきたとき、ぼくは新しい珍しいものを父に紹介するのだと思ってわくわくし、父の戸惑い気味の表情を楽しんだ。父は、崩れかけた古い階段を上等な革靴の足でのぼりながら、自分はどんなに舌が肥えていようとも庶民の味方だと示したくてたまらない様子だった。ぼくが意のままに行動することを、父は必ず喜んでくれた。その日、労働者向けの古ぼけた簡易食堂に入っていくと、父はそこにいる客全員に挨拶し、うまそうな料理ですねといった。客たちは、もの珍しそうな、おもしろがるような表情でこちらを見ていた。ぼくたちは国籍からいっても階級からいっても、当然よそ者だ。父はぼくよりも浮いていた。というのも、ぼくはその頃にはエジプトなまりのアラビア語を完全にマスターして、カイロ市民として通るようになっていたからだ。カイロの人々がとりわけ外国人を察知する能力に長けていることを考えると、これは快挙で、数人の知人はほめてくれたが、リビア人の親戚からは嫌がられた。テーブルにつくと、父が「注文は任せる」といったので、ぼくはその日の特別料理、山羊肉のグリルを頼んだ。父はそれを見て、リビアのマルドーマという料理を思い出したらしい。肉を灰のなかでゆっくり焼く料理だ。父もぼくもたっぷり食べた。店を出るとき、父が「この店は二度と見つけられそうにないな」といった。ぼくは父を路地のまん中に立たせて、角にある銀器の店や、向かい側に下がっている年代ものの黒ずんだ大きな真鍮のランタンや、漬けたルーピン豆を売っている老人や、父の頭上にかかっている「幸運」と書かれた看板などをさし示した。父はそれらの目印全部に目をとめたが、「二度と見つけられそうにないな」とまたいった。しかし、マフムード叔父を仕立屋に連れていったとき、以前にぼくと食事をしたことや、あのレストランの場所を思い出したかもしれない。あのへんで山羊の肉を食べさせるレストランはごく少ないから、たずねれば教えてもらえたかもしれない。

その写真を撮った六ヵ月後、父もマフムード叔父も逮捕されて、イッゾは父親から引き離された。その後、二〇〇一年に、父子はつかの間の再会をした。当局が叔父たちを裁判にかけると決めたときのことだ。知らせを聞いて、逮捕された男たちの家族は急いで裁判所に出向き、十一年あまりの年月をへて夫や息子や父親と再会した。イッゾは十三歳になっていた。叔父は、その日のことを昨日のように回想する。「おれはフマード、アリー、サーレハたちと一緒に、高い柵で囲まれた檻のような被告席に立っていた。裁判官がおれたちの名前を読み上げた。おまえの父親の名前もだ。ジャーバッラーはおれたちのグループの指導者だと説明された。だが、ジャーバッラーの『所在は不明』だと裁判官はいった」

その裁判の少しあとで、いとこのひとりが裁判の詳細記録を送ってくれた。そこに記された「所在は不明」という言葉を読んで、「つまり、殺したということだな」と思ったのを覚えている。ところが、少しするとふたたび希望が、狡猾かつ執拗《しつよう》に心に忍びこんできて、ぼくは自分にこう言い聞かせていた。父自身も最初の手紙に書いていたように、エジプト政府は「二度と日の目を見させない」という条件で父の身柄をリビアに引き渡したのだから、裁判所も当局と同じことをしている、つまりジャーバッラー・マタールを拘留している事実を隠しているのだと。しかし、いままた、マフムード叔父の口から「所在は不明」という言葉を聞くと、ふたたび気持ちが揺らぎ、希望に抗えない自分に腹が立った。そうした傾向には用心しなければと思う。つい、どんな小さな手がかりにでもすがろうとしてしまう。たとえば、長い沈黙のあとで耳にする「所在は不明」といった言葉がそうだ。そんなことを考えているうちに、ぼくは確信した。マフムード叔父もまた、この言葉の意味を承知しているのだと。なら、そこで話を打ち切ればいいものを、ぼくは愚かな質問をせずにいられなかった。

「それ、父さんを殺したってこと？」

「わからん」マフムード叔父はいった。「だが、おれはそうは思わない。ジャーバッラーは生きていると、まだ信じてるからな」

「だけど、そんなことあり得る?」しだいにいらいらしてくるのが、自分でもわかった。「生きてるとしたら、いったいどこにいるんだよ」

「わからん。わかっているのは、ジャーバッラーがおれの兄だということと、死んだとは思わないってことだけだ」マフムード叔父はそのあと、釈放された日に電話でいったのと同じことを口にした。「望みを捨てるな」と。そして、法廷の被告席に立った日のことに話をもどした。叔父はその日、息子のイッゾと十一年ぶりに再会したのだ。

「おれたちは全員、反逆罪で告発されていた。弁護士をつけてもらえなかったから、だれが弁護をするかで法廷がざわざわしていた。ちょうどそのとき、被告人の妻や子たちが法廷に入ってきて、おれたちのほうをじっと見たんだ。ザイナブはすぐにわかった。おれはできるだけ元気なふりをした。子どもたちは、よくわからなかった。みんなすっかり大きくなっていて……」

「イッゾはどうだった?」ぼくはたずねた。

「ザイナブやほかの子どもたちと一緒に、被告席に近づいてきた。背が高くて、もう十三歳になっていて、とても内気そうだった。おれは冗談をいって笑わせようとしたよ」

この会話をマフムード叔父とした二日後に、フマード・カンフォーレ叔父がその場面を説明してくれた。マフムード叔父とは違い、フマード叔父は傍聴人のなかに自分の家族の姿を見つけることができなかったという。

「おれは傍聴人たちを見ながら自問した。こんなに長いこと離れていて、どうして子どもたちは父親を見分けられる？　と。そのとき隣にいた男は、おれたちとちょうど同じ頃から刑務所にいた。そいつには妙な病気があって、気持ちがたかぶると決まって息が止まってしまうんだ。笑ったり泣いたりするたびに、息が止まる恐れがあった。いざ止まると、そいつを助けるには背中を思いきりひっぱたくしかなかった。そのとき、法廷はかなり騒々しかった。傍聴人たちが、被告席にいる家族や親戚の男たちに口々に呼びかけていたからな。そこで、おれはそいつの耳元でいったのさ。『あそこの十代の男の子、こっちを見てるだろう？　父親が逮捕されたときにはまだ小さかったはずだ。もしいま、目で父親をさがしてるとしても、きっとどの男が父親かわからない。わかるはずないよな？』すると相手はいった。『ばかな。自分の父親がわからないなんてことがあるもんか』そこで、おれはその男の子を手招きすると、『だれに会いに来たんだい？』ときいた。男の子は、父親に会いに来た、とこたえた。『そうか。それで、お父さんの名前は？』とたずねると、その子は『フマード・カンフォーレです』といった。隣の男は気絶しちまった」フマード叔父はそういって笑った。「床にのびちまって、どんなに背中をたたいてもだめだった。そのあとも喜劇は続いた。おれは緊張のあまりおかしくなってたらしい。おれがだれなのかわかっていない息子に向かって、ありふれたつまらない冗談を連発してた」フマード叔父はげらげら笑い、ぼくも一緒に笑った。やがて、叔父は笑うのをやめていった。「おれたちは、自分の子どもの顔もわからなくなってたんだ」

その裁判の被告人たちは、共謀して国家に反逆したかどで有罪となった。ぼくの父は不在判決で死刑を宣告された。ほかの人は全員、無期懲役を宣告され、その後はときどき面会を許された。そうして、イッゾは何年もかけて、自分の父親を少し知ることになった。

9　父と息子

アマルは兄のイッゾのことで頭がいっぱいらしく、ほぼ毎日、兄の写真を少なくとも一枚はフェイスブックにアップして、だれでも閲覧できるようにしている。たとえば、幼い頃の、好奇心いっぱいだが内気そうな目をしたイッゾの写真。十代の頃の、海辺にたたずむイッゾ。背後に青い海が広がり、波が打ち寄せている。イッゾは風で髪が乱れるのも気にならない様子で、大人の世界に足を踏み入れたばかりの若者の目でこちらを見ている。その後の、自由の戦士となったイッゾの写真もある。アマルがアップした写真の大半がそうだ。独裁政権を倒すために武装して戦った六ヵ月のあいだに撮られた写真が、数えきれないほどある。たとえば、自動小銃のカラシニコフや対戦車擲弾《てきだん》発射器（ＲＰＧ）を持ち、胸に複数の弾丸ベルトをたすきがけしたイッゾの写真。ドアがなくなってしまった小型トラックを運転している写真では、見られているのを知って、照れたような、ちょっと物憂げな表情を浮かべている。まるで、よく知らない人たちと旅をしている若者のようだ。爆撃で大破したどこかの建物で、茶色くなったマットレスに座って休んでいる写真もある。おそらく、戦闘の後半に撮られたものだろう。着古した黄色のＴシャツごしに、上半身が最初の頃より筋肉質でたくましくなっているのが見てとれる。ほかに、崩れかけた壁にもたれて立っている写真もある。家は破壊されているが、そこの壁だけは見知らぬ国の地図みたいな形になって残っていて、イッゾの影が映っている。イッゾが傷を見せている写真も何枚かある。榴散弾を受けたのだろう、顔に細かい傷がたくさんあって、両耳に白いコットンを詰め、プラムみたいに赤い目をしている。戦い続けた六ヵ月のあいだに、イッゾの表情も少し変わっていく。初めの頃は、成功を熱望する者特有の、強い目的意識が感じられる。後半もその表情は消えていないが、まなざしに疲労がにじみ、眉間にしわが刻まれていく。当惑のベールが下り、じっと耐えているのがわかる。イッゾのなかで何かが変わり、永遠とはいわないまでも、際限なく戦闘が続くように思えてきたのだろう。それらの写真を見ていると、イッゾの声が聞こえてくる気がする。「もう遅すぎるのか？　きっと遅すぎるんだろうな」という声が。そして、ぼくにはわかる。イッゾは、退却がどうのということをいいたかったのではなく、戦争の本質に対するひとつの反応を示したのだ。その本質とは、勢いを保つには戦闘を続けるしかないということだ。

そうした写真が撮られる二、三ヵ月前、イッゾは大学の最終学年に在籍して、土木技師をめざして学んでいた。一方、ぼくは何年も前から叔父やいとこたちの釈放を求めるキャンペーンをしていたが、ちょうど同時期にリビアの独裁政権は、大衆暴動を回避すべく、土壇場で一部の政治犯の釈放に踏み切った。そしてマフムード叔父は、二〇一一年二月初旬に釈放された数人の政治犯のひとりとなった。イッゾは、幼年時代以来初めて、ひとつ屋根の下で父親と寝起きすることになったのだ。叔父が釈放されると、アジュダービヤーでは交通の大渋滞が起こった。何百人もが叔父の家を訪れて、叔父への支持を表明したためだ。近隣の村や町から来た人もいれば、はるばる首都トリポリから来た人もいた。多くの人にとって、それは、身を危険にさらすことなく独裁政権への抗議行動を起こすチャンスだったのだ。その時点ではまだだれも、二週間後に五つの町や都市が堂々と抗議の声をあげるとは、予想もしていなかっただろう。

アジュダービヤーは、最初に反旗を翻した町のひとつだ。反体制派が占拠し、政府軍が奪い返し、ふたたび反体制派のものになった。しかし、いずれの戦いでもカダフィの戦車が掌握できなかったのは、細い通りが網の目のように走る町の中心部だった。戦闘が最も激化したときには、女性、子ども、高齢者は比較的安全なベンガジに避難させられた。しかし、マフムード叔父はアジュダービヤーを離れようとしなかった。ぼくは、連絡手段がどれも使えなくなってしまったので、内戦の取材に行く友人の記者に衛星電話を託し、叔父に届けてもらった。ようやく電話がつながったとき、叔父はいった。「退却のタイミングを逃した。勝利するか、ここで最後を迎えるかだ。みんな、自分の寿命分は生きるものさ。それに、叔父さんはおまえが思うほど年寄りじゃない。まだ戦えるし、料理の腕もなかなかだ。ここにいれば若い者の役に立てる」叔父はイッゾから離れたくないのだと、ぼくにはわかった。イッゾは、実家の周辺での市街戦に加わっていた。彼にとって、内戦は自宅の玄関で始まったのも同然だったのだ。

アジュダービヤーで反体制派が勝利をおさめると、イッゾは同郷の若者数人と東へ八十キロ移動して、地中海の最南端に近いブレガの町にたどり着いた。ブレガでも勝利すると、次の目的地はリビア第三の都市、ミスラタだ。ブレガの六百キロ西に位置するミスラタでは、ひときわ激しい戦闘が何度も起こっていた。当時は、ミスラタが政府軍の手に落ちればカダフィが戦いを制し、逆に反体制派がミスラタを死守すれば、そこを堅固な拠点として、首都トリポリめざして西へ進軍できるだろうといわれていた。ミスラタは両勢力にとって、今後の趨勢を大きく左右する重要な街になっていたのだ。ブレガとミスラタのあいだには、カダフィの牙城ともいうべきシルテの町があって、イッゾたちが陸路を行くのは危険すぎた。そこで、イッゾは他の戦士たちと一緒に、弾薬と集められるかぎりの医療用品を持って小さな漁船一隻に乗りこみ——ブレガのようなリビアの港からアフリカ大陸を離れる最近の移民たちのように——北へ向かってゆっくりと、危なっかしく海上を進んだ。ブレガの港はきらきら光る白砂の浜に挟まれているため、海面は地中海で最も輝いている。しかし、船が進むにつれて、海は黒々と重苦しくなったにちがいない。ようやくシルテ湾から十分離れると、船は西へ舳先を向けた。ミスラタに上陸したときには、どんなに心が浮き立ったことだろう。イッゾがいつものように気さくに戦友と抱きあって喜んでいるところが、目に浮かぶようだ。イッゾはきっと、戦友たちを家族のように感じただろう。彼らのなかに自分自身の姿を見出したかもしれない。あるいは、彼らの顔に、ぼくがいまイッゾの写真に見出しているのと同じものを見たかもしれない。

ミスラタでの戦闘は延々と続いた。カダフィは必死でその街を取りもどそうとしていたが、反体制派も必死に守ろうとしていた。ぼくたちはみな、ミスラタの通りの名や、その街の男女の天才的な戦術を知るにいたった。彼らは、数日前まで港から船荷を運ぶのに使われていたトラックを運転して海岸へ行き、荷台に砂をいっぱい積みこんだ。それまで、海岸や周辺の砂漠地帯を覆っている砂は、いくらでもあるが何の役にも立たないものとみなされ、緑豊かな景観とは違って嫌われていたが、突如として貴重な財産になったのだ。彼らは砂を積んだトラックを連ねて、街の二本の大通り、トリポリ通りとベンガジ通りに乗り入れると、横向きに並んで駐車した。そしてタイヤの空気を抜き、エンジンを壊した。これで、カダフィの戦車はミスラタの中心部に入ってこられなくなった。その二本の通りにリビアの別の大都市の名前がついていたことが、反体制派を奮い立たせ、国全体のために戦うのだという闘志を抱かせた。ふいに、通りの名前が重要な意味を帯びたのだ。ミスラタの住人は自分たちの街を熟知しており、そのために、リビアの真の保護者は独裁政権ではなく自分たち市民なのだと再確認できたようだった。

戦闘が小康状態に入ると、イッゾは必ず海路でブレガまでもどり、それから車で一時間移動してアジュダービヤーに帰郷して、休息をとり、母親の手料理を食べ、洗濯済みの衣服を鞄に詰めた。イッゾが実家のキッチンに軍服姿で立っている写真がある。機関銃を持ち、疲れた顔をしている。身動きできない状態に追いこまれたような、トンネルに入って引き返すタイミングを逸したと気づいたような表情を浮かべている。最後に帰ってきたとき、イッゾは母親を笑わそうとして、反政府デモが始まった二、三日後にカダフィが行った演説を真似てみせたという。その演説のなかでカダフィは自分の支持者たちに、「この国からドブネズミどもが浄化されるまで」突き進むよう、呼びかけた。それを茶化してイッゾはいった。

「ママ、前へ、前へ、だよ」

「でも、いつまで前へ進めばいいの？」ザイナブ叔母がたずねた。

「バーブ・アル・アズィーズィーヤまでさ」

バーブ・アル・アズィーズィーヤはトリポリの軍事複合施設で、そこにはカダフィの自宅もあった。聞くところによると、奇抜すぎてにわかに信じ難いのだが、その複合施設の地下には監獄があって、カダフィに最も激しく対抗した人々が収監されているとのことだった。やがて、それは事実であることがわかった。カダフィは、自分に最も強く抵抗した人々をときおり眺められるよう、近くに置いておくことを好んだらしい。生きている者も、死んだ者も。たくさん見つかった冷凍庫には、はるか昔に死んだ反逆者の遺体がおさめられていたという。イッゾはザイナブ叔母にいった。「ジャーバッラー伯父さんは、バーブ・アル・アズィーズィーヤにいるような気がする」と。イッゾは、ぼくの父を生きた姿で見つけられると信じていたのだ。


そうした短期間の帰郷の際、イッゾは、携帯電話で撮った前線での戦友たちとの写真を両親に見せた。大方の写真では、イッゾは真剣な表情をしていて、みんなから浮いている。くつろいだ表情で写っているのは、マルワーン・アル・トウミーと一緒のときだけだ。イッゾとマルワーンはミスラタで出会い、たちまち離れられない仲になった。ふたりと一緒に戦っていたある仲間は、あとからぼくにこう語った。「イッゾとマルワーン、どちらかひとりがいれば、もうひとりも必ずそばにいた。ふたりはいつも肩を並べて戦闘に飛びこんでいった。心から信頼しあっていたよ」マルワーンはベンガジ出身で、大学で経済学を修め、イッゾの七歳年上だった。写真の彼はとびぬけて背が高く、やせていて、いつも体が、風に吹かれたマツの木みたいに片側に少し傾いている。イッゾと一緒に写っているときは、陽気な笑顔で、冗談をいって笑いあったばかりみたいな表情をしているか、静かな自信をたたえた目でカメラを見ている。

イッゾとマルワーンが一緒に写っている、一連の写真がある。ふたりは、いくつかの部屋に通じる玄関ホールのようなところにいる。建物は古く、荒れ果てている。かつて青く塗られていた壁は色あせているが、妙につやつやしていて、漆喰の上に水彩絵の具を塗ったかのようだ。下は土で、隅に白いプラスティックの椅子が置いてある。いまリビアでよく見かける安っぽいものではなく、一九七〇年代に売っていたような、しっかりしたモダンなイタリア製のガーデンチェアだ。新しそうな、アールデコ調の白黒模様のマットレスが二枚、下に広げてあるが、とても薄いので、固い地面に敷いてもあまり効果はなさそうだ。片方のマットレスの上で、イッゾが眠っている。頭を載せているのは古いでこぼこした枕で、ガーゼのカバーを透かして黒っぽい詰め物が見える。もう片方のマットレスでは、マルワーンが体を起こしている。両手は写っていないが、本を読むか、銃の手入れでもしているのだろう。もう一枚、窓から差しこむ光の角度があまり変わっていないことから、すぐあとで撮られたと思われる写真があって、それは逆の構図だ。マルワーンがぐっすり眠っていて、イッゾはさっきと同じ場所に横になっているものの、目覚めていて、天井を見上げている。ふたりとも、最初の頃とくらべて肌が浅黒くなっている。戦闘で日焼けしたのだろう。そこには少なくとももうひとり、写真を撮った人物がいたはずだが、イッゾとマルワーンは、眠っているあいだの見張りとして互いだけを信頼しているように見える。

その年、二〇一一年の夏には、ミスラタで両勢力が拮抗し、戦闘は永遠に続くかにみえた。ミスラタから六〇キロ西に位置するズリテンという町が、両者にとって戦略的に非常に重要になった。カダフィを支持する体制派にしてみれば、海岸に近いズリテンはミスラタに増援部隊を送る際の重要な経由地であり、トリポリを守るための重要な砦《とりで》でもあった。ズリテンを掌握していれば、反乱の流れを変えられる可能性もあった。一方、反体制派としては、ズリテンを制圧すればミスラタを守ることができ、さらに西の首都へ進軍する足がかりが得られる。ズリテンを制する者が、戦いを制することになりそうだった。

さかのぼって二〇一一年二月、革命が始まった頃、ズリテンで自発的な民衆の抗議運動が起こったが、迅速かつ冷酷に鎮圧された。数ヵ月後の五月初旬にも、別の平和的な抗議運動が暴力的に鎮圧された。そこで、ズリテンの運動家たちはミスラタの抵抗勢力に接触し、武器の供給を受けた。こうして六月九日、武装勢力がズリテンの政府軍駐屯地を攻撃した。この日付をはっきり記憶しているのには、わけがある。ぼくは、リビアで起こっていることについて国際ジャーナリストたちに情報を提供するため、襲撃に加わったある男性の電話番号を入手したのだ。その人物についてぼくが知らされていたのは、かつて外交官だったということと、名前が（ファーストネームしか知らされていなかったが）ヒシャームだということだけだった。

連絡すると、彼はいった。「お電話を待っていました。お元気ですか？　お話しできて嬉しいです。ご家族は？　みなさんお元気ですか？」

それはよくある社交辞令で、相手は機械的にいっているようだったが、恐ろしい状況の下で、声から判断して自分と同年代の同名の人物がそういうのを聞くと、なんとも不安になった。ぼくはふいに強烈な感情に突き動かされ、いきなり質問を始めた。当時よくたずねるようになっていた、一連の質問だ。戦闘がいつ、どのように行われ、何が起こったか。その正確な時刻、戦闘に加わった人数、負傷者数、死者数は？　当時、ぼくのロンドンのフラットは急ごしらえのニュース編集室のようになっていて、ぼくはダイアナと友人ふたりと手分けして、日に五十本ほどの電話をヒシャームのような連絡相手にかけていた。実際に戦闘に参加している人もいれば、戦闘を見守っている人もいた。その日、ヒシャームは、ぼくの立て続けの質問に戸惑ったようだが、会話を始めたときと変わらぬ礼儀正しさでこたえてくれた。

「敵を押しもどしたので、いまは静かです」そこでいったん言葉を切ったが、また続けた。「やつらはもどってきます。でなければ、あんなにあっさり退却するはずがない」そして、「やつらはもどってきます」と繰り返した。息があがっている。恐怖のせいだろうとぼくは思ったが、やがて彼はいった。「もう切らないと。いつ政府軍がもどってくるかわかりません。もどってくる前に、遺体を埋葬しないと」

「何人亡くなったんです？」ぼくはたずねた。

「二十二人」

「どこに埋葬するんです？」

「ここです」それは、わなにはまったことにたったいま気づいた男の声のように聞こえた。

「広場に埋葬します」

その後、ぼくは毎日ヒシャームに電話したが、つながらないまま一週間が過ぎた。ようやく話せたときは、無事とわかってほっとした。そして、今度こそ家族のことをたずねると、彼は「みんな元気です」とこたえ、すぐに同じ質問を返してきた。気がつくと、お互い、戦争なんて起こっていないみたいに話していた。ヒシャームが、「よい一日を過ごしていますか？」ときいてきた。

かつて、ある指揮者が、自分は幼い頃から頭のなかにいつも音楽が流れていたが、大人になって初めて、だれもがそうとは限らないことを知ったと話していた。ぼくも似たような経験をしたが、頭のなかに流れていたのは音楽ではなく、言葉やイメージだった。ヒシャームと話しているとき頭に浮かんだイメージは、壁に降りそそぐ日の光、女性の手、地面に落ちる木々の影、閉まった窓に日が差してガラスについた水滴がきらめいているさま、などだった。そして、外で布をたたいている音が聞こえてきた。まるで、だれかがシーツか何かを干しているみたいだった。それに、「たぶん」「一緒に」「そうです」といった言葉も聞こえた。

ヒシャームはいった。

「やつらは墓を掘り返して遺体を焼いたんです〔イスラーム教では火葬を含め、遺体を焼くことは禁じられている。肉体がないと最後の審判を受けられないからである〕」それから、ズリテンのある老人の話を始めたが途中でやめて、「その老人と話したいですか？」ときいてきた。

「墓を掘り返したのはだれなんです？」

「カダフィの手先ですよ、もちろん」ヒシャームは少しむっとしたようにいった。「増援部隊がバスを何台も連ねてやってきました。こちらの状況は最悪です」

返す言葉がなかった。

「その老人と話したいですか？　電話番号なら、わかりますよ」ヒシャームはそういうと、ぼくの返事を待たずに番号を読み上げた。「二分待って、この番号にかけてください。わたしの友人だといってください」

その老人がどんな人なのかも、ヒシャームがなぜぼくに電話させたがっているのかもわからないまま、腕時計を見つめ、きっかり二分過ぎたところでその番号にかけた。すぐに老人の声がこたえた。

「もしもし」老人は、電話で話すのになれていないようだった。

「ヒシャームから、あなたに電話してみてほしいといわれました。ぼくはヒシャームの友人です」

「しかし、あんたに何ができる？　だれにも、何もできやせん」

「何があったんですか？」ぼくはたずねた。

「窓から見とったら、連中はブルドーザーでやってきて、墓を次々に掘り返しよった。そして遺体を燃やした。いまではみんな、怖がって遺体にさわろうともせん」老人はいったん言葉を切った。「しかし、ありがたいことに、うちの息子はここにおる」

「無事なんですか？」ぼくはたずねた。

「ああ。自分の部屋におる。エアコンを一日じゅうつけてある」そこでまた言葉を切った。

「だが、今日でもう三日だ。できるだけのことはしとるが、においだしてきた。何か方法を見つけて、早く埋葬してやらんと」

電話を切ったあと、老人の話を書きとめることも、部屋にいるほかの人たちにいまの話を伝えることもできなかった。ぼくはキッチンへ行って、やかんを火にかけた。床のタイルを見ながら考える。いちばん下の引出しに入っているハンマーで、この床を壊すこともできる……。ハンマーがそこにあるのは確かだった。キッチンにハンマーを置いておくのは珍しいことじゃない。あの老人も、キッチンの引出しにハンマーを入れていたかもしれない。老人が石の床をたたき割って土にふれるところを、ぼくは想像した。

10 旗

それから一ヵ月後、イッゾとマルワーンは反体制派の小部隊に加わって、ミスラタから西へ五十五キロ移動し、ズリテンに潜入した。イッゾが七月十二日に携帯電話で撮影した動画がある。その日はたまたま、マルワーンの三十回目の誕生日だった。映像のぶれがおさまると、大理石の階段と錬鉄の手すりが見えてくる。手すりは装飾的で、どこか遠くの、ヨーロッパの街にある階段を真似てつくられたかのようだ。イッゾは映像をズームさせようとした拍子に、レンズにふれてしまう。画面が、血で満たされた指先の肉でピンク色に輝く。それを見て思い出した。子どもの頃、よく戸棚のなかに閉じこもって、懐中電灯を自分の掌に押しつけては、怖さ半分、おもしろさ半分で、複雑にからみあう謎めいた血管に目をみはったものだ。動画では、遠くで銃声がひとつ聞こえ、続いてもうひとつ聞こえた。画面からイッゾの指が離れると、天井が見えた。スポットライトが一直線に並んでついている。

「撮ってるのか?」マルワーンが小声でたずねる。

「これを持って」イッゾは、木の竿に赤・黒・緑の反政府勢力の旗がついたものを手渡す。

ほんの一瞬、マルワーンの顔が、目が、映し出される。彼は旗を片手で受け取る。もう片方の手にはカラシニコフを持っている。「離れるなよ」マルワーンは小声で指示すると、階段を一段飛ばしで駆け上がり、「離れるなよ」と繰り返す。

「わかった、やろうぜ」イッゾはそういってから、神よお守りください、と唱える。階段をひと続き上がるごとに、茶色のガラスの壁が見える。割れている部分もあって、差しこむ光がゆがんでいる。

イッゾが「これから屋上に上がって、独裁者の旗を降ろします」と実況し、ふたたび、神よお守りください、と唱える。

旗竿は、マルワーンが斜めに背負っている。真新しい白木の竿がベルトに挟まり、旗そのものは頭の上に突き出ていて、端が右肩にたれかかっている。イッゾは気をつけろというが、マルワーンは突き進んでいく。イッゾがまた祈りを唱える。日差しに照らされた屋上全体が、ぴかぴかの鋼板みたいに見える。マルワーンは隅の陰にかがみこんで、床を軽くたたき、「ここに置け」と小声でいう。イッゾが運んできた、同じような旗竿が数本、カラカラと音をたててタイル張りの床に置かれた。

屋上の外周には、ゾウの耳ほどの大きさの衛星放送受信アンテナがいくつも、別々の方向を向いて立っている。そして貯水タンクがある。マルワーンが古い木のはしごを使って、貯水タンクの上までのぼる。近くで、古くなったドアのさびた蝶番《ちょうつがい》がきしむ音が聞こえるが、マルワーンは足を止めて周囲を見回そうとはしない。ずんずん、ためらわず進んでいく。考えるよりも先に行動するタイプの人間ならではの自信がうかがえる。貯水タンクはマルワーンの身長よりも少し高く、その上に緑色の小さな旗が二本、風に激しくはためいている。

「暴君のぼろきれだ」イッゾがささやく。

マルワーンは片方の緑の旗を竿ごと引き抜いて、屋上の床にほうり出す。

「静かに」イッゾがいう。「静かにやれっていっただろ」

しかし、マルワーンは早くも二本目の旗に手をのばし、同じようにいらいらとほうり投げる。そして新しい旗を手に取る。そんな友に刺激されたのか、イッゾも、実況を続けるが、もう小声ではない。張りのある声で語る。

「神は偉大なり。これぞ自由の旗、命の旗です」そのあとは何もいわず、マルワーンが旗竿をタンクの上の金属の棒に固定するのを見守る。

赤・緑・黒の旗が立って日を受けると、マルワーンは「神は偉大なり」と叫び、イッゾも声を合わせ、さらに「わが国に神の祝福あれ」と唱える。

また不安げな沈黙が流れるなか、マルワーンが苦労して片手で旗竿を棒に結わえつける。ふたたび、銃声が沈黙を裂く。風が低い音でうなり、マイクにぶつかってくる。

「美しい旗だ」イッゾがつぶやく。「命と自由の旗だ」それから、報道記者みたいな口調になっていう。「リビア東部の自由の戦士が、ズリテンの町に最初の自由の旗を掲げます」

しっかりと固定された旗は、貯水タンクから二メートルは上方に突き出ている。マルワーンはそれを確認して、旗から離れる。

「やったね」イッゾがマルワーンにいう。

マルワーンは子どもみたいにほほえむ。

イッゾも少し笑って、「撮るの、やめようか？」とたずねる。

「いや、続けろよ」マルワーンがいって、ふたりは建物のなかに入り、階段を下りる。

一階に着くと、マルワーンはドアの前に立って、蹴り開ける。そしてイッゾと一緒にゆっくりと部屋に入っていく。家具がひっくり返され、カーテンが引き裂かれている。

「政府軍がやったんだろ?」イッゾがマルワーンにいう。

「犬どもめ、めちゃくちゃにしやがって」とマルワーン。

ダイニングルームの壁には、カダフィを讃えるスローガンが赤い口紅で書かれている。

マルワーンはそれを手でこすって消そうとする。

「ほら」イッゾがマルワーンに口紅を手渡す。

「もう行こう」とマルワーン。

「いや、書かなきゃ。『リビアに自由を』『打倒カダフィ』って」

マルワーンは書き始めるが、だれかがふたりの後ろから部屋に入ってきていう。「こんなところにいたのか。さあ行くぞ。急げ」

マルワーンがカメラを受け取ると、一瞬、イッゾが口紅で字を書いているのが見える。丸めた背中が、祖父ハミードの晩年の姿を思い出させる。

三人は建物から明るい日差しの下に出て、すばやく移動する。建物を見張っていた仲間のひとりが、自慢げにいう。「見たか? 連中があわてて逃げてったの」

「何人いた?」イッゾが先に進みながらたずねる。大人びた口調になっている。

「車が二台あった」

マルワーンがきく。「大勢いたのか?」

遠くでイッゾの声がいう。「きっとあそこに隠れてる」

マルワーンがカメラを動かすと、貯水タンクのはるか上に旗が翻っているのが見える。見間違えようもない。

三十八日後の八月十九日、三十歳になって三十八日目に、マルワーンはズリテンでの戦闘で胸、首、頭に数発の銃弾を受けた。イッゾは急いでマルワーンを病院に運んだ。その二、三時間後に撮影されたマルワーンは、ダークグリーンの遺体袋のなかに横たわっている。血のにじんだ包帯で頭と首と胴を覆われ、顔だけが剝き出しになっている。肌はきれいで、両目は閉じられ、唇は開いている。表情はなく、あるとすれば無表情という表情だ。永遠の休息。それはいつもそこにあった。彼が生涯に見せた、あらゆる顔の後ろに。飛行機の窓際の席に座っている誇らしげな少年、大学を卒業したばかりのスーツにネクタイ姿の青年、ひげをのばし赤いベレー帽をかぶった自由の戦士、そして、家族がインターネットにアップしたほかのすべての写真にも。それを見ると、いつもこう思う。ぼくたちはみな、子ども時代から、自分のデスマスクを持ち歩いているのだ。

イッゾとマルワーンは約束を交わしていた。どちらかひとりが死んだら、もうひとりがその遺体を、ふたりが出会ったミスラタの街に埋葬すると。イッゾはマルワーンの遺体をミスラタまで運んで埋葬すると、ズリテンにもどって進軍を続け、反体制派の仲間とともにトリポリをめざした。そして、二〇一一年八月二十三日、首都に到達。そこではイッゾの兄、ハミードが、反体制派の別の部隊の一員となって、カダフィの官邸、バーブ・アル・アズィーズィーヤの門の横でイッゾを待っていた。ふたりは、その要塞のような官邸に初めて突入した一団のなかにいた。

ハミードは後にぼくに語った。「きっと、ジャーバッラー伯父さんを見つけられると思ってたんだ」

ハミードとイッゾは、戦友たちと一緒にカダフィの自宅にたどり着いた。だが、そこにはもうだれもいなかった。イッゾが兵器庫を見つけたので、戦士たちは弾薬をたくさん手に入れることができた。一同は安心して、次の建物めざして走った。ところが、その建物の屋上にまだスナイパーがいて、一発撃ってきた。その弾はイッゾの額に命中し、貫通した。イッゾはハミードの肩に倒れかかった。ハミードはイッゾの出血を止めようとした。スナイパーがまた発砲してきて、ハミードは右脚と左の肺を撃たれた。だが、なんとか力をふりしぼってイッゾを安全な場所まで運んだ。約二時間後の午後九時、イッゾは病院で死んだ。最後の言葉は、マルワーンの隣に埋葬してくれ、だった。翌朝、イッゾは遺言どおりミスラタに埋葬された。

ぼくはマフムード叔父からの電話でそのことを知った。

「イッゾと離れ離れになって、悲しいよ」叔父はいった。

ぼくは頭がくらくらして、「なんてことだ」とつぶやいた。

しかし、叔父が電話してきたのは悪い知らせを伝えるためだけではなかった。ザイナブ叔母と話してほしいというのだ。

「すっかり取り乱してしまってな。慰めてやってくれ。ハミードを家に連れて帰れるよう、できるかぎりのことをするといってやってくれないか」

ハミードはミスラタの病院にいて、けがの治療中だったが、回復したらすぐトリポリにもどって戦いに参加するといっていた。マフムード叔父とザイナブ叔母は病院にハミードを見舞って、アジュダービヤーにもどるよう説得しようとした。するとハミードは拒絶し、無理やり連れ帰ろうとすれば大声で叫ぶといってふたりを脅した。肺に傷を負っているため、大声を出せば死ぬと、医者から警告されていたのだ。

ハミードは回復するとふたたび前線に行った。アジュダービヤーにもどってきたのは、トリポリが解放されたあとだった。実家で暮らすようになると、ハミードは何度も同じ夢を見た。イッゾが元気で、満足そうな表情で出てくる夢だ。「こっちのほうが、ずっといいぞ」と、イッゾは夢のなかで兄にいう。その夢のせいでハミードは精神が不安定になり、ぼくが訪ねたときも、ほとんど眠れていないようだった。いつも疲れた様子で、口数も少なかった。一度、内戦についてたずねたが、ハミードはたったひとこと、「きみにはわからない」といっただけだった。そしてある日の午後、唐突に、シリアのバッシャール・アル・アサド政権が国民に対して犯した恐ろしい罪の数々を並べたてた。傷を負った脚は完治しておらず、ハミードは痛みに悩まされ、あきらかに脚をひきずっていた。手術が必要だが、リビアの医療設備は貧弱なので海外に行く必要があり、ぼくとアジュダービヤーで会った二、三ヵ月後に、費用は保健省持ちで、トルコで治療を受けることになった。ハミードを乗せた飛行機はイスタンブールに着いたが、彼から実家に連絡はなかった。脚の手術を担当することになっていた医師に問い合わせると、病院には現れなかったという。まる一週間、だれもハミードの所在がわからなかったが、ようやく本人が父親に電話してきた。

「連絡が遅くなってごめん。思ったより時間がかかったけど、国境を越えてシリアに入った。抵抗運動に加わったんだ」

ぼくたちはみんなでハミードを説得し、リビアにもどらせようとした。ぼくはあるとき、彼がマフムード叔父に教えた携帯電話の番号にかけて、怒りを抑えきれずにどなった。

「そんなのは抵抗運動じゃない。自殺行為だ」

ハミードは少し黙っていてから、とても落ち着いた声でいった。「独裁者は倒さなきゃならない」

その数日後、ハミードは負傷して、仲間の戦士たちによって輸送され、国境を越えてトルコの病院に収容された。マフムード叔父とザイナブ叔母はトルコに飛び、息子に会った。けがの回復には長くかかり、ハミードはその後、両親と一緒にアジュダービヤーにもどった。

アマルがフェイスブックにアップした一連の写真のなかに、息を引き取ったばかりのイッゾが写っているものがあった。顔の血は洗い流され、頭蓋に弾がめりこんだ箇所には包帯が巻かれて、まだ回復する望みがあるかのように見える。応急処置をした医者が消毒薬を使ったのか、時間がたつと血液は変色するものなのか、イッゾの右のこめかみと頬骨のあたりは、黄色っぽくなっている。その色を見ていると、昔おばたちが集まってつくった、つやつやの熱いシロップを思い出した。砂糖のこげるにおいとオレンジの花のにおいがしてくると、ぼくたち子どもは引き寄せられるように家に入り、指をシロップにつけてなめる。シロップが冷めて固くなると、女たちはせっかくの美味しいシロップを腕や脚に塗りたくって、一気にはがし、痛みに息をのむ。そのときに発する声は、布を裂く音に似ている。

あるとき、ぼくととても仲のよかった従妹のイブティサームが、それを見て泣きだした。せっかくのシロップが台無しになって腹を立てただけでなく、自分も女に生まれたからは、いつかあんな痛い思いをするのだと思って、怖くなったのだ。

「もっと痛くないやり方があるはずよ」イブティサームは甲高い声でいった。

ぼくもその意見に賛成した。

しかし、女たちは、このやり方がいちばんいいの、と言い切った。毛が根元から抜けるのよ、と。そしてぼくとイブティサームに、「さわってごらんなさい、大理石みたいにすべすべだから」といった。しかし、女たちの肌は腫れていて、色も大理石のように白くはなく、少し黄ばんでいた。

11　最後の光

　ぼくは母とダイアナと並んで、夕日をあびてマフムード叔父の家の前に立ち、親戚のみんなに別れを告げた。二、三日したらまた来るよ、とぼくは約束した。いまの自分は、川に飛びこんでもすぐ岸に上がってしまう臆病な子どものように見えているのかなと、ふと思った。故国を離れた者は、死ぬまで罪悪感とつきあうことになる。どこかの地を離れるたび、後ろめたい気持ちになる。今回の言い訳――言い訳は常に必要だ――は、ベンガジにいる他の親戚も訪ねなくちゃいけないから、というものだ。ぼくたちは出発した。

　夕方の最後の光が長くのびていた。熟れたオレンジの皮のようにあざやかな色をしている。その冬、リビアではいつになく雨がよく降ったので、春になると、だれの記憶にもないほど緑が萌え出て、よい予兆に思われた。緑の草が道路の両側の砂漠を薄く覆い、そこに色つきのビニールの切れはしがたくさんからまっている。ゴミは、フェンスや街灯柱にも巻きついている。ゴミの収集は、内戦が始まってからというもの、事実上ストップしていた。幹線道路に出るとようやく、大地はゴミから解放されて、リビアのなかで人の住んでいない地域と同様、すっきりとして、通るものをじっと見ているかのようだった。砂漠にぽつぽつ生えている木々は、風に吹かれておじぎをし、それぞれ隣の木とのあいだに距離を保っていた。だだっ広い風景のなかで、それらはいかにも弱々しく、頼りなく見えた。そういえば、子どもの頃、父の運転する車でトリポリからアジュダービヤーへ、親戚に会いに行ったときにも、あんな木々が生えているのを目にした。十二時間のドライブが終わる頃には、みんな体がこわばり、疲れて、まるで世界がモノクロになってしまったように感じた。子どもの頃は、この風景がどれほど退屈に見えたことだろう。いまは、父が愛した地を嫌いたくないと思う。そして、色彩豊かで遊びに行くところもたくさんある首都のトリポリとその海にもどりたいという、昔の子どもっぽい憧れを思い出すのも楽しい。しかし、なんて奇妙なんだろう。他国のいろんな街に住み、三千キロも北のロンドンで安定しているとは言い難い生活を築いたあげく、トリポリへの憧れを楽しく思い出すとは。ロンドンでは、ぼくが耳にして育った言葉はひとこともが話されることがなく、もし祖父が生きていたとしたら、ぼくが書いた本をひとことも読むことができず、色彩は、まるで企んだかのように、地中海南岸のトリポリとは対照的だ。時とともにロンドンの空模様のパレットに慣れ親しんだだけでなく、その暗い美しさを愛でるようになったとはいえ、その色彩は、光を弱めるため窓に貼る薄いフィルムと同様、ぼくには相変わらず不自然に思える。アジュダービヤーからベンガジへ、海岸へ向かう車のなかで、ふと気づいた。リビアを離れてからずっと、自分のなかには子どもの自分が生き続けていたらしい。その子は生まれた国の言葉や細かい記憶を忘れず、喉が渇けばすぐにも冷たいスイカにかじりつきたくて、目覚めたときに考えることはひとつしかない。「今日の海はどんなだろう？　油みたいにのっぺりしているかな？　それとも白い波が立っているかな？」

ベンガジに着くと、いとこのマルワーン・アル・タシャーニーがホテルで待っていてくれた。カフェテリアの小さな丸テーブルで、前かがみになってノートパソコンに向かっている。横には、空になったコーヒーカップ。指に吸いかけのタバコを挟んでいる。マルワーンは、立ち上げた法律関係のＮＧＯに国じゅうの弁護士や裁判官から好意的な反応が寄せられて、喜んでいた。激励や支持の言葉は、チュニジア、エジプト、モロッコといった近隣国の法律家からも届いていた。マルワーンは革命によって変貌した。昼にならないとベッドから出られないと悪名高い検察官だったのが、人権擁護と法的諸制度の重要性・不可侵性を唱える、最も精力的で雄弁な運動家のひとりとなったのだ。マルワーンは、この革命こそ、裁判所を政治による干渉から解放する好機だと考えていた。また、革命の熱狂によってそれが間違った方向に行かないようにしたいと思っていた。

「これ、どう思う？」マルワーンの声は、壁の高いところに固定されているテレビの音のせいで聞き取りにくかった。

マルワーンが見せてくれたのは、グラフィックデザイナーから送られてきたばかりのＮＧＯのロゴだった。ひと目でリビアの海岸線とわかる、くねくねした線の上に、大きな天秤が描かれている。いちばん下には「リビア裁判官協会」を意味する言葉が、シンプルでモダンな書体で入っている。

子どもの頃のマルワーンは、いつもほめられたくてたまらない様子だった。感じやすい子で、よくまわりの人の考えを先読みしようとしていたのを覚えている。ぼくのほうが一歳上で、ぼくが八歳、マルワーンが七歳の頃は、その差がすごく大きく感じられた。離れ離れになって、ようやく一九九二年に再会したときには、ぼくが二十二歳、マルワーンが二十一歳になっていた。それは、ぼくの四歳上の兄、ジャードが結婚したときのことだった。ちょうど、リビアとエジプトの関係が好転した頃で、リビアの独裁政権はエジプトへの出国制限を解除したところだった。そのため、マルワーンは他の数人の親戚とともに、カイロでのジャードの結婚式に参列できることになったのだ。ぼくがリビアにいる親戚と会うのは十三年ぶりで、父が拉致されてから二年が過ぎていた。ぼくは母にさえ、飛行機の到着時刻を知らせなかった。だれにも迎えに来てほしくなかったのだ。空港からのタクシーのなかで、気持ちを落ち着かせる必要があった。実家のフラットに到着すると、すぐには玄関のベルを鳴らさず、なかから聞こえてくる懐かしい声の数々に耳を傾けた。いとこたちの声はどれも大人びていたが、それぞれ、子どもの頃の声を思い出させるものがあった。うつむいて、自分が履いている大人用の革靴を見ると、まるで借りものみたいに思えた。

あのジャードの結婚式の前後に、ぼくたちは親戚としてのつながりをしっかり取りもどした。体にくっつこうとする切断された手足みたいに、過去が現在にくっつこうとした。父方の親戚と違って、母方のおばやいとこたちは、ひっきりなしに手をのばしては互いにふれていた。まるで、そうしないとだれかが突然消えてしまうとでもいうようだった。アジュダービヤーで父方の親戚と過ごすときには、堅苦しい雰囲気が漂い、むだ話はしにくいのだが、母の実家のあるアフダル山地では、青々と茂っている草木のように、会話もはずむ。子どもの頃、車でアフダル山地に向かうと、窓の外の景色がだんだん緑に覆われてきて、標高が高くなり、いつの間にか山々に囲まれていた。見下ろすと、ときどき小川や滝が見え、曲がりくねった道を抜けると、目の前にいきなり海が広がった。その地方では、アジュダービヤーと違い、光と影はくっきり分かれていなくて、木々の葉やそよ風とともに移ろう。そして会話も、少なくともぼくの母方の親戚のあいだではそんな感じだ。みんな、うわさ話が得意で、歌をよく覚えていて、おしゃべりを好み、楽しく過ごすすべを知っている。そんな人たちと別れてカイロを去るのは、つらかった。

ジャードの結婚式のあと、ロンドンへもどる飛行機のなかで、ぼくはなるべく眠らないようにした。それはKLMの便で、いったんアムステルダムに着陸したのち、ロンドンに飛んだ。機内にはオランダ人の家族が大勢いた。ところが、しっかり目を開いていたにもかかわらず、乗客がみんなアラビア語で話しているように思えてならなかった。しかも、ぼく以上に確かなリビアなまりのアラビア語で。さらに、おばたち、いとこたちの手を感じた。手首を握られたり、肩を軽くたたかれたり、髪をすかれたり、はては足首に軽くふれられたり。当時、ぼくは二十二歳だった。ロンドンの狭いフラットには、昔からの問題が、かつてないほど深刻さを増して、ひしめいていた。

一九九〇年代の初め、リビアがエジプトに国境を開いたあと、カイロで暮らす母をだれよりも頻繁に訪ねてくれたのがマルワーンだった。ぼくも休暇でカイロに行くと、よく顔を合わせたが、マルワーンとのあいだには以前よりも距離ができてしまっていた。離れて暮らしていたから、というだけではない。ぼくのいとこはみなそうだが、マルワーンも、カダフィ政権による国民生活への干渉や行動の制限に長いこと耐えていた。学校教育の軍事化も目の当たりにしていた。マルワーンは少年の頃から軍服を着て通学し、始業前に小銃を携えて匍《ほ》匐《ふく》訓練をしなければならなかった。ほかにも、本や音楽や映画の禁止、劇場や映画館の閉鎖、サッカーの非合法化をはじめ、リビアの独裁政権が数限りない方法で、嫉妬にくるう恋人さながら、公私を問わず国民生活のあらゆる面に干渉するのを見てきた。その結果、マルワーンはいつも少しいらいらしていた。その陰にはプライドと不安があったのだろう。

カイロの実家で食事をしているとき、だれかがカダフィを批判すると、マルワーンは黙りこむか、部屋を出ていくかした。そのわけは理解できた。独裁政権が批判されたときに同席していたというだけの理由で逮捕された人を、ぼくたちはみな知っていた。それでも、マルワーンがそうした行動をとると、ぼくとのあいだには霧が立ちこめた。ぼくは、彼にも政権を非難してほしかったのだ。ダイニングルームに置いてある父の写真を目にするたび、ぼくの心は小さく固くなった。その頃のぼくは怒れる若者だった。マルワーンとは互いに距離を保ちながら、まともにぶつかりあうのを極力避けようとしていた。そうしないと、ふたりのあいだに政治という現実が入りこんできて、口に出せない願望や非難が親しい関係を汚してしまうと思っていた。

二〇一一年一月、リビアの独裁政権は、チュニジアやエジプトで起こった反体制運動の波が自国にもおよぶのを避けようとして、ぼくの叔父やいとこたちのような政治犯を釈放しただけでなく、若者向けの無利息ローンや大学生の留学のための奨学金を大幅に増やすと約束した。その一方で、ジャーナリストや人権活動家に対する暴力的な弾圧を行った。アブサリム刑務所で虐殺された千人以上の政治犯の家族や親戚の代理人をつとめていた弁護士、ファトヒ・テルビルも逮捕された。これに対し、二〇一一年二月十五日、リビアで計画どおり「革命」が始まる二日前に、マルワーンは十人前後の裁判官や弁護士とともにベンガジ裁判所の階段に立ち、抗議デモを行った。ただ、そのときは当人たちでさえ、象徴的な意思表示にすぎないと思っていたそうだ。その裁判所は、昔、マルワーンの父親のシディ・アフマドが最高裁判所の裁判官だったときに、マルワーンとその弟のナーファと一緒にぼくも廊下を走ったりして遊んだ建物だった。音を立ててはいけないのでかえってわくわくし、廊下のこちら側と向こう側でテニスボールを投げあうときも、ボールを取りそこねて閉まっているドアにぶつけてしまわないよう、気をつけた。マルワーンが仲間とともに、冬の寒風のなか、裁判所の前に立って抗議デモを行った晩、彼の携帯電話にかけると、暗くて彼には海が見えなかっただろうが、背後に波の音がしていた。

「聞こえる?」とたずねるマルワーンの声を聞いてぼくは、彼が携帯電話を黒い水の広がりのほうへ向けているところを思い描いた。

「裁判所は海沿いに限るね」ぼくはいった。

「そのとおり」マルワーンは笑った。「逃げようがないからね」

その翌日、二月十六日の夜にも、マルワーンは同僚たちと裁判所の前に陣取った。ふたたび電話すると、マルワーンはいった。

「崖から飛び下りる気分だよ。最初のときよりも怖い。アル・バイダーとか、いろんなところで、デモ参加者がどんな目にあったか聞いてるからね」

その夜、デモに参加した弁護士や裁判官たちは、警察の厳しい取り締まりを覚悟していた。ところが、周囲の暗い通りから現れたのは、アブサリム刑務所で死亡した大勢の政治犯の家族たちだった。つまり、ファトヒ・テルビルが代理人をつとめていた原告たちだ。その夜は何百人もがデモに参加し、翌日には何千人にもなった。革命の名前にもなったその日、二月十七日に、当局はデモ隊を攻撃し、数人の参加者を殺害した。しかし、それでもデモ参加者を脅して追い払うことはできず、むしろ逆効果になった。マルワーンに電話すると、彼はその直前まで妻と言い争っていたようだった。お願いだから家に帰ってきて、といわれていたのだ。

「『娘のことが心配じゃないの?』といわれた。だからいったんだ。『娘の将来が心配だからこそ、デモに出かけるんだ』とね」

革命には革命特有の勢いがある。その急な流れにいったん身を投じたら、逃れるのはきわめて難しい。革命は、国民が通り抜けていく堅固な門ではない。嵐にも似て、その前にいる者を全員さらっていくものなのだ。ツルゲーネフの小説に登場する最も痛ましい人物のひとりに、彼の作品としてはあまり有名ではない小説の主人公がいる。それは、ツルゲーネフ最後の小説、『処女地』に登場する、貴族の庶子、アレクセイ・ドミトリーヴィッヒ・ネジダーノフだ。若きネジダーノフは、ふたつの強烈な衝動のあいだで身動きできなくなっている。ひとつはロマン主義的な感性で、そのために彼は絶対的な確信を抱けない。もうひとつは革命的精神で、こちらには確信が不可欠だ。自分のなかの相反するふたつの力によって、ネジダーノフはついに自滅してしまう。ぼくは以前から彼に興味を持っていたが、いまや、マルワーンもぼくも、知り合いもほぼ全員が、ネジダーノフと同じ苦境に陥っているように思われた。

マルワーンに連れられて、作家で編集者のアフマド・アル・ファイトゥーリーに会いに行った。アフマドは、革命が始まったばかりの頃、共通の知人からぼくの番号を聞いてロンドンに電話してきた。そして、カダフィが一九七〇年代初頭に廃刊させた新聞、『アル・ハキーカ』を復刊させたいといった。アフマドの世代、一九五〇～六〇年代に生まれた物書きたちにとって『アル・ハキーカ』は、外からの干渉を受けない報道と質の高い文学評論を提供してくれる、貴重な情報源だった。だが、かつての発行元から「アル・ハキーカ」という名前の版権を取得できないとわかると、アフマドは『アル・マヤーディーン』という名の新聞を発刊することにした。「広場」を意味するアラビア語だ。そう名づけたのは、「チュニジアでもエジプトでもリビアでも、革命はすべて公共の広場から始まったから」だと、彼は電話で説明した。『アル・マヤーディーン』の使命は、「二月十七日革命を政治的、経済的、社会的、文化的、司法的な視点から記録する」ことだった。アフマドが非常に精力的かつ有能であることはあきらかだった。戦闘が続いて政情が不安定だったにもかかわらず、反乱が始まってわずか三ヵ月後、まだカダフィ政権が倒れていないときに、『アル・マヤーディーン』の創刊号を発行したのだから。しかし、そうした偉業を成しとげたのはアフマドひとりではなかった。すっかり弱体化してぼろぼろになっていたリビアのジャーナリズムが、当時、息を吹き返しつつあったのだ。四十年間、カダフィ政権の下で、ジャーナリストたちは検閲を受け、投獄され、ときには殺害された。そのため、リビアでは、政府の統制を受けた定期刊行物が数種類、発行されているにすぎなかったが、民衆の蜂起が始まってわずか二、三ヵ月のあいだに、二百種類におよぶ新聞、雑誌、リーフレットなどが発刊されるようになった。街の、新聞や雑誌を売る店では、そうした定期刊行物を並べる十分なスペースがなくて、店の前の歩道にじかに並べていた。ほとんどの刊行物は素人が発行したものだったが、それらは、リビアが自由かつ多様な刊行物を求めている証だった。そうした新聞や雑誌から感じ取るのは、現在の社会の動きを追うだけでなく、過去を振り返り、独裁政権下での生活を個人的な証言も含めて記しておきたいという、差し迫った欲求だった。二〇一一年にアフマド・アル・ファイトゥーリーが電話してきたのは、「いままで罪とされてきた夢」を語るためだけではなく、ぼくを説得して『アル・マヤーディーン』に寄稿させるためでもあった。「どんな話題でもいい。政治、文学、芸術、何でもいい」と彼はいった。ぼくは説得されるまでもなく、引き受けた。そのときまで、ぼくの本や記事は、リビアでは出版・掲載が禁じられていた。リビア当局がぼくの作品を検閲し、新聞・雑誌にぼくの名前を掲載することさえ編集者たちに禁じていると知ったときのことは、いまでもはっきり覚えている。あれは二〇〇六年六月、最初の小説が刊行されて一ヵ月後のことだった。コヴェント・ガーデンのベタトン・ストリートにあるポエトリ・カフェで自作を朗読したあと、興奮気味の神経を静めたくて、タバコを吸いに外に出た。すると、ひとりの男がぼくに続いてカフェから出てきた。彼は、ロンドン在住のリビア人ジャーナリストだった。いくつかの大手出版社と自由契約を結んでいて、ぼくの小説の書評を書くのを楽しみにしていた。ところが、トリポリの編集者にそのことを話すと、「頼むから、ヒシャーム・マタールのことはいっさい書かないでくれ。直命を受けているんだ」といわれたそうだ。しかし、その時点ですでに、ぼくの本はこっそりリビアに持ちこまれ、コピーも出回っていた。ぼくの記事もアラビア語に翻訳されて、ぼくも知らない間にインターネットにアップされていた。

「ごく少数の文学好きの人を別にすれば、ここではだれもきみのことを知らない」マルワーンは車を運転してぼくをアフマドの家に連れていく途中、そういった。

「だから決めたんだ。ぼくはきみの、リビアでの広報係になる」その言葉どおり、マルワーンはすでに複数のジャーナリストに電話をして、ぼくがもどったことを知らせていた。

「ここに来たのは親戚に会うためだ。インタビューを受ける気はないよ」

「またそんなことをいう」マルワーンは、片手にタバコ、片手に携帯電話を持ったままハンドルをさばいた。並木道は狭くて静かだった。道沿いの家々はほとんどが、一九〇〇年代初頭のイタリア様式。左右対称の簡素な平屋だ。たまに、細かい部分が装飾的だったり古典的だったりする。フリーズ〔外壁のいちばん上の長く狭い装飾帯〕が彩色されていたり、コーニス〔建物の最上部にあって壁面より突き出ている装飾的な水平帯〕を支える腕木《モディリオン》のデザインが凝っていたり。アフマドの家の玄関ドアの上は三角形のペディメントになっていて、ペンキの色があせていた。広くて落ち着いた感じのタイル張りの玄関を入ると、家はまったく同じふたつのフラットからなっていて、その片方にアフマドと妻が暮らし、もう片方は新聞の編集室として、また夜は文学に関する集まりの場として使われていた。アフマドはぼくたちを家のなかに案内しながらいった。「一九二〇年代、三〇年代には、イタリアのファシスト党のトップが、この家をベンガジでの住居に使っていたんですよ」

ぼくたちは編集室に座って話すことにした。壁の棚には本が並んでいて、リビアの国民的詩人、アフマド・ラフィーク・アル・マフダウィーの若き日の写真も飾られていた。アル・マフダウィーは意志の強そうな顔をしていて、詩人というより疑い深い作家のように見える。リビアがイタリアに占領されていた時代、アル・マフダウィーはやむなくトルコに逃れたが、リビアが独立すると帰国して、イドリース国王の指名により上院議員になった。そして、リビアの文学的・文化的生活の中心人物となった。聞くところによると、アル・マフダウィーは午後にはいつもベンガジのカフェ、〈アッルディィ〉にいたという。街の中心部、バラディヤ広場の角にあるカフェだ。当時の若い作家、画家、知識人などが、〈アッルディィ〉に足しげく通って、アル・マフダウィーのいるテーブルに集った。そのなかには、左派の学者で弁護士のムハンマド・ファラジュ・ヘンミもいた。彼は後にカダフィ政権によって逮捕され、刑務所で拷問を受けて一九八一年に死亡した。また、作家のバシリー・シャフィーク・ホザームもいた。彼は後に、アレッサンドロ・スピナというペンネームのもと、イタリア語で、ベンガジでの生活を年代記風に一連の小説や短編小説に書きつづった。アフマドの本棚には、ウィリアム・フォークナー、アーネスト・ヘミングウェイ、イタロ・カルヴィーノ、アルベール・カミュ、ミラン・クンデラ、マリオ・バルガス・リョサなどの著作も並んでいた。「ようやく、事態が変わろうとしています」アフマドは、わたしが本棚を見ているのに気づくといった。「穴だらけのコレクションなのは間違いありません。しかし、これだけの本を手に入れるのにわれわれがどれほどの離れ業をやってのけねばならなかったか、想像もつかないと思いますよ。しかも、手に入れたとたん、うわさが広まって、友人たちがやってきては貸してくれというんです。蔵書を充実させようとしても、検閲はもちろん、友人まで邪魔をしてくるんですから！」アフマドはそういって笑った。

ぼくは彼にたずねた。革命前、この蔵書が当局に見つかったらと不安ではなかったですか、と。

「いえ、ある本の出版・流通を禁じるのは、強い意志からではなくて――それならまだよかったのですが――単に無関心と悪意からだったんです。一種の反射的行為ですよ」

問題は検閲だけではなかった、とアフマドは説明してくれた。政権が繰り返し書店に手入れを行い、在庫を押収したり、廃業させたりした結果、リビアでは本を見つけること自体が困難になってしまった。検閲をパスした本でさえ、手に入りにくくなったのだ。ぼくもそのことには気づいていた。リビアで最も伝統があって高名な出版社兼書店のアル・フェルジアーニが、ついにオフィスをいくつか、ロンドンに移していたからだ。

アフマドがひっきりなしにタバコを吸うので、心配になった。彼はよく笑うが、そのたびに顔を真っ赤にして、息を切らす。ともあれ、ぼくは彼のことが好きになった。明るい性格で、「リビアは邪悪な術策を弄して、本を完全に抹殺した」などといいながらも、楽観的で、文学と精神生活をたゆまず擁護し続けている。リビアでリビア人の芸術家として生きるには、相当の覚悟がいる。リビアという国は、その政策と社会的定説によって、あらゆる芸術的才能を摘み取ってしまう。それでもまだアフマドのような人物がいるのは驚くべきことだ。彼は、一九七八年、二十代前半の頃に、大勢の作家仲間とともに投獄された経験を持つ。政権がわなを仕掛け、文学的才能を持つ若者たちを書籍関連のイベントに招いて、一斉に逮捕したのだ。アフマドも、そのときの仲間の大半と同様、刑務所で十年間過ごした。彼はいう。

「カダフィはわたしをつぶしたつもりでしょうが、おかげでわたしには作家の友だちが何十人もできました。いまでは、国じゅう、どの村にも町にも泊まれる家があります」

しばらく沈黙が流れたのち、アフマドはいった。「あなたのイベントの準備はすべて整っています。二日後です」

「しかし、それは無理ですよ。公の場には出たくないんです。ここに来たのは親戚に会うためですから」

「その親戚が、イベントをやってほしいと思っているんですよ」マルワーンが笑って、口を挟んだ。

「なら、ここで小規模な会を催して、ほかの作家さんたちを招いて話をしたらどうだろう?」ぼくは提案した。

するとアフマドがいった。「もう、ポスターも印刷済みなんです。会場は、図書館の会議室を予約してあります」

マルワーンはこの展開を大いに楽しんでいて、アフマドの家を出てふたりで車に向かっているとき、「もう逃げられないよ」といった。そして誇らしそうに続けた。「ここでは、これまで何も起こらなかった。しかし起こるときには、電光のように一瞬のうちに起こるんだ。一日で世界を変えることだってできる。その日が来るまで四十二年もかかったかもしれないが、来たからには……」

12　ベンガジ

その翌日、さらに大勢の親戚に会った。ぼんやりとしか覚えていない人たちに会うのは、奇妙な感じだった。まったく予期せぬ瞬間に、ふと、首の形や目の表情や声の抑揚から、あ、あの人だ、と気づく。あるいは、だれかがある話を語っている最中に、あ、この話は前にも聞いたことがある、と思い出す。ぼく以外のみんなはすくすくと成長していて、なじみの環境で自然に進むことを許されていたために、各自が、たとえしぶしぶでも不本意でも、出発点につながったままでいるような気がした。ときおり、あまりの距離感に頭がくらくらした。地面だけでなく、時間も空間も不安定に感じられたのだ。ほかに、そんな症状に苦しめられているように見えたのは、会ったことのある範囲では、元受刑者だけだった。

わたしは決して何かの一部にはなれない。どこかにほんとうに属することは絶対にできないと知りつつ、一生同じように、どこかに属そうとしては失敗し続ける。必ず何かがうまくいかない。わたしはよそ者で、ずっとよそ者のままだ。が、じつはそれでもかまわないと思っている。

ジーン・リース〔英領ドミニカ出身のイギリスの小説家〕のこの一節を初めて読んだとき、これだと思い、次の瞬間、親近感を抱いた自分に腹を立てた。昔の生活にもどることは、公共の場で鏡に映る自分を見るのに似ている。最初の反応、つまり、それが自分だと気づかないうちに抱く感情は、疑惑だ。そして足元がぐらつき、ぎりぎりのタイミングでバランスを取りもどす。いまでは自覚しているが、歩くとき、ぼくはいつも――時間つぶしの散歩だろうと、外国の都市になじむための散策だろうと、急いでどこかへ行くためだろうと（手紙を出すとか、列車に乗るとか、約束に遅れそうだとか）――必ず、ぼんやりと期待している。ひょっとしたら自分自身に出くわすんじゃないか、環境に順応して暮らしているもうひとりの自分に出会うんじゃないかと。そちらの自分は、本のなかの章のように、しかるべき場所にいる。破り取られて、自力で居場所を見つけなくてはならない状況にはいない。

ぼくが故国とつながるために持っている道具はすべて、過去に属するものだ。たとえば怒りは、毒を入れられた川のように、リビアを離れて以来ずっとぼくの人生を流れ、体の隅々にまで入りこんでいる。悲しみはウィルスのようにぼくに取りついている。しかし、いま、あまりに昔からあって以前は存在さえ気づかなかった壁、ぼくと、ぼくが知り合ったあらゆる人、ぼくにとって大切なあらゆる本や絵画や交響曲や芸術作品とのあいだに立ちはだかっていた壁が、ふいに、永続的なものとは思えなくなったのだ。その解放感に、ぼくは怯えた。なぜなら、ひとりの人間として、自分がまるで作りもののように感じられたから。ぼくはベンガジの通りをさまよい歩いた。この街はかなり昔から、カダフィ政権を熱心に支持してはおらず、その代償を支払わされてきた。つまりほうっておかれたのだ。それは一種の罰のようにみえる。ぼくは海岸を離れ、迷路のような旧市街に入って、オマル・アル・ムフタール通りの街路樹の陰を歩いた。そこから狭い道に折れると、やがて行き止まりの広場に出た。そこでは、たとえ昼日中に窓を開け放していても、落ち着いて仕事ができそうだと思った。そうして歩いているあいだずっと、この街を新たな生活の拠点にしてもいいかもしれないと思って、わくわくすると同時に、そう考える自分に抵抗を感じてもいた。もしかしたら、今回ベンガジからリビアに入ることにしたのも、自分で思うほど偶然ではなかったのかもしれない。子どもの頃はトリポリに住んでいたし、母はデルナ、父はアジュダービヤーの出身だが、ベンガジは、少なくともいまは、ぼくだけの街という感じがした。そのあとダイアナと、海岸沿いの〈ヴィットリア〉というカフェで落ちあった。そして母や親戚たちのいない、ふたりだけの時間を楽しんだ。ぼくはひそかに、ふたりで本や写真や音楽のCDなどを荷作りしてこの街に送るところを想像していた。すべてをコンテナに詰めて、この海沿いの街に送るのだ。荷を受け入れるためにつくられたような、この街に。

ベンガジの中心街は、海に沿ってL字型に広がっている。Lの長いほうの辺は真北にあたり、地元の人々はそちらを「アラブ街」と呼ぶ。そこからは、風に恵まれればクレタ島まで一日で行ける。四角い塔のような灯台がずいぶん内陸に立っているところは、地中海を前にして照れているか、逆にもっと近くへおいでと手招きしているかのようだ。灯台のまわりには、埋もれた都市の名残がいくつか点在している。二千三百年も昔のギリシア時代の壁、ローマ帝国時代の廃墟、ビザンティン帝国時代の教会。発掘が行われれば、フェニキア人の生活をしのばせるものもきっと見つかるだろう。ここから、生きている街が始まる。中世のアラブの街をしのばせる家々や市場のほか、オスマン帝国が加えたものも見られるが、大部分を占めるのは現在であり、コンクリートブロックでできた低層の建物に地上波テレビのアンテナや衛星放送受信用のパラボラアンテナがたくさん立っている眺めだ。ベンガジは、リビアの大半の街よりも支配者がめまぐるしく入れ替わった歴史を持ち、未完成で、どんなふうにも解釈できる街だ。このあと二、三ヵ月もすると、限りない希望と楽観で自己表現をしていたエネルギーは暗く内向して、血と殺戮による表現を求めるようになるのだが。

カフェの〈ヴィットリア〉は、「L」の短い辺にある。ベンガジの年配の住民たちが「ルンゴマーレ」（イタリア語で「ウォーターフロント」の意）と呼びならわし、いまではみんなが「イタリア街」と呼んでいる地区だ。〈ヴィットリア〉は、ムッソリーニが上陸した場所にある。当時ベンガジでは、「イル・ドゥーチェ〔指導者、の意〕」ことムッソリーニが不快なものを見ないで済むようにと、大変な労力を費やして、アラブ人およびイスラーム教徒の街であることを示すものが消し去られた。そのため、このカフェからは、オスマン帝国やアラブ人国家の時代に建てられたミナレット〔高い塔〕、住宅、列柱、ドームなどはいっさい見えない。まさにカムフラージュ建築の妙技といっていい。実際、海岸沿いに並んでいるのはごくふつうの新古典主義様式の建物ばかりなので、古くてくたびれている点をのぞけば、映画のセットの一部だといわれても納得してしまうほどだ。この一見イタリア風の街並みで異彩を放っているのが、ベンガジ大聖堂、北アフリカで最も大きなローマカトリック教会のひとつで、海のすぐそばに、まるで方向を見失ったみたいに頼りなく立っている。一対のドームには、十字架がついていない。

一九七七年四月七日、エスカレートする政治的干渉から学問を守るよう、学生連合が要求したことに対する処罰として、ふたりの学生、オマル・アリー・ダッブーブとムハンマド・ビン・サウードが、この大聖堂の庭で絞首刑に処された。その事件からちょうど十五年目の一九九二年四月七日、ぼくはロンドンの大学で建築学を学んでいたが、追悼の気持ちからというよりは退屈しのぎの好奇心から、図書館で数時間かけて、その大聖堂を設計した建築家、グイード・フェラッツァについて調べてみた。すると、彼が波乱に富んだ生涯を送ったことがわかった。生まれは、ベンガジから遠く離れたイタリア北部、アルプス山中のトレントに近い小さな村、ボチェナーゴ。ぼくは、図書館で過ごした午後からいくらもたたないうちに、ボチェナーゴに出かけ、通りをうろついていた。当時のボチェナーゴの人口は三百人をわずかに上回る程度だったが、一八八七年、グイード・フェラッツァが生まれた頃は、その二倍いたという。村は四方を山に囲まれていた。雪と岩と緑樹のおかげで、空がとてつもなく大きく、近くに見えた。日が出ているときは、光が村に降りそそいでいるというより、液体のように村を満たしていた。通りを何本か歩いてみたが、どの建物もがらんとしていた。フェラッツァはこの村からミラノの大学に進んだ。あきらかにじっとしていられない性格だったらしく、大学を出るとブルガリアへ行き、首都ソフィアで、アレクサンドル・ネフスキー大聖堂の建築に顧問として関わっている。それから、遠くシンガポールやバンコクへ渡って、王宮の建築にたずさわった。続いて、南米の多くの建築現場でプロジェクト管理を行い、同地に定住することを考えていたようだ。ウルグアイの首都、モンテビデオで、ヴィットリオ・メアーノが設計した記念碑的建造物、国会議事堂の建設にも関わっている。思うに、フェラッツァにとって、ヴィットリオ・メアーノはひとつの理想像だったのではないだろうか。一世代上のメアーノは、フェラッツァと同じくイタリア北部の小さな村の出身で、すでにアルゼンチンで建築会社を営み、成功をおさめていた。フェラッツァはモンテビデオでの仕事を終えると、師のメアーノとともにブエノスアイレスにもどった。ところが、大きな不幸がメアーノを待っていた。家に着いたとたん、妻が別の男とベッドにいるのを見つけたのだ。近くにいた人たちの証言によると、銃声がして、続いてメアーノの「あいつらに殺された！」と叫ぶ声が聞こえたという。その事件のすぐあとで、フェラッツァは、イタリアにもどった。

　その後、一九二七年、四十歳のときに、当時キレナイカの知事だったアッティリオ・テルッツィに呼ばれてベンガジへ行き、新たな都市計画を作成することになった。テルッツィは無関心な役人ではなく、一九二二年には黒シャツ党員〔ファシスト党員のこと〕の司令官のひとりとしてローマ進軍に参加した人物だ。フェラッツァはベンガジに移り住み、早速仕事に取りかかった。リビアはフェラッツァに、独創的なアイデアを実現させる、またとない機会を提供した。以後、フェラッツァは植民地の有力な建築家として地位を築いていく。彼の指揮下で、ベンガジが新たなイタリア風の都市に生まれ変わっていったのだ。ただ、この仕事は多忙をきわめたのだろう。二年後、ベンガジでの成功を踏まえて、今度は首都トリポリの都市計画を作成してほしいと頼まれると、引き受けはしたものの、この新たな任務を建築家仲間に譲った。そして、数年後の一九三五年にはエリトリアに移り、アスマラの主任建築家に任命された。のちに、ハラールとアディスアベバ全域の設計も手がけた。

しかし、イタリア支配下のベンガジでは建築に独特な表現が生まれたと、この街のイタリア系住民（フェラッツァの時代には街の人口の三分の一を占めていた）はいっていた。トリポリの植民地時代の建築が落ち着いた雰囲気で、どこから見ても新古典主義的（トリポリには、イタリアとしか思えないような景観の通りが何本もある）なのに対し、ベンガジでは常に異なる要素が交差し、異なる層が重なっていた。諸文化（アラブ、オスマン帝国、イタリア、ヨーロッパのモダニズム）の混合は、この街の肩肘張らない、多様性に富んだ、反骨的な性質によく合っている。だがそれだけではない。ここには、ほかのどんな文化にも時代にも属さない資材がある。時代の影響を受けない、ベンガジ独特のもの。おそらく石以上に重要な、最高の建築資材。それは光だ。ベンガジの光には質感がある。物に降りそそぎ物を包みこむ光には、重量さえ感じられる。

ベンガジは長いこと放置され、その後の都市計画もお粗末だったが、フェラッツァのような人々がこの街でどんな興奮を感じたかがわかる。とびきりの楽観性が、無茶で見当違いなところもあるにせよ、フェラッツァや同時代のミラノ出身者のなかには息づいていた。彼らはベンガジのウォーターフロントを行ったり来たりしながら、アレッサンドロ・スピナの小説に登場するイタリア人大佐がいうように、アフリカを「売春宿にして、イタリアの若者たちに捧げた。彼らが人間的、英雄的、サディスト的、美的な感情のすべてを表に出せるように」

一九四三年七月、第二次世界大戦でイタリアが大敗を喫すると、フェラッツァは大いなる自己保存本能を発揮して、イギリスに移住し、亡命者のレジスタンス運動に加わった。そのため、一九四五年にファシスト政権が完全に崩壊し、アッティリオ・テルッツィ――フェラッツァを最初にベンガジに呼び寄せた人物――がパルティザンに追われて南へ逃げたときも、フェラッツァは名誉ある故国帰還を許された。以後四年間、戦後の再建を担う数多くの委員会に貢献したが、一九四九年の春、ふいに冒険心に駆られたのか、あるいは不運だった師のヴィットリオ・メアーノと肩を並べたかったのか、アルゼンチンへの移住を決めた。だが、その二年後には、理由はあきらかでないがミラノにもどっている。そして静かに隠居生活を送っていたが、一九六一年二月一日、高齢になると避け難いノスタルジアに駆られたのか、アルプス山中の生まれ故郷、ボチェナーゴ行きの列車に乗った。ところが、ミラノを出て数キロの地点で、乗っていた客車が脱線し、大破して、フェラッツァは七十四年の生涯を閉じることになった。

ぼくはダイアナとふたり、カフェの〈ヴィットリア〉に座って、海とイタリア街全体と大聖堂の眺めを満喫しながら、グイード・フェラッツァの顔を想像しようとした。大学の図書館で彼の写真を一生懸命さがしたが、見つけられなかったのだ。もしかしたら、ぼくが昔から唱えている、建物の正面とそれを設計した建築家の顔は似ているという説は、あながちばかげていないかもしれない。ベンガジ大聖堂の生真面目すぎる左右対称のつくりからぼくが思い描いたフェラッツァの顔は、同様に、自信のもろさを感じさせる表情を浮かべ、わりと大きくて無骨そうで、歴史に縛られず、なるべく内省にとらわれすぎないようにして遠くを見ている。さぐるような、しかしどこか用心深いまなざしで。

ぼくたちはコーヒーを飲みながら、一年のうち何ヵ月かをここで過ごすのもいいねと話しあった。光がゆっくりと、空から消えていこうとしていた。海はおだやかだが、べた凪ぎではない。海面を、潮があちこちに流れていくのがぼんやりと見える。目覚めると肌に残っているシーツの跡のように、薄い。その光景を、いま見ているのではなく、思い出しているような気がした。このベンガジでかつてダイアナと暮らしたことがあって、いま、再訪しているような……。以前に住んだことのある、ほかの街を訪れるときと同じ気持ちだ。ダイアナとふたり、かつてわが家と呼んだ建物の前に立ち、見慣れた場所の変わりない風景を目にして、自分のなかの変化を意識するときの、あの奇妙な感覚。そんなふうに感じたのは、懐かしい力が働いたせいかもしれない。それは、リビアの海は開いた扉だという子どもの頃からの確信や、自然と真につながりたいという欲求などだ。年月とともに薄れていたそれらの思いが、いま、妨げるものがなくなり、新しくなってもどってきたのだろう。それは、なんとなく旅に出たいという欲求とは違う。観光客のように、名所を見たり外国語を話したり新たな出会いをしたりといったことに好奇心を抱いているのではない。それは、世界が自分の前に開けているという、単純明快な確信だ。しかし、ようやく故国にもどれたいま、そんなことを考えるのはおかしいのでは？　あるいは、これが故国にいるということなのか？　つまり故国とは、そこにいるとふいに、世界中どこへでも行ける気がしてくる、そういう場所なのだろうか？

その翌朝、いとこのマーヘル・ブシュラーイダが会いに来てくれた。彼とは、子どもの頃にリビアを離れて以来、会ったことも話したこともなかった。ぼくより一世代上のいとこで、トリポリのわが家に来たときのことをぼんやり覚えている程度だ。当時、マーヘルはかっこよくて謎めいた存在に見えた。たぶん、ベンガジ大学の学生自治会のメンバーだったせいだろう。マーヘルは一九七六年のデモに参加した。そして一年後、親しい友人のオマル・アリー・ダッブーブとムハンマド・ビン・サウードが絞首刑に処されたとき、マーヘルもほかの数人の学生とともに逮捕されて、一九七七年から八八年までを刑務所で過ごした。うちの親戚で初めて、独裁政権を批判した結果に直面することになったのだ。そのせいで、ぼくはリビアを離れたあと、ティーンエイジャーらしい感傷も手伝って、マーヘルを現実離れした謎めいた雰囲気を持つ人物として記憶することになった。そして今回、大勢の親戚が集まった場でマーヘルと再会し、翌日ふたりだけで会う約束をした。マーヘルにホテルまで来てもらい、コーヒーを飲んだ。マーヘルは前日と同じく、新たな秘密情報機関に入ったこと、その組織は「急いでギャップを埋めようとしている」ことを話してくれた。マーヘルの関心事はおもにふたつ、「安全と日和見主義者」なのだという。日和見主義者とは、権力を得ようと競い合っている複数の武装グループのことだ。

「イスラーム主義者〔イスラームの教えを忠実に守り、それをもとに社会変革や国家建設を進めようとする人々〕については、どう思う?」ぼくはたずねた。

「彼らが成功するとは思えない」マーヘルはそうこたえて、チュニジア人のラッパーの話を始めた。そのラッパーは、あるイスラーム主義者のグループに脅迫されて、やむなくコンサートを中止したという。「イスラーム主義者は、芸術も祝祭も映画もない国を望んでいるんだ。空っぽの穴ぐらみたいな国を」マーヘルはいった。

「チュニジアでは成功したよね」とぼく。

「そうだが、あんな政策でうまくいくはずがない」

それからようやく、会話は、その日ふたりが会ったおもな目的に向かった。ぼくが父の身に起こったことを調べるのを、新たな地位についたマーヘルにどんな形で助けてもらえそうかということだ。マーヘルはシャツの袖をまくり上げ、テーブルに両肘をついた。そして自分の肌をきつくつねりながら、低い声で話しだした。

「ジャーバッラー叔父さんの存在は、ぼくの肌にしみこんでいる。とても親しくしてもらっていたんだ。きみはまだ小さかったから、覚えていないかもしれないが」それからマーヘルは、ぼくがとっくに慣れていなければならない、あの話題にふれた。そうなると、はっきりした言葉は使われなくても、父はもう死んでいるという明白な事実を、ぼくも認めざるを得なくなる。

「それは間違いないと思う」ぼくは嘘をついた。「ただ、ぼくたち家族としては、いつ、どんな経緯でそうなったのか、遺体はどこにありそうかということを知りたいんだ」

そのとき、奇妙なことが起こった。そんなことは初めてだったが、父の存在を感じたのだ。父がぼくの右肩の後ろにいて、自分から離れろというようなしぐさをした。そして、なぜか、父がいおうとしていることがわかった気がした。「やめなさい。もう十分だ」と。

ぼくは身動きできず、話すことさえできなかった。ありがたいことに、マーヘルは立ち上がって、そろそろ行かないと、といった。一緒に外に出ると、マーヘルはホテルの正面の階段下にいつもある水たまりを飛びこえて、車に向かった。歩き方が、いかにも元受刑者らしい。政治犯はみな、そっと足を出すようにして歩く。まるで、抑圧が毒気の澱となって筋肉に蓄積しているみたいで、何もいわなくてもそれとわかる。彼らは、運命やイデオロギーにではなく、人間であること自体に憤っているように見える。ぼくは手を振って、車で走り去るマーヘルを見送った。マーヘルは、うまくいくといいね、というように親指を立ててみせた。彼が最後にいったことを思い出す。「とことん、きみに協力するつもりだ。何でもいってくれ。だが、現生《ここ》を去ってからのことは――」マーヘルは笑った。「自分でなんとかしてくれ」

そのあと、海岸を散歩した。まだ十歳にもなっていないようなぽっちゃりした男の子が、大きな四輪バイクに乗って家族連れのあいだを走っている。低い塀に腰かけて海を眺めている人もいれば、海に背を向けてプロムナードの往来を眺めている人もいる。海は静かで、空を映している。浅瀬の終わりを示す岩の向こうの水には量感があるものの、不穏な気配はなく、何かをじっと待っているような安定感がある。ぽっちゃりした少年は、四輪バイクの前輪ふたつを宙に浮かせて、ぐるぐる走り回っている。カップルに突っこみそうになったが、カップルも少年もうろたえてはいないようだ。少年は、前輪をタイル敷きの地面から三十センチほど浮かせたまま、まっすぐ安全柱のほうへ向かった。安全柱は、まさにこの手の危ない行為を防ぐため、海岸の遊歩道に一定間隔で立てられている。少年はスピードを落とし、細かくカーブを切って柱を避けながら走った。みごとなハンドルさばきだ。少年はバイクを止めた。拍手を期待しているかのようだが、実際、拍手に値する。そこへ、もっと幼い少年が走ってきて四輪バイクの後ろに飛び乗ったと思うと、一緒に走り去った。小さな男の子と女の子が、紙コップを蹴りあって遊んでいる。父親が「何をしてる?」とたずねると、女の子が「遊んでるの」とこたえたが、もう遊ぶのをやめて父親の顔を見ていた。「ゴミで遊んでるのか?」と父親がきくと、男の子が「ほかに何も遊ぶものがないんだもん」といって、女の子を引っ張った。すぐ向こうで、別の幼い女の子が泣きだし、父親の膝に顔を埋めた。父親がいう。「怖がらなくていい。そんなに何にでもびくびくしていてどうする」そのとき、少年ふたりの乗った四輪バイクがスピードをあげて走り過ぎた。振り返ると、子どもたちが歩道を走っていた。紙コップを蹴って遊んでいた兄妹は、海のほうを向いて数を数えている。やがて数え終えると、わっと笑いだした。安全柱の陰に小さな男の子が隠れているのを見つけたのだ。

13　前世のこと

図書館でイベントが行われるという情報はかなり広まったらしく、母とダイアナを連れて到着すると、駐車場はほとんど一杯になっていた。遠目にも、図書館の建物は長いこと使われていない感じがした。駐車場には、地中海の南岸地域でよく見られるタイルが敷き詰めてある。大理石やほかの石の破片を樹脂で固めたものだが、これは屋内用のタイルで、屋外には向かない。日差しが容赦なく照りつけるうえに自動車の重みがかかるせいで、あちこちにひびが入り、すきまから雑草が生えている。車を停めて、階段を二、三段上がり、図書館のロビーに入った。本は一冊も見あたらない。検索カードの引出しさえ空っぽだ。ほかの階には行かなかったが、一階を見るかぎり、この図書館は何年ものあいだ蔵書もなく、閉鎖されていたようだ。窓には縦長のブラインドがついているが、どれもゆがんでいて、ところどころ羽根が取れていた。

スーツにネクタイ姿の年配の男たちが、ひとところに固まって話していた。そのひとりに呼ばれ、近づいていく。それぞれの名前はわからないが、父の友人たちだということはわかった。父もこのくらいの年齢になっているのだろう。最初のひとりに手を差し出すと、抱き寄せられた。相手が身を震わせているのがわかる。その人は頬ひげをきれいに剃り落としていた。みんな、清潔なにおいとオーデコロンのにおいがした。どの人もあまりしゃべらなかったように思う。

さらに大勢の人がやってきた。

ロビーの向こう側に、たぶんぼくより十歳くらい年上の男性がいて、ぼくの母の手を握って自分の胸にあてていた。母はほほえんでいる。見るからに、その人に会えて嬉しそうだ。

学校の同級生や夏休みに遊んだ仲間など、同年代の男女も来てくれた。みんなしきりに、「ほんとに覚えてない？」ときいてくる。ぼくはとうとういった。「きみたちはみんな一緒に大きくなったから、お互い、顔がどう変わったか、体がどう成長したか知ってるだろうけど、ぼくは三十三年間もきみたちに会ってなかったんだ。覚えてるわけがないよ」結局、いったことよりも言い方によって、ぼくは本性をさらけ出してしまった。

ダイアナはロビーの向こう側で、ぼくのいとこ数人に囲まれていた。

蝶が一匹、縦長のブラインドと窓ガラスのあいだに挟まって、出られなくなっていた。窓は、もう長いこと洗われていない。ぼくは、窓を一枚一枚、透明になるまでこすって洗うところを想像した。蝶が脱出しただろうかと思い、何度も窓のほうを見たが、相変わらず羽音がしていて、蝶はブラインドの羽根のすきまを見つけられずにいた。

図書館は荒らされ、使われていないようだったが、会議室はきれいに改装されていた。椅子は白の革張りだし、壁は木製のパネルで覆われている。どう見ても、会合のほうが本よりも大事だったようだ。最前列に、父と同年配の男性が座っていた。その人はぼくをじっと見ていたが、目はやさしく、少し充血していて、涙ぐんでいるようだった。膝に分厚い革表紙の本を載せていて、添えた両手がわずかに震えているが、感情のたかぶりのせいなのか、老いのせいなのかはわからない。会場は満員で、空席はひとつもなく、後ろには数人、立っている人もいる。しかし、最前列のその老人とぼくのあいだには、不思議な親近感が生まれていた。老人の表情はぼくにしかわからないので、ぼくだけに向けられた表情のように思えた。

マルワーンは、ぼくの「リビアにおける広報係」の役割をとても真剣に受けとめていて、スライドショーまで作成していた。客席の照明が落とされ、映像が五分間にわたって流れた。祖父ハミードの写真に始まって、父、イッゾ、ぼくとぼくの本の写真、と続く。ＢＧＭは、ナスィール・シャンマによるウード〔リュートの祖先にあたるアラビアの弦楽器〕の演奏を録音したもの。聴衆は、映像を見ているあいだずっと、ひとこともしゃべらなかった。それからイベントが始まって、ぼくとアフマド・アル・ファイトゥーリーが対談をした。通訳が必要になったときのために、ぼくの傍らにはいとこのナーファ・アル・タシャーニーが座っていた。ぼくはアラビア語を流暢に話せるが、人前で話すのには慣れていない。イベントは三時間にわたって行われ、あいだに一度、対談を中断して休憩をとった。

休憩時間に、最前列の老人が立ち上がって、ぼくのところに来た。握手を交わしたあと、老人は声を詰まらせながらいった。

「ジャーバッラーとは友だちだった。大学時代にね」老人は、ずっと持っていた本をぼくによこした。「一緒に、この文芸誌を編集していたんだ」

その老人の息子は、昔一緒に過ごした夏のことをぼくに思い出させようとしていた同年代の人たちのひとりで、「全巻そろってる。一冊に綴《と》じたんだ」と言い添えた。ぼくはその合本を開いてみた。すると、「『学者』は短編小説を掲載する文芸誌です」と書かれていた。一九五七年六月号は、父が十八歳のときに刊行されたもので、表紙には積み重ねた本、インク壺、差しこむ光、半円形の分度器が描かれている。最初のページには、「キレナイカ教育大学の学生たちが刊行する機関誌」と書かれている。モットーは以下のとおり。「教育によって、国民は尊厳と主権と誇りを手にする。知識が広がれば繁栄と幸福と安全がゆきわたる。教育は、水や酸素と同じくらい必要不可欠なものだ」このモットーは、その時代の気分を映している。リビアは懸命に近代化の道を歩もうとしていた。それまで、イタリアの植民地政府は、「土着の」人々に対する教育を奨励しなかった。国家独立四周年を記念して、イドリース国王の勅令によりリビアに最初の大学ができたのは一九五五年のことで、そのわずか二年後に『学者』のこの号が刊行されている。当時、リビアではまだ石油は発見されていなかった。まずは読み書き能力《リテラシー》を重視したためか、最初に設置されたのは文学部だった。小規模な大学ではあったが、それでも海外からの寄付は不可欠だった。エジプトが講師四人を送りこんでくれて、その人たちの給料を向こう四年間負担すると約束した。アメリカ合衆国は、イラク人の学者、マジド・ハッドゥーリーの給料を負担し、ハッドゥーリは後に学部長になった。一年後の一九五六年に理学部が設置され、一九五七年には経済学部、一九六二年には法学部、一九六六年には農学部、一九七〇年には医学部が加わった。この経過を見れば、文芸誌『学者』の熱いモットーが理解できる。『学者』は三人の編集者がつくっていて、ぼくの父もそのひとりだった。三人とも、国民の読み書き能力と教育レベルを押し上げるには小説の技巧が不可欠だと考えていたのは間違いない。

その合本にざっと目を通そうとしたが、老人に、もう一度、目次のページを見るよう促された。なぜか、そのページはぼうっとかすんで見えた。老人が、少し震える指で二編の短編小説のタイトルをさす。なんと、どちらも作者名はジャーバッラー・マタールだ。父が詩作を試みていたのは知っていたが、学生時代に小説家を夢見たことがあったなんて、まるで知らなかった。いつの間にか、母もぼくの横に来て、その本を見ていた。

「知ってた?」ぼくは母にたずねた。

「いいえ、全然」

父が書いた短編小説のページを開くと、父の写真も掲載されていた。スーツを着てネクタイを締め、決然とした真剣な表情をしている。若き日のアルベール・カミュに似ていた。二編の短編小説の一編は「夜の静けさのなかで——リビアの話」、もう一編は「運命との闘い」というタイトルだった。

ぼくはもう一度母にきいた。「ほんとうに、父さんから聞いたことないの?」

「ええ、ひとことも」

イベントの後半は、「夜の静けさのなかで」の朗読から始めることにした。いとこのナーファが立ち上がって、朗読した。

　風がうなりをあげて、砂漠にぽつんと立つテントにぶつかってきた。テントの杭はしっかり砂に打ちこまれている。時は真夜中。闇が世界を覆っている。月が深紅のガウンを脱ぎ捨てて、広大な夜空を渡っていった。静寂の帳《とばり》がすべてを包んだ。聞こえるのは、ラクダが草を食む音と、羊がだるそうに鳴く声ぐらいだ。神秘が宇宙を支配している。この地方に住む人々の生活に恐怖が根を下ろして、久しい。だれもが怯えていたが、テントのなかにいるふたりの男は違った。母親にとってひとりっ子のアフマドと、彼の母方の伯父だ。伯父の家族もいる。どこにひそんでいるかわからない敵がこの地の人々を脅かしているにもかかわらず、アフマドと伯父は勇敢にも平原に出て家畜の世話をしていた。家族と家畜が元気でいることが、ふたりにとって何より大事だ。恐怖に支配されずにいられるのは、十分な武器と弾薬を持っているためで、それは先の戦いで敵から奪い取ったものだった。

ここでいう敵とは、キャンプに忍びこんでは家畜を盗もうとするイタリア軍部隊のことで、「敵の目は決して眠らない」と書かれている。いよいよ敵に包囲されると、老いた伯父は、

胸のなかに、若い反逆者の挑むような叫びを聞いて変貌する。無情な強さを感じ、いつ何時消えてしまうかわからない若々しい活力と、つらい人生を送り年齢を重ねて身につけた自己修練によって大胆になる……。「いや、逃げるものか!」と伯父はつぶやく。「逃げようなどとは考えず……ここにとどまる。この白髪が、肌の無数のしわから噴き出す深紅の血に染まろうとも。連中に頭を下げるような不名誉なことはしない。さあ、レジスタンスを始めよう」

老人と甥は勇敢に戦い、「イタリア人の侵入者」を撃退する。ところが、その直後にアフマ

ドは、愛する従妹のアーイシャの姿が見えないことに気づく。

（彼は）恐れおののいた。筋肉がひきつり、心臓は混乱と不安に震えた。悪党のひとりがテントに忍びこんで彼女をさらったのでは、という暗い予感で頭が一杯になる。アフマドは急いで敵の残党を追おうとしたが、そのマントを老人が引いて止めた。見ると、アーイシャがこっちに向かってくる。喉の渇いた男が泉に突進するように、アフマドはアーイシャに駆け寄ると、「どこにいた？　何をしていたんだ？」と軽くいさめるようにたずねた。しかし、アーイシャの顔つきと肩にかけた武器を見れば、すべてわかった。それでもアフマドはたずねた。「手に何を持っている？」するとアーイシャは、アフリカ大陸の若い娘らしく、誇らしげにこたえた。「勲章よ。この手で殺した司令官の胸から奪ったの」アフマドはアーイシャを抱きしめそうになったが、伯父がいるので思いとどまった。

物語の最後には、「ジャーバッラー・マタール、三年」と署名があった。老人の「連中に頭を下げるような不名誉なことはしない」という言葉は、三十六年後、父が獄中からよこした最初の手紙のなかに、「やつらに下げる頭などない」という形で再生されていた。父が拉致されたときのぼくは、この短編小説を書いたときの父とほぼ同い年だった。学校の授業以外では詩しか読まなかったのが、余暇に小説を読むようになったのは十九歳のとき――じつをいうと、父を失った数日後のことだった。

イベントの終わり近くに、聴衆から質問を受けた。内容は、革命後のリビアが直面している数々の困難について、リビアにおける文学と思想の位置について、教育と市民社会の役割について、人権と過去の残虐行為に注目することの重要性について、などだった。ぼくは、「そうしたことが二度と起こらないようにしなければなりません」などとこたえたが、不十分だったかもしれない。しかし、ぼくがどうこたえたかは、ある意味、あまり重要ではない。市民レベルの、しっかり準備された文学関連イベントの席で、そうした質問をできるということが肝心なのだ。ぼくはもともと、そんなふうに注目されるのが得意ではないが、その日来てくれた人たちの心に多少なりとも自尊心や楽観的な展望を呼び起こせたとしたら、それは正直、ぼくの手柄ではなくて、平たくいうと、現実に変化が起こる可能性が生まれていたためなのだ。革命と、続いて起こった内戦による荒廃とのあいだの、希望に満ちたほんの短い期間に、ぼくたちはみな、変化の可能性を感じていた。立ち上がってぼくと話そうとした人たちのうち数人は、質問をするというより、集まった人々にぼくの祖父や父に関する情報を伝えたがっていた。ぼくはまるで、故国に呼びもどされた密航者のようだった。ぼくを混乱させた三十三年間は、その人たちをも混乱させていたのだ。質問や発言が一段落したとき、先ほどロビーで母の手を握っていた男性が、立ち上がって話しだした。

「こんばんは。ヒシャーム・マタールとその作品を讃えるイベントに参加できて、嬉しく思います。とはいえ、正直に申しますと、わたしは残念ながら、まだヒシャームの本を読む機会に恵まれておりません。もちろん、彼の父上が長らく独裁政権に対する抵抗運動に身を投じておられたこと、最終的に故国のために犠牲を払われたことは、よく存じております。しかしながら、ここにいらっしゃるみなさんもご存じないかもしれず、今宵まだ言及されてもいませんが、ヒシャームの母上であるファウズィーヤ・タルバーさんも、人知れず犠牲を払ってこられたのです」

母は最前列にダイアナと並んで座っていたが、落ち着かない様子でぼくのほうを見た。それからダイアナに何かささやいて、手を握りあった。思うに、子どもはみな、母親が泣きだしそうなときに察知する小さな装置を、胸に埋めこまれて生まれてくるのではないだろうか。

その男性は話を続けた。

「一九七〇年代に、わたしはここベンガジで、独裁政権に抗議する学生運動に参加しました。そして逮捕され、トリポリの刑務所に連行されました。母は、ひとりっ子のわたしが収監されたと知ってすっかり取り乱し、面会に来ようとして、トリポリで家に泊めてくれる人はいないか、きいてまわったそうです。すると、政治犯の母親たちを自宅に泊めてくれる女性がいる、という話を耳にしました。その女性は、遠路はるばる獄中の息子に会いに来る母親たちに自宅を開放しているということでした。わたし自身は、その女性にお会いする機会がありませんでした。釈放されたとき、その方はすでにリビアを離れたと聞かされました。しかし、母からその親切なトリポリの女性の話を聞いたのです。母は少し前に亡くなりました。そうでなければ、ここにいて、わたしの代わりに話しているはずです。母はその女性の家に何ヵ月も泊めてもらいました。そして、その女性は、あらゆる方法で母の気持ちを楽にしてくれたそうです。母は毎週、その人とふたりで、刑務所のひとつの翼棟に収監されている受刑者全員、つまり百五十人分の料理をつくっては、その最高に美味しい料理の数々をわたしたちに届けてくれました。本やペンやレポート用紙も差し入れてくれました。看守に横取りされたものも多かったのですが、わたしたちにも十分多くのものが届きました」

男性が話し終えたとたん、母は顔を覆った。

「わたしたちはみな、ジャーバッラー・マタールの功績を知っています。しかし、わたしが今夜ここに来たのは、ジャーバッラーやヒシャームのためというより、この情け深い女性についいて、自分が知っていることをすべてみなさんにお話しして、その女性にお礼をいうためです。ほんとうに、どんなに感謝しても、したりないくらいです」

そこにいる全員が立ち上がり、拍手をした。ようやく拍手がやんだとき、母が口にすることのできた言葉は、聞こえるか聞こえないかの「ありがとう」だけだった。


その夜遅く、ホテルにもどってから、ほんとうに受刑者の母親たちを家に泊めていたの？と母にたずねた。

「ええ、でも、あの人の話はちょっと大げさで、何度かお泊めしただけよ」

「だけど、評判になるくらいの回数は泊めたんじゃない？」

「正直、覚えていないのよ。何もかも、すごく昔のことに思えるわ。前世のことのようにね」

14　銃弾

日中にいろんなことがありすぎたせいか、夜、眠れなくなった。ベンガジでは、寝返りを繰り返し、数時間後にようやく寝つくことも多かった。真実が、闇のなかに立ち現れるような気がした。ベンガジならではの騒音の波音が、堅固な物体のように窓から侵入してきた。夜がベンガジの街を観念に変える一方で、街にひびく音はパンや石のように物質的だった。ベンガジほど、重い記憶を負わされながら未来の可能性にも満ちている街には、行ったことがなかった。肯定的な未来も否定的な未来も、実現する可能性は同じくらい高かった。当時はリビアという国全体が、ナイフの刃の上に危なっかしく乗っているような状況だった。実際、それから二年もたたないうちに、ベンガジ市街の、ぼくが天井を見つめて横たわっていたホテルの周辺は戦場と化す。いくつもの家族がそれぞれ秘密を抱えて住んでいた建物も、焼け焦げ、だれもいなくなり、幽霊のように骨組みだけが残る。ぼくが会った人々のうち数人――図書館でのイベントに来てくれた人だけでも三人――が、暗殺される。あのときはまさかそんなことになるとは思っていなかったが、あれは、正義と民主主義と法の支配にもう少しで手が届きそうな、貴重な期間だったのだ。じきに、強力な軍隊も警察も不在という状況のもと、複数の武装集団が時代を支配し、それぞれの力を増強しようとする。政治をめぐって派閥が乱立し、争ううちに、外国の政府や武装組織がずかずかと入りこんできて、国を乗っ取る機会をうかがう。そして死者の数が増えていく。大学も学校も閉鎖され、病院は部分的にしか機能しなくなる。状況は暗澹《あんたん》たるものとなり、ついに想像を絶する事態が起こる。人々が、カダフィの時代を懐かしむようになるのだ。もちろん、ぼくがリビアにいた二〇一二年三月の時点では、そんな悪夢のような展開は想像もつかなかったが、あの夜の時間帯、闇に沈む街の物音を聞きながら横たわっていたときに、恐ろしいことが起こる可能性を感じていたような気もする。

眠れないままに、父が書いた短編小説の二本目、「運命との闘い」を読んだ。それは謎めいた文章で始まっていた。

その男のことは知っていた。何もかも、大昔のことのようでいて、つい昨日起こったことのようでもある。それは、彼の一家がまだぼくたちの村に住んでいたときのことだ。彼の父親は目抜き通りでカフェを営んでいた。その店の内壁に使われていた古い泥煉瓦は頭蓋骨に似ていて、ひとつひとつが皮肉っぽい笑みを浮かべているように見えた。ぼくは常連のひとりで、よくそのカフェに行った。ふらっと入って、雑然と置かれている木の椅子のどれかに腰かけた。

語り手も「彼」も名前が明かされず、時も特定されていない。不気味な煉瓦に、雑然と置かれた家具——どれもこれも、ただでさえ混乱していたぼくの頭をさらに混乱させる要素ばかりだった。それは、恐ろしく不運な少年の話だった。少年の名前が最後までわからないので、かえって親近感を抱いた。おそらく、この少年は、十八歳の作者が自分の最悪の恐怖を乗せることのできる、架空の船のような存在だったのだろう。「運命との闘い」によって、少年は家族も家もすべて失い、極貧に陥る。「ぼくはあてもなくさまよった。結局、受け入れてくれたのは、それまでにも何千というみじめな人間を飲みこんできた街だけだった」。しかし、少年はふいに恐怖と屈辱にとらわれ、「もう一度、同じ涙を流せるように」、父親が埋葬されている場所にもどる。そのあと、少年は社会に出ていき、「ぼくは働いて生きのびることにした」と宣言して、物語は終わる。

最後の一文に、目が釘付けになった。少年の言葉は、ぼくが幾度となく聞いた、ある謎めいた指示と同じだったのだ。その指示は、父を失った直後の最も暗い時代とその後の四半世紀にわたって、ぼくの頭のなかに警鐘のように力強く執拗にひびき続けた。働いて生きのびろ、働いて生きのびろ。ぼくはそれを大学時代に聞いた。卒業後、石工として働いているときにも聞いた。製図工になり、やがて建築設計士になってからも聞いた。小説を書きながら、建設現場で働いたり塗装の仕事をしたりと、ベッドフォードシャーの小さな市場町で半端仕事をしていたときにも聞いたし、そうした日々に疑問を抱いたときにも聞いた。パリのアルコル橋に立ってセーヌ川を見下ろしたときにも聞いた。そして、いまでも聞いている。その声はずっと聞こえているが、完全に自分の声だと感じたことはなく、頭のなかに移植された別のだれかの声のようだった。その人物はだれより、おそらくぼく自身よりもよく知っている。ぼくが、自分で思うよりもはるかに崖っぷちにいることを。

耳慣れた、ぼくにとっては長いこと救いとなっていた呼びかけに偶然出くわしたこと、しかも父親が発表していた二編きりの短編小説の片方の、結びの一文という形で出会ったことで、心が妙に慰められると同時に、かき乱されもした。それを読んだとたん、時間がひっくり返ったのだ。権威ある親の口からではなく、十八歳の若者の口から出た言葉がぼくに届いた。その若者は、まだぼくの父親にはなっておらず、いまのぼくの息子であってもおかしくない年齢の学生だった。才能に恵まれ野心家でもあった彼が、もしそばにいたら、作家になりたいのですがどう思いますかときいてくれたかもしれない。ぼくはその短編を何度か読み返し、妄想にふけるのはよそうと努めながらも、繰り返し想像してしまった。自分がその作者の才能と直観力をほめて、短編をもっとよくするにはどうしたらいいかアドバイスするところを。ぼくはたぶん最後に、彼の読むべき本を数冊あげて、本を送れるように住所をきいて書きとめるだろう。良質の文芸雑誌を定期購読するように勧めて、購読料はぼくが払うというかもしれない。そして別れ際、ぼくのほうから、彼にあの警鐘のような言葉を贈る。働いて生きのびるんだ、と。

その二本の短編小説は、心揺さぶられる発見だった。時の彼方からの贈り物のようで、のちにぼくの父親になる若者の心象風景を見せてくれた。どちらの短編も前向きで、その時代ならではの形でリビアについて書くと同時に、過去にも注目していた。若い主人公はいずれも、植民地支配とその余波、すなわちイタリアの侵攻がもたらした暴力と貧困の影響を受けている。ぼくはホテルの窓辺に立って、L字の二辺にあたるアラブ街とイタリア街を眺めた。街灯が懸命に通りを照らし、海が闇に広がっている。短編小説のなかに、父の心にひそむ不安を読み取らずにはいられなかった。当時、父は、自分の父親をいつ失ってもおかしくない状況にいたのだ。祖父のハミードは大変な危険を冒して、イタリアによる占領に立ち向かっていた。生死の境をさまよう経験をしたことも、一度や二度ではない。それらはわが家の伝説の一部となった物語のなかでいまでも生き生きと語られているが、若き作家だった父にしてみれば、不正とはどういうものかを知る、ひとつのきっかけとなったにちがいない。しかし、父親が死んでいたり、父親的な人物が命を危険にさらしたりするこうした物語は、ある普遍的な事実を、十代の読者に強く印象づけるのではないだろうか。それは、ぼくたちはみな、この世に生まれる機会をあやうく奪われかけた可能性がかなりあるという事実だ。いいかえれば、父は過去の亡霊や歴史に応答する作家だったのだと思う。やがて、どこかの時点で亀裂が生じ、政治が入りこんできた。ぼくが子どもの頃、何より嬉しかったのは、いつも慌ただしく出張に行ったり政治集会に出たりしていた父が、その合間にカイロ市街のタラートハルブ広場にある書店に連れていってくれたときだ。書店主は父の知り合いで、上階の私室に案内してくれる。そこには流通を禁じられたあらゆる本が保管されている。書店を出るとき、父とぼくは五、六個の黒いビニール袋にいっぱい、エジプトの検閲が何らかの理由で不適切と判断した小説本を持っていた。その後の二、三日間、父はほとんど寝室から出ずに、本を次々と読んで過ごした。

祖父のハミードは、並外れて長く生きた。ついに死んだときには、その年齢について諸説がささやかれた。大方の人は、百三歳から百九歳のあいだという点で意見が一致していたが、いや、百十二歳まで生きたと強く主張した人もいた。それも考慮に入れると、祖父が生まれたのは一八七六年から一八八五年のあいだのいつか、ということになる。

一八八〇年十月にロンドンで出版された『ロイヤル版世界地図帳』は序文で、「地理学の科学的教授法」が近年、「大いなる進歩」を遂げたことを讃え、スイス人の教育家、ヨハン・ペスタロッチの「目から頭へ」という言葉を強調している。その序文によれば、当時リビアは、まだ人々の頭のなかにインプットされてもいなかった。そこにはこう書かれている。「(北)アフリカは次の国々に分かれている。モロッコ——統治者はスルターン〔イスラーム世界における君主の称号のひとつ〕、首都はモロッコ〔正しくは、フェズ〕。アルジェリア——フランスの植民地で、首都はアルジェ。チュニス〔正しくは、チュニジア〕——統治者はベイ〔オスマン帝国の総督〕、首都はチュニス。トリポリ〔独立国ではなく、一地域〕——統治者はパシャ〔オスマン帝国の高官〕、首都はトリポリ。エジプト——統治者はヘディーブ〔宗主国オスマン帝国が認めた、エジプト、ムハンマド・アリー朝の支配者〕、首都はカイロ」。それから、作者は情報を明確にするため、「アルジェリア以外はすべて、オスマン帝国またはトルコ帝国の属国である」と記している。この地図に見られる、「リビア」という国名にいちばん近い言葉は、フェッザーンからナイル川デルタにかけて、アーチ型に字間をたっぷり取って並ぶ「リビア砂漠」という文字だ。

リビアで初めて国勢調査が行われたのは一九三一年で、当時の人口は七十万だった。その後の人口増加率から推測して、一八八〇年代、現在リビアとして知られる地域の人口は二十五万から五十万だったと考えるのが妥当だろう。祖父のハミードが生まれたとき、トリポリは州になっていたが、リビアの他の地域は広漠たる風景で、内陸から北へ向かう通商ルートと、メッカのある東へ向かう旅のルート沿いに小さな町や村が点在しているにすぎなかった。

祖父のハミードが先祖から受け継いだ地のブロッサーは、トリポリとアレクサンドリアのほぼ中間にあって、どちらの街からも馬で三週間の距離だった。

祖父はひとりっ子だった。オスマン帝国統治下のリビアに生まれ、第二次世界大戦中のイタリアによる侵攻、独立後のイドリース国王の治世、一九六九年のカダフィのクーデターに続く独裁政治の二十年間を経験した。祖父が四十代の終わりか五十代の初めの頃にぼくの父が生まれ、七十歳近くなって末っ子のマフムード叔父が生まれた。当時、リビア人男性の平均寿命は六十五歳ぐらいだったから、高齢で子をもうけた祖父は周囲から無責任だと非難され、「その子が歩く姿も見られないだろう」などといわれたそうだ。ところが、祖父は、マフムード叔父が大学を卒業し、結婚して子どもを持つところまで見届けた。そして、アジュダービヤーの自宅で一九八九年に死んだ。

祖父は自分にふさわしい家に住んでいたと思う。その頃のアジュダービヤーは、がらんとした広大な土地にひとかたまりの建物があるだけだった。祖父は当時、三十キロほど離れたブロッサーに行く以外、旅行はいっさいしなかった。生涯、春にはブロッサーで、本人のいう「広がり」にふだんよりもっとさらされて暮らすのを好んだ。

「あそこにいると自由に感じたらしい」と、あるとき父がいったのを覚えている。「それに、お祖父《じい》ちゃんは沈黙を重んじるから、あそこはうってつけの場所だった」

しかし、祖父のハミードは、親戚を訪ねて旅をしていた頃でさえ、できるかぎり、よその家で一夜を過ごすのを避けるので有名だった。たぶん、ぼくもそんな祖父の血をひいているせいで、よその家に泊まると落ち着かないのだろう。しかし、ぼくが小さい頃、父と母が祖

人文書院
刊行案内

2025.7 紅緋色

映画が恋したフロイト

岡田温司著

精神分析と映画の屈折した運命

精神分析とほぼ同時に産声をあげた映画は、精神分析の影響を常に受けていた。ドッペルゲンガー、パラノイア、シェルショック……。映画のなかに登場する精神分析的なモチーフやテーマに注目し、それらが分かち合ってきたパラレルな運命に照準をあわせその多彩な局面を考察する。

購入はこちら

四六判上製246頁　定価2860円

ネオリベラル・フェミニズムの誕生

キャサリン・ロッテンバーグ著
河野真太郎訳

女性たちの選択肢と隘路

すべてが女性の肩にのしかかる「自己責任化」を促す、新自由主義的なフェミニズムの出現とは？果たしてそれはフェミニズムと呼べるのか？アメリカ・フェミニズムのいまを映し出す待望の邦訳。

購入はこちら

四六判並製270頁　定価3080円

人文書院ホームページで直接ご注文が可能です。スマートフォンで各QRコードを読み込んでください。注文方法は右記QRコードでご確認ください。**決済可能方法：クレジットカード／PayPay／楽天ペイ／代金引換**

〒612-8447 京都市伏見区竹田西内畑町9　TEL 075-603-1344
http://www.jimbunshoin.co.jp/　【X】@jimbunshoin（価格は10％税込）

新刊

人文学のための計量分析入門

――歴史を数量化する

クレール・ルメルシエ／クレール・ザルク著　長野壮一訳

数量的研究の威力と限界

数量的なアプローチは、テキストの精読に依拠する伝統的な研究方法にいかなる価値を付加することができるのか。歴史的資料を扱う全ての人に向けた恰好の書。

購入はこちら

Now Printing

四六判並製276頁　定価3300円

普通の組織

――ホロコーストの社会学

シュテファン・キュール著　田野大輔訳

「悪の凡庸さ」を超えて

ナチ体制下で普通の人びとがユダヤ人の大量虐殺に進んで参加したのはなぜか。殺戮部隊を駆り立てた様々な要因――イデオロギー、強制力、仲間意識、物欲、残虐性――の働きを組織社会学の視点から解明した、ホロコースト研究の金字塔。

購入はこちら

四六判上製440頁　定価6600円

公共内芸術

――民主主義の基盤としてのアート

ランバート・ザイダーヴァート著　篠木涼 訳

国家は芸術になぜ　お金を出すべきなのか

国家による芸術への助成について理論的な正当化を試みるとともに、芸術が民主主義と市民社会に対して果たす重要な貢献を丹念に論じる。壮大で精密な考察に基づく提起の書。

購入はこちら

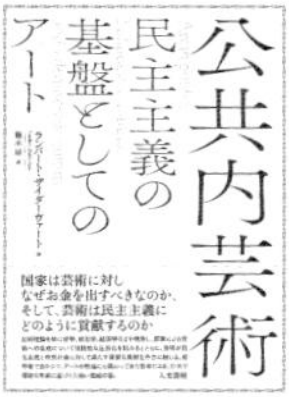

四六判並製476頁　定価5940円

父を懸命に説き伏せて、トリポリのわが家に来てもらったことがあった。ついに祖父がぼくたちの住まいを目にすることになったのだが、父は見たこともないほど緊張し、興奮していた。準備にはいつにもまして熱が入った。そして、祖父も上機嫌でやってきた。祖父はぼくの母をとても気に入っていて、母も祖父のことが大好きだった。祖父は、はるばるやってきてよかったと思っている様子だったが、日暮れが近づくとすっかり黙りこんでしまった。父も母もかわいそうに、なぜ祖父の態度が突然変わったのか、わからないでいた。その翌日、祖父は荷物をまとめて、もう帰りたいといった。そこで、みんなで車に乗って、アジュダービヤーまでの長いドライブに出発した。父が運転し、助手席には祖父が座り、母とジヤードとぼくは後部座席にくっつきあって座っていた。祖父が黙りこんでいるので、すごく気づまりだった。祖父は、まるで息さえ止めているかのようで、背すじをぴんとのばし、背もたれにふれないようにしていた。しかし、トリポリの街を出て、広い砂漠が周囲に開けると、祖父はほっと息をついてシートに背をもたせ、いった。

「ようやく、地平線が見えた」

父と母は笑いだし、そのあとはずっと、祖父がいろんな話を聞かせてくれた。

祖父の家は、アジュダービヤーの町のまん中にあった。子どものぼくにとって、そこはアジュダービヤーばかりか世界地図が始まる地点だった。町の建築物を見ると、ますますそんなふうに思えた。幼い少年にとって、その町は迷路と同じくらい不思議で不可解だったのだ。しかも、角を曲がるたびに待ちかまえているいろんな驚きや、果てしのない感じや、地味でどこか厳格な美しさは、祖父の暮らしぶりや人柄と切り離しては考えられない。祖父の家の、たくさんある部屋や廊下や中庭で、ぼくはよく迷子になった。窓は通りに面したものや中庭に面したものもあったが、別の部屋に面した変な窓もあって、自分が家のなかにいるのか外にいるのか、わからなくなった。ホールや廊下に屋根のない部分があったり、開口部から差しこむ日の光が時間とともにぐるりと回ったりした。階段のなかには外に通じているものもあり、いったん大空の下に出てから、またらせんを描いて屋内にもどったりもする。内装は地味だった。壁には漆喰が塗られ、下半分は濃いブルーやグリーンやパープルといった暗めの色、上半分は白や淡いピンクやパステルイエローに塗ってあった。床は、タイル張りの階もあったが、セメントに似た素材でむらに塗られている階もあって、トーストにクリームチーズを塗ったみたいだと、ぼくはよく思った。玄関のように人の出入りが激しいところの床は、なめらかで黒光りしていた。天井から裸電球が下がり、家具はほとんどない。その家は、祖父がつくった長い詩のひとつに似ていた。簡素で、予測不能で、飾り気がなく、未完成だが、人が住んでいた。思い出せるかぎり、現代リビアの建築物の多くは未完成で、見ていると落ち着かない気分になる。いってみれば、廃墟や崩れかけた古い建物以上に、ないがしろにされている感じがする。建物とは、ふつうは必要性や意図や欲望によってつくられるものだ。だから、未完成の建物を見ると、わざとほったらかして気にかけずにいるか、ふいに作業を続けられなくなったか、どちらかではないかと考える。そうした未完成の建物は、完成したのちに老朽化した建物よりも屈辱的で、不快で、重苦しくさえ感じられる。リビアには未完成の建物——たとえば外壁の下塗りや塗装が済んでいないもの——があまりに多いので、この国の人たちには自尊心が欠けているのではないかと思わずにいられない。未完成の家は、いわば、ぼくたちの現在を映す鏡なのだ。家をつくったつもりでいると、家がぼくたちを形づくる。しかし、ぼくが間違っているのかもしれない。壁面は入念に仕上げたもののほうがいいという自分の好みを、持ちこむべきではないのかもしれない。というのも、祖父のハミードが自分の家と自作の詩のなかに大きな自由を見出していたのを知っているからだ。祖父から見れば、建築でも文学でも、礼儀と同様に、壮大さや趣味のよさをいちばんよく表現できるのは、ぴかぴかの表面とは無縁の、控えめなミニマリズムなのだ。祖父はけばけばしいものを嫌った。そして、たとえ遠回しにでも、自慢したことは一度もなかった。

祖父のハミードは、よく広間の奥の隅に横になっていた。広間は長方形で、クッションがたくさん並べてあった。そんな祖父を撮った写真を一枚、ぼくはいまも持っている。カナダの警察で似顔絵を描く仕事をしている画家の女性に、現在の父の顔を推測して描いてもらう資料として送った写真だ。とびぬけて背が高くやせている祖父が体をのばして、いくつか並べたクッションの上に横たわり、横にはラジオと、タバコの「ケント」の箱がふたつ置いてある。祖父はやや厳粛な面持ちでこちらを見ている。浅黒い長い指に挟んだタバコから、煙が細く、頭の上まで立ちのぼっている。

昔からずっと、自分の一族はいつも寝そべっているという印象が強かったのは、子どもの頃、そうして横になっている祖父に何度も会ったせいかもしれない。実際、わが一族は、くつろいで本を読んだり会話をしたりするときや、慎重に検討する問題があるとき、そばにあるクッションに手をのばす傾向がある。しかし、そうした表面的な意味だけでなく、ぼくたち一族は互いに影響しあったり近づきあったりするとき、いつも横方向に動いた。連想するのは、ミルクがこぼれて広がっていくさまだ。たぶんそのせいで、ぼくたちの集まりはいつも、活気にあふれたあたたかい雰囲気であると同時に、なんとなく、ばらばらになったものをみんなが懸命に集めようとしている感じがするのかもしれない。

いまでも覚えているが、あるとき祖父に手招きされてそばに行くと、祖父はぼくのシャツのすぐ外れてしまうボタンをつまんでボタン穴に通し、ぼくの襟をまっすぐに直し、それから震える手でぼくの髪をすいた。それは不思議な、羽根のように軽い感触で、祖父がすぐそばにいて自分にふれているという実感がなかった。ぼくは祖父に、イタリア軍と戦ったときのことをたずねた。祖父は何かこたえてくれたかもしれないが、ぼくはその内容を忘れてしまった。別のときにだれかが、おそらくマフムード叔父だったと思うが、祖父が戦闘で撃たれたときのことを、祖父の耳が遠くなっていたので、かなり大きな声で話してくれた。祖父は銃弾を受けたあと、近くの村の一軒の家に連れていかれたが、出血していて、だれも止めることができなかった。すると、賢いと評判の若い娘が、隣町の魔女のところへ走った。老いた魔女は、白い粉の入った小さな袋を娘に渡し、それを傷に塗るようにいった。娘がいわれたとおりにすると、血は止まり、祖父は数日後には元気になってレジスタンス部隊にもどった。その話を、ぼくは以前にも聞いたことがあったが、主人公である祖父がいるところで聞いたのは初めてだった。ぼくが何もいえずにただ祖父のことを見ていると、祖父は自分の隣の席を軽くたたいて座るように促して、いった。

「そんなに悲しそうな顔をするな」

「どこを撃たれたの?」ぼくはたずねた。

祖父は少し黙っていてから、シャツのボタンを外し、片方の肩を出して、弾が入ったところを見せてくれた。鎖骨のすぐ下に、バラの花みたいな痕があった。

「弾が出たところも見せて」ぼくは祖父のシャツをさらに引き下げて、背中を見た。同じような傷痕があるものとばかり思っていたが、肌はなめらかだった。

「どこにあるの？」ぼくはきいた。

「弾はまだ体のなかだ」

それを聞いて自分がどんなに心配したか、よく覚えている。直後ではなく、少し時間がたってから無性に心配になって、また祖父のところへ行き、どうしても取り出せないの？　とたずねた。祖父はぼくの気をそらせようとして、散歩に連れ出した。すると、すれちがう人が足を止めては、祖父に挨拶した。祖父はぼくを紹介してくれた。「孫のヒシャームなんだ。トリポリからはるばる会いに来てくれたんだよ、わたしにね」

ぼくは恵まれていたと思う。自分がハミード・マタールの孫だということを、間接的にいろんな形で教えてもらった。子どもの頃から、周囲の大勢の人が祖父をすばらしい人だと思っているのがわかった。そんなふうに理想化されると、だれにせよ、ありのままの姿は見えなくなり、つかみどころがなくなってしまう。ぼくも、祖父のことがよくわからなくなって、いったいどんな人なんだろうと好奇心をつのらせた。会話のなかに祖父の名前が出てくると、耳をそばだてるようになった。祖父の人生がイタリアのリビア侵攻によって惨憺たるものになったということは知っていた。そして、その時代の情報がほとんどないために、祖父の人生のこの空白部分は、イタリアによるリビア占領という、より大きな物語と幾分混じりあっている。リビアではこの種の沈黙の傾向が続いた。いまもなお、リビア人であるということは、数々の疑問を抱いたまま生きるということなのだ。

リビアの近代史について書かれた本を全部集めても、本棚二、三段にこぢんまりとおさまるだろう。なかでもいちばんすぐれた本は、上着のポケットに入るくらい薄くて、一日か二日で読めてしまう。もちろん、過去三千年のあいだにリビアを占領してきた、フェニキア人、ギリシア人、ローマ人、オスマン帝国のトルコ人、最後に占領したイタリア人などに関する歴史書なら、たくさん出ている。自国の過去について少しは知りたいと願うリビア人がそうした本を読む場合には、内輪のパーティーに入りこんでしまったよそ者のような疎外感を十分覚悟したうえで読まなければならない。というのも、その手の本は大方、リビア人が書いたのでもなければリビア人のために書かれたわけでもなく、よって基本的には、よその人々の人生、よその人々がリビアで経験した冒険や不運について書かれているからだ。まるで、おまえの国は、外国人が悪魔祓いをして野望をかなえる格好の場にすぎないといわれているような気がしてくる。

このように歴史的な説明が欠けているのは、ひとつには近代リビアの誕生に痛みが伴ったためだ。植民地支配の歴史のなかで、リビアは最も悲惨な作戦を経験した。一九一一年に侵攻してきたイタリア軍は、地中海沿岸に少しだけあるオスマン帝国軍の駐屯地をすぐに落とせると、的確に判断した。しかしながら、予測できなかったのは、土着のリビア人がいかに決然と、規律正しく、気概をもって抵抗運動を行うかということだった。一九一一年から一九一六年のあいだに――イタリア人が「アラブ人の暴動」と呼ぶ、トリポリでの民衆蜂起に対する報復として――五千人のリビア人がトリポリからイタリア周辺の島々（トレミティ諸島、ポンツァ島、ウスティカ島、ファビニャーナ島など）に追放され、そこの刑務所に収監された。五千人というのはかなりの人数だが、当時のトリポリの人口がわずか三万だったことを考えると、事態の深刻さがわかる。リビアの首都に暮らす六人に一人が拉致されて、「消える」ことを強いられたのだ。この損失があとを引いたのは、イタリア当局がリビア人の学者、法律家、裕福な貿易商、役人など、ひときわ目立つ優秀な人々を選んで島流しにしたためだ。しかも、船上があまりにひどい状態だったので、たった二日ほどの航海のあいだに何百人もの囚人が死んだ。歴史家のなかには、この船旅で五千人の男の四分の一が命を落としたとする者もいる。島に着いた者も、大多数は獄中で死んだ。生き残った囚人の記録はいっさい残っていないようだ。ヨーロッパの占領軍が街を荒廃させることは珍しくなかったが、これはきわめて異常なケースといえる。にもかかわらず、リビアでイタリア人が犯した罪の例にもれず、今日ではほとんど知られていない。かすんでしまったのは、その後、イタリア軍がさらにおぞましい事態をもたらしたためでもあるが、その事態さえ明確に記憶されているとは言い難い。

イタリア軍が侵攻してきた直後に、リビア人の指導者、オマル・アル・ムフタールが現れた。ぼくたちリビア人が子どもの頃から親しみをこめて「シディ・オマル」と呼ぶその人は、イスラーム神秘主義の宗教団体、セヌースィー教団の一員だった。この教団は、リビア北東部のキレナイカから西はアルジェリア、南はサハラ砂漠以南のアフリカ諸国に至る広い地域で、学校を経営し、慈善事業を行っていた。その指導者であったイドリースは、リビア独立後に王となり、初の国家元首となる。オマル・アル・ムフタールは、リビア諸部族の騎馬兵からなる反乱軍を率いて、物資がきわめて欠乏していたにもかかわらず、きわめて効果的な抵抗運動を展開した。しかし、一九二二年にファシスト党がローマに進軍してベニート・ムッソリーニが権力を握ると、リビアにおけるイタリア軍の破壊と殺戮は一気にエスカレートし、航空部隊がガスや爆弾で村々を攻撃した。目的はリビア人を激減させることだった。歴史上、ムッソリーニは道化のようなファシストであり、第二次世界大戦においてお粗末な軍事作戦を行った無能で愚かなイタリア人とされているが、リビアに関するかぎりは、大量虐殺を指揮して大成功させた。

　リビア人の諸部族は、国内に数ヵ所ある強制収容所に徒歩で移動させられた。どの一族も、そうした収容所で家族や親戚のだれかを失った。ぼくの先祖も数人死んでいる。収容所での拷問、凌辱、飢餓の話は、何世代にもわたって語り継がれている。デンマーク人のジャーナリスト、クヌード・ホルムボーは当時のリビアを旅しており、ぼくが知るかぎり、強制収容所を訪れた唯一の西洋人記者だった。彼の著書、『砂漠で遭遇したもの――イタリア支配下のアフリカを行く危険な旅』〔*Desert Encounter: An Adventurous Journey through Italian Africa*、未訳〕は、読むと心を深く乱されるが、類まれな記録でもある。ホルムボーは、案内役のイタリア人将校に連れられて、強制収容所のひとつを訪ねる。

　その収容所は広大だった。少なくとも千五百のテントが設営され、六千人から八千人が収容されていた。周囲は鉄条網で囲まれ、入口ごとに機関銃を携えた見張りが立っている。テントのあいだを車で進んでいくと、子どもたちが駆け寄ってきた。みな、ぼろを着て、腹をすかせて、いまにも餓死しそうな様子だが、訪ねてきた司令官に金をせびることには、あきらかに慣れていた。というのも、各自が手を差し出してイタリア語で叫ぶのだ。「一ソルド〔ソルドはイタリアで十三－十九世紀に使用された貨幣〕、おじさん、一ソルドおくれよ！」と。……ベドウィンが集まってきた。服が信じられないほどぼろぼろだ。足には獣の皮を巻いて、ひもで結わえてある。ブルヌース〔アラビア人などが着用するフード着きの外衣〕は色とりどりの端切れを縫いあわせてできている。大方の者は病気にかかっていて気分が悪そうで、腰が曲がり足をひきずっているか、腕や足がひどく変形している。

その様子を見てホルムボーは激しく憤るが、案内役のイタリア人の気分を害すれば二度と来られなくなるという恐れから、気持ちを顔に出さないようにする。しかし、あるとき一瞬、ほかのだれも聞いていないときに、ホルムボーは完璧なアラビア語で被収容者に話しかける。

わたしはベドウィンたちにたずねた。
「アフマル・モクタール〔オマル・アル・ムフタールのこと〕はどこにいるのかね？」
すると、ベドウィンは白い歯を見せてほほえみ、「アフマル・モクタールは」といいながら、両手でさっと山のほうをさした。「山にも村にも、至るところにいらっしゃいます」

この本を読んだイタリア人たちは激怒して、禁書とし、作者を告訴した。ホルムボーは逮捕・投獄され、やがて釈放されたが、数ヵ月後、ヨルダンのアカバの南で殺害された。イタリアのスパイに暗殺されたのではないかという疑惑が、いまも消えていない。

どれだけの人が強制収容所で死亡したかは、定かでない。イタリアが公表した調査記録によると、キレナイカの人口は二十二万五千から十四万二千に激減した。何千人もの子どもが孤児となり、ファシストによる「再教育」を受けるため収容所に送りこまれた。真新しい戦闘機が、機銃掃射で家畜の群れを殺戮した。ある将軍が自慢げに語ったところによると、一九三〇年から一九三一年のあいだに、イタリア陸軍はリビアの羊と山羊の数を二十七万匹から六万七千匹に減らしたという。その結果、多くの人が餓死した。

リビアの詩人、ラジャブ・アブーフワイシュは、学者であり教師であり、後には記者としてアルジェリアとチャドで活動したが、一九一一年にリビアにもどり、レジスタンス運動に加わった。やがて、イタリア軍が彼の住む村を襲撃し、家々を焼き払い、井戸にセメントを流しこんだ。そして、アブーフワイシュとその家族を、他の村人たちとともに四百キロも歩かせ、悪名高いアル・アゲイラの強制収容所に連れていった。紙もペンも禁じられたアブーフワイシュは、三十節からなる長い詩をつくって暗記した。他の被収容者たちもその詩を暗記して、国じゅうに広めた。それによってレジスタンスの精神が非常に高揚したため、イタリア軍はその作者をあきらかにして鞭打ちの刑を与えた。その詩は、「わたしに病はないが」という題名で、こんなふうに始まる。

わたしに病はないが、アル・アゲイラの収容所には、

リビア人が閉じこめられ、
広々とした母国から切り離されている

わたしに病はないが、限りなく絶望していて、
物を奪われ、赤毛の雌馬も失った
前脚だけは蹄まで黒い、雌馬を

災難が襲ってきたとき
その雌馬は長い首をのばして、ギャロップで駆け、
たとえようもなく美しかった

ラジャブ・アブーフワイシュの詩は、ぼくが初めて出会った詩のひとつだった。学校で、リビアの独立のための闘いについて習ったときに読んで、衝撃を受けた。とくに、二十三節目と、そこに出てくる老いた子どものイメージが、少年の頃、頭から離れなかった。

わたしに病はないが、気高い人々はいなくなり、
いまでは下劣な連中が、
不吉な恥知らずの顔をして、われわれを支配する

いったい何人の子どもを、やつらは鞭打っただろう?
かわいそうに幼い子どもたちは恐れおののき、
何年も生きていないのに老いてもどってくる

一九五一年にリビアが独立した後、ラジャブ・アブーフワイシュはふたたび教職について、イドリース王のもとで上院の顧問もつとめた。そして、翌一九五二年に世を去った。

ぼくの祖父のハミードも、リビア東部で、オマル・アル・ムフタールが指揮するレジスタンス運動に加わった。一九一一年、イタリア軍が侵攻してきた直後のことだ。ところが、その八年後の一九一九年、祖父は突然、大急ぎで、家族を連れてエジプトのアレクサンドリアに逃れた。ぼくはそのことを知って不思議に思った。オマル・アル・ムフタールの下で戦ったリビア人のなかで、祖父のように何らかの私的な収入(祖父の場合は土地)があって移住の費用をまかなえる者は、少なくともその十二年後くらいまでは、エジプトに移住したりしなかったからだ。正確にいうと、一九三一年九月十一日まで、レジスタンスが致命的な打撃を受けることはなかった。その年、七十三歳になっていたオマル・アル・ムフタールは、急いで退却する際に負傷し、落馬した。そして五日後、この偉大な戦士は見せしめに裁判にかけられ、ベンガジ郊外で絞首刑に処された。カダフィ政権が半世紀後に、わざわざ交通の流れを変えて、ベンガジ大聖堂の庭に吊るされている学生たちの遺体を通勤途上の人々に強制的に見せたように、当時のイタリアの植民地政府も、シディ・オマルの処刑にできるだけ大勢のリビア人が立ち会うよう画策した。これによって国民全体の意気がくじかれ、リビアの強力なレジスタンス運動は、世界中にいくつもの独立運動を起こすきっかけとなったにもかかわらず、その後二年間で崩壊してしまった。レジスタンスの闘士の多くがアレクサンドリアに逃れたのは、それからだ。そして四十数年後、ぼくの父も、カダフィの独裁政権が反体制派の人間を大量に殺すのを見て、国外から反体制運動を立て直したいと考え、隣国のエジプトに移住した。しかし、一九一九年に祖父のハミードが急いでエジプトに移住したのは、なぜだろう？　その頃、リビア人の騎馬兵たちは、オスマン帝国時代からの古い小銃や、敵から奪った武器を使って、ヨーロッパの軍隊をもう少しで打ち負かせそうだったというのに。

ひとつの有力な説——だれが語るかによって細かい点は異なる——によれば、祖父のハミードは、アレクサンドリアに逃れる少し前のある夜、ベンガジ市内の街角にひそんでいたらしい。そこへ、イタリア人のある高官が、自宅からふらっと散歩に出てきて、閉店直前のパン屋に立ち寄った。そして、片手に袋を持ち、もう片方の手でそのなかのバゲットをちぎってかじりながら家に向かった。そこへ祖父のハミードが現れ、高官を物陰にひきずりこむと、首をナイフでひと突きした。その数日後には、祖父はアレクサンドリアにいた、というのだ。

しかし、祖父が、たまたまやってきた敵を襲ったとか、空腹のあまり衝動的に襲ったとは考えにくい。レジスタンス運動において、祖父は射撃の腕も達者で、乗馬に長け、すぐれた戦略家として知られていた。不必要に危険を冒すようなことは、めったにしなかったはずだ。それに、戦闘は、人口が密集している市街地から離れたところで行われていた。オマル・アル・ムフタール指揮下の戦士たちは、卑劣な敵と違って、女子どもや民間人を標的にしたりはしないと決めていた。だから、町中や市街地では戦わなかった。待ち伏せして襲うとしても、対象は軍の隊列や駐屯兵であり、パン屋から家にもどる途中の高官をねらうとは思えない。したがって、もうひとつの説のほうが、まだあり得そうだ。それは、祖父のハミードはパンのためにイタリア人を殺したのではなく、そのイタリア人に対する恨みを晴らすべく、何日も尾行した末に殺したという説だ。もしかしたら、父が書いた短編小説、「夜の静けさのなかで」に登場する家族のように、祖父の家族や家畜もイタリア軍に襲われたことがあって、それも、アフマドと伯父とアーイシャの場合とは違って恨みを残すものだったのかもしれない。そして、ほかにもその経緯を知っている人たちがいて、そのイタリア人を殺したのがだれか推測されてしまいそうだったので、祖父は、命を賭けて守ってきたリビアを速やかに、家族ともども離れる必要があると感じたのではないだろうか。

しかし、もちろん、この話がまったくの嘘という可能性もある。祖父はその高官を殺してなどなく、ただ戦いに辟易《へきえき》し、幼い子どもたちを、すばらしい機会に満ちた文化的な街で平和に育てたいと思っただけかもしれない。当時のアレクサンドリアはそういう街だった。理由はどうあれ、祖父はアレクサンドリアに落ち着いて、以後二十年間、そこで暮らした。それまでとくに商売に興味を示したことはなかったが、貿易商として成功をおさめ、高級住宅地に大きな家を構えた。手製の革のブーツのひも穴を補強する小さなリングが取れてしまうと、プラチナ製のリングに取り替えさせて、靴職人のところへ何度も出向く手間を省いたともいわれている。ところが、成功の絶頂にあった一九三〇年代の初め、シディ・オマルが処刑されてレジスタンスの闘士に対する包囲網が狭まっていたとき、祖父のハミードは、ずっと後の息子と同じく、エジプトで逮捕された。そしてイタリア当局に引き渡され、本国に送られた。行き先はボローニャだったかパドヴァだったか、記録はない。イタリア当局が植民地リビアのレジスタンスの闘士を本国に連行する場合、目的はただひとつ、処刑だった。そして、処刑された者の遺体が遺族のもとへ返されることは決してなかった。祖父が連れ去られた翌日には、大勢の人が祖父の家を訪れて弔意を表した。祖母は黒い服を着て、椅子を二百脚借り、アル・アズハル大学の卒業生をひとり雇って、以後三日間、広間にあぐらをかいて座らせ、クルアーンを最初から最後まで暗唱させた。

ところが、だれも知らなかったのだが、祖父のハミードは収監されて二、三日後に脱走し、最寄りの港へ行くと、漁師を説き伏せて釣り船に乗せてもらい、アレクサンドリアに向けて出航したばかりの船を追った。釣り船がアレクサンドリア行きの船に接近すると、祖父は船尾の踏み段に飛び移り、だれにも気づかれず機関室に隠れた。そして夜になると、ゴミ箱をあさって残飯で飢えをしのいだ。数日後、船はアレクサンドリアの港に着いた。一方、祖父が捕まって数週間が過ぎた家からは、大勢いた弔問客もみな去っていたが、ある夜、祖母は玄関ドアを強くたたく音で目覚め、恐怖に震えながらドアを開けて、あやうく失神しそうになった。夫の手を何度も握り、幽霊ではないことを確かめたという。祖父は商売をたたみ、数日後には家族を連れてリビアにもどった。それを聞いたとき、ぼくは首をかしげた。祖父はなぜ、エジプトよりも危険なはずのリビアに、そんなに急いでもどったのだろう？　少し前、歴史家のニコラ・ラバンカに連絡をとった。ラバンカは、イタリアがリビアを植民地支配していた時代の歴史の権威だ。彼の力を借りれば、祖父の逮捕に関する公文書にたどり着けるかもしれないと、ぼくは期待していた。だがラバンカは、そのような公文書は存在しないといった。当時のイタリア人が残した記録はごくわずかで、それも大方、戦争で失われてしまったというのだ。ぼくはなじみ深い、あのほの暗い場所にもどった。そこでは、何が起こったのか知りたくても想像するしかない。想像を働かせると過去が動きだし、可能性がどんどん増えていく。まるで、部屋が無数にある家のようだ。幽霊に取りつかれたようなその家から、逃げることはできない。ラバンカは親切に、ぼくの質問に丁寧にこたえてくれたのだが、それによると、祖父がイタリアに連れていかれて裁判にかけられた可能性はきわめて低いという。「当時、リビア人をイタリアに連れてくる目的はふたつしかありませんでした。拷問によって情報を引き出すこと、そして殺すことです。リビア人を裁判にかけることはなかったのです」その一方で、祖父がリビアにもどったタイミングについては合点がいく。オマル・アル・ムフタールが処刑されたあとの数年間、ムッソリーニはとても熱心に、外国で暮らす裕福なリビア人を国内に連行していた。理由はふたつあった。ひとつは、リビアの、とくに戦闘の後半に疲弊したキレナイカの経済の復興を助けるため。もうひとつは、おそらくレジスタンス運動再建の努力に金をつぎこんでいる危険な男たちを国内に連行して、監視するためだった。そうした事情のほうが、ぼくの祖父がリビアにもどった説明として説得力があると、ラバンカはいった。「脱走できたとは思えません。おそらく、イタリア当局が外国に住む裕福なリビア人に突きつけた厳しい選択を、お祖父さまも迫られたのでしょう。死ぬか、リビアにもどるか、という選択です」

祖母が死んだとき、父はカイロにいて葬儀に参列できず、黙りこんでしまった。数日間というもの、恐ろしくぼんやりしていて、まるで悲しみという遠い国に行ってしまったかのようだった。それから数年後に祖父のハミードが死ぬと、父は祖母のとき以上に落ちこんだ。祖父は大変な高齢で、死は十分予測できたというのに。

あれは一九八九年の終わり頃だった。ロンドンの大学で学んでいたジャードとぼくのもとを、父と母が訪れていた。母は、朝、泣いているところをぼくに見られると、悪い知らせを告げるときによく見せる不安そうな表情で、祖父の具合がよくないのだといった。

「今度はもたないかもしれないわ」

ぼくは授業に出るため大学に向かったが、途中で引き返した。七歳のとき、トリポリの家の庭にいると、母が来て、自分の父親について同じことをいったのを思い出したのだ。母方の祖父はその日のうちに死んだ。そして、祖父のハミードも……。

ジャード、母、ぼくの三人は、父が午前中の用事を済ませてもどるのを待った。そして、母が父を座らせ、できるだけおだやかに悪い知らせを伝えた。母もジャードも見るからに悲しそうだったが、ぼくはただ怖かったのを覚えている。父は何もいわず、立ち上がって自分の部屋に行った。ぼくたちも続いた。父はベッドの端に腰かけると、両手で顔を覆った。父が泣くのを見るのは初めてだった。父は、両の掌をきつく顔にあてたままにしていた。低くうめくような声をもらしたのが、まるで遠くで叫んでいるみたいに聞こえた。

その二、三ヵ月後、父は姿を消した。

そのふたつの出来事――祖父ハミードの死と、父がカダフィの地下牢という地獄に落ちたこと——は、ぼくの頭のなかでつながっている。なぜなら、祖父が死んだ直後の日々、父はいつになくいらだっていたからだ。ひとりで座っている父を見るたび、なんていらいらしているんだろうと思った。母が手紙にときどき同封してくる写真を見ても、同じように感じた。父ひとりの写真もあれば、父と母が並んでいる写真もあった。父が突然短気になったのは、なんとも奇妙だった。昔から、忍耐のかたまりのような人だったのだ。ぼくがいらいらするたび、父は、まるで誓いの言葉みたいに「がまんだ」といい、ぼくのことを自分がつけたあだ名で呼んだ。シャルフ・アル・バール、「心慰める者」と。ぼくが短気を克服できるように、父はそんなあだ名をつけたにちがいない。そして、クルアーンの「慰め」の章のなかで二度繰り返されるフレーズをよく口にした。「困難とともに、安楽はあり。困難とともに、安楽はあり」と。しかし、父は祖父ハミードの死に心を乱された。それも、いずれわかることだが、取り返しのつかないほどに。

父が拉致されて三年過ぎた頃——その間、まったく音沙汰はなかった——一本のカセットテープが送られてきた。それには、受刑者が聴かされるクルアーンの朗誦《ろうしょう》をバックに、父の声が録音されていた。父は四十分間、落ち着いた声で話し、さようならといった。そこで「停止」ボタンを押してもよかっただろうに、ぼくは聞いたのだ。まるで自分自身が発したような、あのときと同じ、かすかなうめき声を。それは、あのときよりもさらに深い井戸から聞こえてきた。なぜかわからないが、父は自分のその声を消去しなかった。ぼくたちに聞いてほしかったのだろう。

父は、姿を消す少し前、ぼくに秘密をひとつ打ち明けてくれた。祖母が死んだあとの数年間に何度か、エジプトの農夫のような服装で、偽のパスポートを携え、国境を越えてリビアのアジュダービヤーへ行って、父親（ぼくの祖父のハミード）に会っていたというのだ。

「夜、ほんの少しのあいだ、会いに行ったんだ。たいていは一、二時間しかいられなかった」

それは、ロンドンのフラットで、ぼくの狭いベッドにふたりで向きあって横になっているときだった。ぼくは父に敬意を払って両足を曲げ、父からなるべく遠ざけていたが、父の両足はぼくのすぐそばにあったので、足裏を両手の親指で押してあげた。どのくらいの強さが好みかは、知っていた。

「お祖父ちゃんは、父さんを見て驚いた？」ぼくはたずねた。

「いや、なぜかいつも、来るとわかっていたようだ」

祖父の家の大きな広間で、暗闇のなか、ふたりは小声で話した。やがて、父は祖父の手と額にキスして別れを告げ、また危険な長い道のりを旅して、カイロの自宅にもどったという。

「きょうだいには会わなかったの？」

「それは危険すぎた」

父もまた、自分の父親は必ず秘密を守ってくれるとわかっていたのだ。

父は全部で「三回ほど」、そうして実家を訪ねたという。

「大胆なことをしたね」

「だが、お祖父ちゃんは死んでしまったから、もう心配しなくていい」父はぼくを安心させるようにいった。

ぼくも、父に会えなくなって四半世紀が過ぎたいま、たとえ一、二時間でも父に会えるなら、同じように危険を冒すと思う。

あれからずっと気になっていることがある。父はなぜ、あのタイミングで、昔ひそかにアジュダービヤーを訪れていたことをぼくに話したのだろう。当時は、少し前に祖父ハミードが死んだせいだろうと思っていたが、いまはよくわからない。父がカセットテープに残したメッセージを、ぼくはこの二十五年のあいだにたった五回しか聞いていないのだが、父はそのなかで、「わたしをさがしに来てはいけない」といっていた。それを聞くたび、ぼくはあの午後のことを思い出す。父とふたり、ロンドンの狭いベッドに向かいあって横になっていたときのことを。父が「お祖父ちゃんは死んでしまったから、もう心配しなくていい」といったのを、当時は、「危険を冒してアジュダービヤーに行く必要はなくなったから、心配しなくていい」という意味にとったのだが、いまでは、あれは警告だったのに、自分はその意味を聞き逃していたのでは？　と思うようになった。父はほんとうのところ、こういいたかったのではないか。お祖父ちゃんが死んでしまったから、自分はこれまでよりもっと危険なこともできる、と。

15　マクシミリアン

父親がいつを境に存在しなくなったのか、それがわからないために、自分にとって生と死の境界がいっそう複雑になったのは確かだ。しかし、それでもうまく説明できないことがある。それは、カレンダーをさしてこの日にある人の人生が終わったのだといえるなんておかしいと、父がいなくなる前からずっと、ぼくが思っていたことだ。ぼくたちは遺族とともに耳をふさいで、「いや、あの人は死んでなどいない」と言い張るべきなのだ。そうすれば恐ろしい知らせを否定できるし、一瞬だが、ある真実を認識できる。本来なら死者とともに消え去り、葬られる真実を。死を信じないほうが、本能として正しいような気がする。だれかがほんとうに死んだかどうかなんて、なぜわかる？　ぼくがそんなふうに感じるのは、不在がひとつの場であるとすると、それは決して虚ろで動きのない場ではなく、にぎやかで騒々しくうるさい場だと思うからだ。アリストテレスもこう書いている。「無が存在するという理論は、まず場が存在するという前提のうえに成り立っている。なぜなら、無とは実体がなくなった場と定義されるからだ」。アリストテレスは時間についてはは何もいっていないが、時間もまた、不在を受け入れる過程の一部であることは確かだ。だからこそ、おそらく、無数の文化において、死を悼《いた》む人は体を前後または左右にゆするのではないか——そうすることで、幼い頃に聞いた母親の心臓の鼓動を思い出すだけでなく、拍子をとり、時を刻んでいるのだ。時だけが、無を満たす可能性がある。父の肉体は消えてしまったが、父の場所はここであり、その場所は記憶というひとことでは言い表せない何かで占められている。それは息づき、続いている。人間という複雑な存在、人体のしくみ、生物としての人間の知性、われわれの内面の限りない広がり——どんな瞬間にもわれわれのなかにある思考、疑問、切望、希望、渇望、欲望および、千とひとつの矛盾——が、カレンダーの日付で示せるような終わりを迎えるなんて、あり得るだろうか？　ぼくはいつもそう思っていたような気がする。ずっと前から、葬儀に参列しては戸惑い、墓地に行っても釈然とせず、墓石を見ては当惑していた。記念碑も、人間の歴史を通じて行われてきた宗教的・世俗的なあらゆる哀悼の儀式も、失敗だったのではないか？　死者はぼくたちとともに生きている。悼むということは、犯人さがしを楽しむミステリー小説でもなければ、パズルでもなく、身心を駆使して取り組む、つらくて地味な大作業なのだ。腰を痛めることもある。それは死への準備の一部であり、しかも希望の持てる一部だ。なぜそうなのかわからないし、それを証明することもできない。ただ、すばらしいのは、これだけいろんなことが起こったというのに、心が自然に光のほうを向くことだ。その方向がいちばん、抵抗を感じないで済むのだ。そのことを、ぼくはずっと理解できずにいる。少なくとも頭では。しかし、なぜか体は知っている。一瞬一瞬に永遠があるということ、時間も空間もふくらむ性質があるということ、「あの人は死んだ」というような断定的な表現は正確ではないということを。ぼくの父は、死んでいると同時に生きてもいる。父のことを文法的にどう表現したらいいかわからない。過去にも、現在にも、未来にも存在しているのだから。仮に、父の手を握っていて、父が息を引き取り、手から力が抜けていくのを感じたとしても、ぼくはきっと、父のことを話そうとするたび、一瞬ためらって、時制をどれにするか迷うだろう。父親を埋葬した男の多くも、同じように感じるのではないか。ぼくも例外ではない。ぼくも、みんながそうであるように、過去を負って生きているのだ。

リビアに帰還した数日後、ぼくはローマに飛んで、ティツィアーノの「聖ラウレンティウスの殉教」という絵の前に立った。ローマに行ったのは、その展覧会を見るためだった。イタリア人画家による傑作が数点、一ヵ所に集められていた。ひとつの部屋に同時に展示されることなど、まずなかった作品ばかりだ。「聖ラウレンティウスの殉教」は、複製なら何度も見たことがあった。本でも絵葉書でも、友人宅の壁にかかっていた大判のポスターでも一度。しかし、本物は違った。とても大きくて、縦は五メートル近く、横も三メートルほどあり、いやおうなくラウレンティウスの苦しみが伝わってくる。ぼくは閉館時間までそこに立っていた。男のひきしまった体はまだあまり傷ついておらず、木のベンチに縛りつけられている。そのベンチをつくった大工のことを考えた。大工の娘が水を入れたコップを父親に手渡しているところが目に浮かぶ。ベンチは丹念につくられていて、しっかり役割を果たしている。男の体が燃えて崩れてしまうと同時に、燃え落ちるようにできている。だが、描かれているのは最初の段階だ。ベンチはまだしっかりしていて、その下で燃えている火を半裸の人物がかきたてている。大工と同様、その男も――ひょっとすると大工自身かもしれない――せっせと仕事をしている。ラウレンティウスへの拷問は際限なく続く。まわりには手際のいい男たちがいる。後ろにいるのは腕っぷしの強そうな男で、懸命にラウレンティウスをおさえつけている。ラウレンティウスは苦痛に身をよじり、首をのけぞらせる。後ろの乱暴者は、力をこめているせいか行為を恥じているのか、顔をそむけている。一方、ひげを生やしていない別の男が、ラウレンティウスの脇腹を棒で突いている。鎖につながれて歯向かうことのできない家畜を、安心して突くように。光源は火だ。ラウレンティウスの体の下で燃えている火と、この拷問を見ている傍観者たちが持つ松明の火。それ以外には、天空の裂け目があるだけだ。裂け目は泡立つような雲で縁どられ、空にできた傷が化膿したかのようだ。そこから月の光が降りそそぎ、ラウレンティウスがのばした片手にふれて、指先を明るく照らしている。それと、一点奇妙な部分がある。ラウレンティウスの左足が妙な角度でベンチから垂れて、炎のなかに浮かび、まるで火を楽しんでいるように見えるのだ。

ある種の絵画は、謎めいている。ぼくはある種の人間にひかれるように、そういう絵にひきつけられる。思い出せるかぎり昔から、芸術や建築や音楽に興味があったけれど、絵にひかれる気持ちは、父親を失った十九歳のときに変わった。それまでは美術館に行くと、二時間ほどかけて絵を順々に見ていき、最後の一枚にたどり着いていたが、それができなくなったのだ。そういう見方をするとなんだか苦しくなって、幾度となく叫びだしそうになった。にもかかわらず、また美術館に足を運ぶ。そのうち、この問題の一時的な解決策を編み出して、それが長年のあいだに人生の欠かせない習慣になった。住まいのそばにナショナルギャラリーがあって、無料で入れたので、絵を一枚だけ選んで、毎日十五分間ずつ、週に五回、観に行ったのだ。その絵に飽きたら、別の絵に移る。当時は一枚の絵をたいてい一週間で見終えたが、いまでは週に一、二度しか美術館に行けないという事情もあって、ずっと長くかかる。ときには一枚の絵を一年間も観続けて、ようやく別の絵に移ることもある。過去二十五年間、ぼくはこれを修行のように、どこに住んでも続けてきた。そして、三十三年ぶりに故国を見て、父親の身に起こったことについて調べられるかぎりのことを調べたあと、ぼくはあの日、ローマで、人気のなくなった美術館の床に座って、「聖ラウレンティウスの殉教」を見上げながらノートにスケッチしていた。それは絵をよく観るためというより、その絵の前に長くいても不自然に見えないようにするためだった。やがて、知らないうちに、ぼくは父の最期の瞬間の音やイメージに囲まれていた。それらは鋭い破片となってぼくに降りそそいできた。連中が父にいったかもしれないこと、父が最後にいったかもしれないこと、過去と、それがそのとき父にどう見えていたか……。

聖ラウレンティウスを縛りつけるためのベンチをつくった大工と同様、アブサリム刑務所を設計した建築家も、実用性を重視して父のいた独房を設計したことだろう。投獄された父は手紙のなかで、皮肉をこめてそこを「高貴なる宮殿」と呼んでいた。刑務所の見た目と機能に関して、ほとんどの人の認識は一致していると思う。アブサリム刑務所の設計も、そうした世界共通の基準にしたがっている。監房を設計した人物は、そのなかに入ったことはなかった。それどころか、自分が設計した建物を実際に見たこともない。リビアとは別の国で、製図台に向かい、食事をしたりトイレに行ったり、ほかの用事を済ませたりしながら、標準的な広さ、収容人数、建材、レイアウトなどを考えた。おもに組立式工法のコンクリート壁を用いることにして、その建材を船でトリポリに送った。刑務所の建物を組み立てた外国人労働者は、無理のない労働時間で働き、昼食を支給された。建築は記録的な速さで進んだ。建築現場の近くに住む人たちは、昨日まで何もなかった土地に建物が忽然《こつぜん》と現れたようだったと語った。建築家は建材製造業者に、組立式工法のコンクリートの壁、一枚一枚のまん中に丸い穴を開けるよう指定した。おかげで、コンクリートの壁はクレーンで持ち上げられてもまったくバランスを崩すことなく、ギロチンの刃のようにまっすぐ上がっていった。そのあと、穴は漆喰でふさがれ、目立たなくなった。ところが後に、監房が一杯になったあと、受刑者たちがその穴を見つけた。漆喰を少しずつけずっていけば、隣の房とのあいだで本を一冊やりとりできるほどの大きさのトンネルができると気づいたのだ。ぼくがなぜ知っているかというと、父が手紙でその穴のことにふれ、「あらゆるものをやりとりできる。何より貴重なのは本だ」と書いていたからだ。さらに、「刑務所はすばらしい図書館だ」とあったが、ぼくには信じられなかった。エジプトに住んでいた頃、毎年二月に、父に連れられてカイロのブックフェアに行った。車で行くのだが、父があまりたくさん本を買うので車のトランクに入りきらず、タクシーを一台雇うこともたびたびあった。ぼくは、父が獄中から送った手紙を思いきって読むたび、父が投獄されてどんなふうに変わったか、変えられたか、おとしめられたかを、ついさぐってしまうのだった。ともあれ、質の良し悪しは別として、たくさんの本が壁の穴ごしにやりとりされた。穴は、日中はふさいであって、夜になると開けられた。穴のおかげで、ほぼすべての房をつなぐネットワークができた。建材のまん中に穴を開けるという建築家の判断が、予期せぬ結果を生んだのだ。刑務所の平面図を見ると、四つの棟が長方形に並んで中庭を囲む構造が、ひとつの単位となっている。中庭は、受刑者が空の下を歩ける唯一の場所だった。そして、一九九六年六月二十九日、千二百七十人の受刑者が一斉に処刑されたのも、その中庭でのことだった。ぼくは頭のなかで否定し続けているが、その日処刑された者のなかに父もいたという可能性はある。

ぼくが二〇〇四年に会った元受刑者から聞いたところでは、一九九六年四月、つまり大虐殺の二ヵ月前に、父は独房から連れ去られたという。わずかな持ち物が残されていて、後に看守たちがほかの受刑者に売ったというのだ。そのあと、父は同じ刑務所の別の翼に移されたか、他の刑務所に移送されたか、ただちに処刑されたか、二ヵ月後に連れもどされて他の受刑者たちと一緒に死んだか、あるいはもっとあとで、いつ、どこでかはわからないが、殺されたものと思われる。

ぼくは過去二十五年間にわたって、アブサリム刑務所での生活に関することなら、どんな断片的な情報でも追い求めた。手に入るかぎりの資料を読み、リビアを離れた元受刑者がいると聞けば、連絡を取って会った。はるばる、アメリカのオクラホマ州まで飛んだこともある。そういうときには必ず、恐れとくたびれた希望の入り混じった気持ちになった。元受刑者の男たちは慎重で、すべての事実を一度に明かすことはしたがらなかった。その様子を見ると、大金持ちのくせに富などたいしたものではないという態度をとる、見当違いの謙遜をする人々を思い出した。こんな皮肉っぽい考え方をしてしまうのは、聞きたいことを十分に聞けなかったからだ。自分を抑えて、質問の内容をしぼり、極力焦らずに質問しなければならなかった。大勢の人に会い、たくさんの名前を覚えた。名前なら、じつにたくさん知っている。ときどき、仰向けになって目を閉じると、いろんな人の名前が蛾のように目の前をふわふわ漂っていくのが見える。

これもそんな出会いのひとつだが、ロンドンの客の少ないカフェで、ある男に会った。ぼくたちは奥の隅のテーブルについた。そこからだと店全体が見渡せた。男は入口に背を向けて座り、ぼくは入ってくる客に目を配っていた。その数年前の二〇〇四年には、当時のブレア首相がリビアへ行って、ムアンマル・カダフィと握手を交わした。その日の午後、兄のジャードが電話してきて、「これですべて終わったな」といったのを覚えている。実際、カダフィの独裁政権はかつてないほど力を増し、政権内の最悪の罪人がロンドンに家を買うようになった。カダフィのスパイ組織のリーダー、ムーサ・クーサは一九八〇年代に、『タイムズ』紙のインタビューで、外国に住む反体制派の人間を暗殺するというリビアの政策を強く支持すると主張して以降、イギリスへの入国を禁じられていたのだが、二〇〇四年以降、たびたびイギリスを訪れるようになった。トニー・ブレアのリビア訪問以後、ロンドンは世界のどこよりも、リビアの諜報機関が海外在住のリビア人を監視しやすい場所と化したのだ。イギリスは、リビアの反体制派の人間をトリポリに送り帰す片棒を担いでいた。リビア投資庁（LIA）という、国家財産を管理していると主張する腐敗した組織が、ロンドンに本部を構えた。そして、ホテルや不動産など様々な投資物件を、しばしばカダフィの側近の個人名で購入した。LIAの役員には、イギリスの著名で有力な資本家が名を連ねていた。カダフィの息子であり、後継者として最も有力視されていたサイフ・アル・イスラーム・カダフィは、このLIA本部のお気に入りで、ロンドン・スクール・オブ・エコノミクスから学位を授与されたが、後に、この学位は不正に授与されたことが判明する。イギリスの学者、政治家、法律家、広告代理店の一部が、リビアの独裁政権の血を洗い流すことに加担し始め、ぼくたちロンドンに住むリビア人は身の危険を感じるようになった。ぼくが最初に発表した小説の朗読会を初めて行ったときには、在ロンドン・リビア大使館の外交官たちが聴きに来た。そして報告書がトリポリに送られ、ぼくは監視される身となった。エジプトにいる家族を訪ねるのも安全とは思えず、ぼくはふたたび国を追われた気分を味わうことになった。ロンドンを訪れる友人や親戚の多くが、ぼくと一緒にいるところを見られるのを厭《いと》いだしたのだ。ぼく自身、インタビューでリビアの独裁政権を批判するたび、その後何日間も、政権からのプレッシャーを背中に感じるようになった。そんな状況下で、元受刑者とロンドンのカフェで会ったのだった。

その男はいった。刑務所当局は、あなたの父上が決して他の受刑者たちと交わらないようにしていたが、自分は接触することができた、と。

「トンネルを通じて、メッセージをやりとりしたんです」

「直接会ったことはないんですね？」ぼくはたずねた。

「遠くから見ただけです」男は、同房の受刑者の肩の上に立って、高い窓ごしに、父がひとりで中庭を行ったり来たりしている姿を見たのだといった。

ぼくは相手の顔を食い入るように見て、その話を聞いた。父はどんな様子でしたかとたずねたかったが、それ以上に、文字通りその男の両目を奪いたい激しい衝動に駆られた。父を見たその目を頭蓋からえぐり出して、自分の眼窩《がんか》にはめこみたかった。

刑務所の中庭で大量虐殺が行われた時期に厨房で働いていたという元受刑者にも、同じ頃に会った。銃撃は数時間続き、まるで「頭をドリルでえぐられているようだった」が、それが終わると、看守たちが血のついた腕時計と指輪を箱にいっぱい持ってきて、洗ってくれといったという。受刑者たちに前もって腕時計や結婚指輪を外させるのを忘れたのかもしれないが、実際は、受刑者の遺品でひそかに儲けていた看守たちが、上司の前で盗みをするわけにも行かず、処刑のあと、だれも見ていないときに死体からすばやく腕時計を外し、指輪を引き抜いたのだろう。その料理人は腕時計を数え、その数を記憶にとどめた。そして後に証言してくれたおかげで、大量虐殺の件が隠されていた時代にも、受刑者の釈放を求める運動家や人権擁護組織は、その日に殺された受刑者の人数を早期に把握できたのだ。

　父は、一九九三年にぼくたち家族が受け取った最初の手紙のなかで、この通信のことはだれにも知られてはならないと警告し、続けてこう書いている。「さもないと、わたしは底なしの地獄に落ちてしまう。この手紙を届けた人たちの名前を明かすくらいなら、拷問を受けて死ぬほうがましだ」

　そのとき、ぼくはカイロの実家の自分の部屋で、母とジヤードと三人、ベッドの足元の床にしゃがんでいた。なぜそんなところで手紙を読んでいたのかは、思い出せない。まるで、その手紙に爆発物でも入っていて、なんとか安全に処理したいと思っているみたいだった。ぼくたちがその手紙を読んだのは、そのときが初めてではなくて、二度目だった。前の日に手紙を受け取って、父は、ぼくたちがエジプト当局に信じこまされたようにカイロの秘密の場所にいるのではなく、トリポリのアブサリム刑務所にいるのだと知り、ショックを受けたばかりだった。まず、母が手紙を朗読したが、少しして読めなくなった。そこからジャードが引き継ぎ、さらにぼくが代わって読んだ。そんなふうに読み進めて、最後の一行にたどり着いた。ジャードもぼくも幾度となく、母に助けてもらわなければならなかった。父の手書き文字をいちばんよく知っているのは母だったから。

ぼくたちは懸命に見ようとするあまり、かえって見えなくなってしまい、霧のなかをさまよっているかのようだった。そして各自が、ほかのふたりを失うことを恐れていた。しかし、悲しみは人をばらばらにする。ぼくたちはそれぞれ、自分だけの暗がりに追いやられてしまった。そこで味わった苦しみは自分だけのもので、とうてい言葉になどできなかった。

ぼくは「落ちる」という言葉について考え続けた。父はなぜ、「底なしの地獄に落ちる」という表現を使ったのだろう？　どう考えても「投げこまれる」というほうが正しいのに。「落ちる」だと、自分にも責任があって落ちていく感じがする。正気の崖っぷちまで連れていかれたあげくに落ちていく男が連想される。「底なしの」という言葉が添えられているために、よけい不安になった。「地獄」だけでも十分不吉なのに、なぜ形容詞までつけくわえたのだろう？　当時は理由をうまく説明できなかったが、「底なしの」というひとことが、その手紙に書かれているどんな言葉よりもぼくの心をえぐった。心の一部が抜け落ちたようになって、いまもそのままだ。父は、自分が投げこまれるかもしれない地獄がどんなところか、言葉を添えることで、はからずも、ある暗い真実をあらわにした。父が手紙を書いている暗黒世界には、あきらかに種々の地獄があるという真実を。しかも、その手紙を書いた時点で、父はすでにそのいくつかを知っていた。なかには、底なしに見えたが実際には違うとわかった地獄もあっただろう。しかし、その手紙を読んで、ぼくたちはほっとするどころか、ますます恐ろしくなった。

獄中生活で受刑者が覚える挫折感のひとつは、能力の低下だ。ろくに何もできなくなってしまう。それは監禁する側の意図でもある。ねらいは、受刑者を無力にすること。受刑者はいらだちをつのらせ、ついには愚かな危険を冒す。父は、一九九五年十月、拉致されて五年半が過ぎた頃に、この一線を越えてしまった。ロンドン在住の裕福な反体制派のリビア人、サーベル・マジドに手紙を書いて、ある受刑者仲間の家族が生活に困窮しているから、この手紙を届けた者に八千ドルを貸してやってもらえないだろうか、と頼んだのだ。父は書いている。「お借りしたお金は、わたしが釈放されしだい、返済いたします」万一、その日が来なかった場合には、わたしの息子のジヤードとヒシャームがお返しします」そしていつものように、この手紙のことはくれぐれも口外しないでほしい、と書かれていた。ところが、ジヤードとぼくが父の代わりにお金を返しますと申し出ると、このマジドという男は、手紙を持ってきた人物に金を渡さなかったことを明かした。ぼくたちは憤った。父を含む数人が命の危険を冒してその手紙を届けたというのに、マジドはしらっといった。「手紙を持ってきた男がほんとうに父上の仲間なのか、確信が持てなかったのでね」ぼくたちはマジドに、その人物に連絡する方法を知っているかたずねたが、知らないし名前すら覚えていないという返事だった。さらに、わざとなのか、単に愚かさゆえなのかわからないが、マジドは父の手紙を、あるアラビア語の新聞に発表したのだ。このときに、底なしの地獄が口をあけた。

二〇一一年、反体制派がトリポリを制圧してアブサリム刑務所の全受刑者が解放されたとき、ジヤードは、父の隣の房にいた男に会った。その男は、サーベル・マジド宛ての手紙が発表されたときに行われた尋問のことを覚えていた。壁の穴に耳を押しあてて聞いていたらしく、その内容は次のとおりだ。

「尋問者が、『あの手紙をだれが届けたのか教えろ』といった。

ジャーバッラーさんは、『手紙とは?』と聞き返した。

尋問者はいった。『この新聞に載っている手紙だ。おまえが手紙を渡した受刑者と、外側でそれを届けた人物の名前を教えろ』

すると父上はいった。『教えよう。わたしはその手紙をこの手で書き、何度か折りたたんで、あなたに渡した。だれかに聞かれたら、あなたが届けたとこたえる』

そのあと、ジャーバッラーさんは恐ろしく痛めつけられて、夜、立ち上がってわれわれと話すこともできなくなった。拷問は三日続き、そのあと、連中はジャーバッラーさんをどこかに移した」

ぼくたち家族のもとに手紙を届けてくれたのがだれかは、ずっと前からわかっていた。いとこのナセル・アル・タシャーニー、マルワーンとナーファの兄だ。いまでもあの日のことは覚えている。カイロのフラットにいると、玄関のベルが鳴り、ナセルが入ってきた。ナセルは何の連絡もなしに、はるばるリビアから訪ねてきたのだ。ぼくたちは彼の姿を見て驚き、喜んだ。しかし、ナセルは挨拶もせず、まっすぐステレオコンポのところへ行くと——たしか、ウンム・クルスームの歌が流れていたと思う——音量をめいっぱい上げた。それから母を抱きしめ、耳元で何かささやいた。そして、母とジャードとぼくが見守るなか、白い紙を取り出した。それは何度もたたんであって、切手ほどの大きさしかなかった。

ナセルはその後もずっと、父の手紙を取りついでくれたアブサリム刑務所内の協力者の名前を、ぼくたちに明かさなかった。知らされていたのは、ナセルがときどき面会に行く友人ということだけだ。ぼくは何度も考えた。父は、底なしの地獄に送られたとき、拷問を受けてその男の名前をいっただろうか。当局がナセルを一度も尋問しなかったことを考えると、もうひとりの男の名前も明かさなかったように思うが、当局は父からその受刑者の名前を聞き出したものの、その受刑者からナセルの名前を聞き出すことはできなかったのかもしれない。ぼくは、そんなことを考えている自分を恥じた。拷問を受けて秘密をもらした男を、だれが責められるだろう。自分の父親となれば、なおさらだ。しかし、それは単にプライドの問題ではなかった。父は拷問に屈しなかったと知ることが、ぼくにはなぜか必要だったのだ。父が終始自分を失わなかったこと、父のなかには当局の連中にも侵せない領域があったことを、確認したかった。

ベンガジに滞在中、ある朝、ホテルの部屋の電話が鳴った。出ると、男性の声がいった。
「わたしのことはご存じないでしょうが、わたしはあなたの父上をほんとうの父親のように慕っていました。いま、階下にいます。ぜひお会いしたいのですが」

エレベーターでロビー階に下り、ドアが開くと、その男が立っていた。ぼくより五歳ほど年上だろうか。とても健康そうな顔をしていた。瞳も肌も澄んでいる、と思ったのを覚えている。彼に導かれてテーブルに近づくと、そこにはいとこのナセルがにこにこして座っていた。その男は、エーライヤル・ベジョという名の詩人だった。一九八四年、十九歳のときに逮捕されて、十七年間を獄中で過ごした。革命後は文化省で働いているとのことだった。ナセルとは子どもの頃からの友だちだったが、投獄された当初は、ナセルのおじ、つまりぼくの父が同じ刑務所にいるとは知らなかったし、ナセルも、ぼくたちと同様、父がアブサリム刑務所にいるとは知るはずもなかった。

エーライヤルはいった。「お父さんのことは、投獄されるまで知りませんでした。最初に知ったのは、あの人の声です。ぼくたち若い受刑者のだれかが取調室に連れていかれるとき、大きな声で、『若いの、いよいよ困ったら、ジャーバッラー・マタールにいわれてやったといえばいいからな』といってくれたんです。なんていい人なんだろうと思いました。その言葉を聞いて、どれだけ楽になったか。いちばん弱っているときに、強さをもらいました。それからしだいに、お父さんと手紙をやりとりするようになりました。すばらしい手紙をたくさんもらったのですが、読んだらすぐ、破らなくてはなりませんでした」

エーライヤル・ベジョとナセル・アル・タシャーニーは、命がけでぼくたちに手紙を届けてくれた。そのおかげで、エジプト当局がでっちあげた話は真っ赤な嘘だとわかった。そして父は、底なしの地獄に落とされても、彼らふたりの名前を決して口にしなかったのだ。

父親を失う瞬間に何も感じないなんてことがあるだろうかと、ずっと思ってきた。以前にラジオで聴いた、シリアのある詩人のインタビューを思い出す。名前は忘れてしまったが、その詩人は自分の作品を朗読するためにロンドンに来て、グローヴナー・スクエアに近いホテルに宿泊していた。そしてある午後、突然、広場に行かなければ、と強く思ったのだという。「わたしは木陰を歩きました。とてもいい天気の日でした。しかし、なぜかどうしようもなく悲しくて、母に会いたくてたまらなくなりました。そして部屋にもどると、母が死んだという伝言が届いていたのです」

ぼくはラジオでその話を聴いて、そういうものだろうと納得したのを覚えている。そして自分に言い聞かせた。愛するだれかが死ぬ瞬間に何も感じないなんてことは、あり得ないはずだと。この思いに慰められたことが何度もあった。とくに、希望を失いかけたときには。だが、いま、父が生きているとは考えられない状況で、ぼくは、その瞬間を感じ取れなかったことにうろたえている。この世では、どんなにしっかり目を見開いていても、あまりにたくさんのことが知らない間に起こる。

父は、アブサリム刑務所で行われた大量虐殺の際に殺された可能性が最も高い。数人の元受刑者が、父の姿をじかに見てはいないが、その日中庭に連れ出された者のなかにジャーバッラー・マタールもいたとほかのだれかから聞いたと、ぼくに語った。エーライヤル・ベジョは、ぼくがそれを完全に信じてはいないと知って驚いていたが、ではその日、彼自身か、彼の知っているだれかが父を見たのかと問うと、「いや、見ていない」とこたえ、すぐに「しかし、そうとしか思えない」といった。別の、中庭に出る通路に面した房にいたという元受刑者は、こういった。「父上を見たと、誓ってもいいくらいだが、断言はできない。よく見えなかったんだ。まだ朝早くて、薄暗かったから」こうした証言は、ぼくに与えるショックをやわらげるため、わざと曖昧になされた可能性もある。そんなわけで、まだ確定というわけではないが、ぼくの父の死んだ日は、一九九六年六月二十九日という可能性が最も高い。そのとき、父は五十七歳、ぼくは二十五歳だった。

アブサリム刑務所での大量虐殺については、長年にわたってあらゆる情報収集や調査を行ってきたが、虐殺のあった年に自分がつけた日記を読んだことはなかった。ぼくは毎日欠かさず日記をつける人間ではない。数回しか書かなかった年もある。最近、ローマでティツィアーノの絵を見て自宅にもどったあと、たくさんのノートのなかから一九九六年の日記を探し出した。すると、大量虐殺のあった六月二十九日にも日記をつけていた。その日は土曜日だった。ぼくはウェストエンドの、ナショナルギャラリーから歩いて二十分ほどのところに住んでいて、金に困っていた。何週間も、ライスとレンズマメしか食べていなかった。金がないことがいつも恐ろしく不安で、起きているあいだじゅう胃がきりきりと痛んだ。しかし、できるだけこざっぱりした身なりを心がけ、決してだれにも窮状を打ち明けるまいと決めていた。その日の日記の内容は、以下のとおり。

「昼までベッドから出られなかった。NG（ナショナルギャラリー）まで歩く。ベラスケスは終了。マネの『マクシミリアン』に切り替えた。金の心配のことは二度と口にしない。明日は製図をする」

その翌日は、一行だけ。

「製図をしなかった」

その二日分の日記を読み返した。時のあまりの隔たりに、くらくらした。前日、二十八日の晩に、自分でつくったルールを破って金のことで愚痴をこぼしたのはあきらかだ。しかし、それだけでは、ふだん早起きのぼくが昼までベッドから出られなかったことの説明はつかない。何より戦慄を覚えるのは、父が囚われていた刑務所で千二百七十人が処刑されたその日、ぼくが六年間続けていた「一日一枚」の絵画鑑賞の対象を、ベラスケスの作品からマネの「皇帝マクシミリアンの処刑」に切り替えたということだ。マネのその絵は、政治犯の処刑を題材にしている。

その頃、ぼくの心をとらえて離さなかった十七世紀スペインの画家、ディエゴ・ベラスケスは、フランスの画家、マネに影響を与えた画家のひとりに数えられている。おそらく、そうした背景があったから、次に鑑賞する絵にマネの作品を選んだのかもしれない。とはいえ、なんとも不吉な符合だ。マネは、当時最も議論を呼んだ政治的な事件のひとつに反応していた。それは、フランスのメキシコ侵攻が生んだ悲惨な結末、つまり、フランスが指名した君主である皇帝マクシミリアンが、一八六七年に処刑された事件だった。この事件を記録した写真は存在しない。だからマネは、聞いた話や新聞で読んだ話に頼らざるを得なかった。その年、マネはその出来事についていくつかの想像をした。そして以後二年間に、マクシミリアンの破滅をテーマに、大きな油絵を三点、油彩スケッチを一点、リトグラフを一点、完成させた。それらは世界各地に散在している。なかでも、ロンドンのナショナルギャラリーにある油絵は、見る者にとりわけ痛ましい印象を与える。なぜなら、マネの死後、この絵はいくつかに切り分けて売られたからだ。のちに、印象派の画家、エドガー・ドガがそれを買い集めたが、ナショナルギャラリーがそれらを一枚のカンヴァスの上に復元したのは、一九九二年、父が姿を消した二年後のことだった。それでもまだ、欠けている部分がかなりあって、皇帝マクシミリアンに至っては片手しか見ることができない。その手は、部下の将軍が固く握っている。銃殺隊は冷酷に銃を向けていて、聖ラウレンティウスを取り囲む男たちと同様、無関心そうに見える。この絵以上に、父やアブサリム刑務所で死んだ男たちの判然としない運命を想起させる絵画は、まずないだろう。何も知らなかった二十五歳の自分が、理性によってか本能によってか、あの大量虐殺と同じ日にこの絵に導かれたのかと思うと、なんとも不安な気分になり、以後、このフランス人画家の作品すべてに対する見方が変わった。マネは、プルーストの小説のどこかで、「消えた人物の肖像画を数えきれないほど描いた画家」と書かれている。「すでに忘れ去られてしまったか、過去の人となった人物」を大勢描いたと。マネの白は、ほかのどんな白とも違う。いまではその白を見ると、たとえ雲やテーブルクロスや女性のドレスに使われていても、ぼくの目には必ず、「皇帝マクシミリアンの処刑」で銃殺隊が身につけていた革ベルトの白に映る。これからもずっとそうだろう。

16　キャンペーン

父が行方不明になってからの二十五年間に、ぼくは様々な経験をした。成功も失敗も、たくさんあった。望む道に一歩踏み出すため、やむなく雑多な仕事もした。新たな発見をしたり、チャンスを逃したり、けんかをしたり、恋人や友人ができたりもした。人を喜ばせたこともあれば、怒らせたこともある。新たな発見をするたび、何かを変えることになった。慌ただしく過ぎる時間もあれば、静かに過ぎる時間もあった。しかし、そのあいだずっと続けていたことがある。父の行方をさがす努力だ。それは、闇のなかをひた走る列車のようだった。何の結果も生まず、年々、それ自体が渇望の産物といった様相を呈するようになった。四半世紀のあいだに、ぼくのなかから希望が少しずつ失われていき、いまではもうほとんどなくなったといっていい。希望の小さな粒がいくつか、残っているにすぎない。

ほぼ進展のないまま十九年が過ぎて、二〇〇九年、イギリスの暦でいちばん陰気な二月、雲が二層にも三層にも重なってたれこめている季節に、ひとりの男が電話してきた。八年間投獄されていて、つい最近釈放されたのだと、その男はいった。

「あなたのお父さんをお見かけしました。『地獄の口』で。何年か前のことです」

「正確には、いつですか？」

「二〇〇二年です」

「二〇〇二年に父を見たんですか？」

「ええ、二〇〇二年に」

それがもしほんとうなら、一九九六年の大量虐殺以降にだれかがぼくの父を見たという、唯一の証言だ。

ぼくは電話の男に、いまはあまり長く話せないから、一時間後くらいに折り返し電話をしてもいいかとたずねた。男は番号を教えてくれた。その瞬間、すべてが停止した。その前にやっていたことも、その次にやろうとしていたこともすべて消えた。ぼくはその男の素性を調べた。男はたしかに元政治犯で、「地獄の口」という不気味な名前の刑務所も実在した。トリポリにある、警備の厳重な刑務所だ。男がいった番号にかけると、相手はすぐに出た。

「どんな様子でしたか？」ぼくはたずねた。

「様子とは？」相手が聞き返す。

「見た感じは？　顔は？　元気そうでしたか？」

「一度見かけただけなのです。それもほんの一瞬。弱ってはいるが、健康そうでした」

ぼくは気がつくと、「弱っている」「健康」と口のなかでつぶやいていた。希望が大雨のように、干上がった土に降りそそぎ、溺れそうになった。すばらしい知らせだった。嵐や洪水が、日照り続きの土地にもたらす恵みのようだった。父親を十九年間も行方不明にされると、見つけ出したいと思うのと同じくらい強く、見つけ出すのが怖くなる。自分の心が、自分だけの恥ずべき戦場と化してしまうのだ。

このときぼくが聞いた目撃談を、ヒューマン・ライツ・ウォッチ〔アメリカに基盤を持つ国際的な非営利人権擁護団体〕が次の報告書に載せた。報告書は二〇〇九年十二月十二日に発表され、これにマスコミが注目したことから、ぼくたちの調査活動も一気に加速した。いくつかの人権擁護団体、ジャーナリスト、作家らとともに運動《キャンペーン》を立ち上げて、父の消息究明と、ひいてはリビアにおける人権問題の追及に乗り出したのだ。ぼくたちは、当時イギリスがカダフィ政権とのあいだに結んでいた密接な外交関係を引き合いに出し、今後も友好的な関係を維持するにはリビアの体制の改革が不可欠だと訴えることにした。そして、外務大臣のデイヴィッド・ミリバンド宛ての公開書簡を、国際ペンクラブのイギリス支部が作成した。その書簡はイギリス政府に、「リビア政府との新たな関係を活かして、同国に、同国内における人権状況の誠実かつ大幅な改善を要求する」よう促し、以下のように続けていた。

> よって、わたしたちは、ジャーバッラー・マタール氏の目撃情報を伝えるヒューマン・ライツ・ウォッチの直近の報告書に鑑み、外務省に対し、以下の質問への回答を求めます。マタール氏および他の政治犯の所在について、リビア政府に情報を求める用意がありますか。

この書簡は、二〇一〇年一月十五日の『タイムズ』紙に掲載され、これに署名した二百七十名のうち、比較的有名な人たちの名前も併記された。その日、ロンドンのリビア大使館には「激震が走った」と、職員のひとりがぼくに語った。「きみが地震を起こしたんだ」と。大使は、「このヒシャーム・マタールという男は、いったいどこから降ってわいたのだ？」と叫んでいたという。一方、ぼくの携帯電話がおかしくなった。勝手に電源が切れたり、入ったりする。不安でたまらなくなった。その二年ほど前、リビアの情報機関の一員だという男が、「あなたのためを思っていうが」と前置きして、ぼくの頭の上には「危険信号」がともっていると指摘したことがあった。警告するのは、「もうやめないと危険だからです。あなたの身が心配です」とのことだった。いまや、その「危険信号」がますます強烈な光を放っているように思えた。ばかみたいな話だが、家を出るときには必ず、ナイフをポケットにしのばせるようになった。暗い影が日々を覆い、家の部屋という部屋に入りこんできた。

デイヴィッド・ミリバンドはただちに反応した。彼の返信が『タイムズ』紙に掲載されたのだ。

「ヒシャーム・マタール氏と彼の家族は、いまこそ真実を知る必要がある。（ジャーバッラー・マタール氏の失踪は）リビアの人権状況についてわれわれが抱いている多くの懸念のひとつである」

友人たちが集まってきて、森のようにぼくを囲んでくれた。ウェブサイトを立ち上げてくれた友人もいれば、ソーシャルメディアを管理してくれた友人もいた。そして全員が、自身のアドレス帳に登録されている知人たちにも働きかけてくれた。とりわけ、ポール・ヴァン・ズィルは、国際移行期正義センターでの仕事を通じて高圧的な政府と渡りあった経験が豊富で、最も親しい協力者・助言者となってくれた。ぼくは一歩進むたび、彼に相談した。ぼくはこのキャンペーンのことで頭がいっぱいになり、ふだんは控えめなほうだが、協力してくれる人ならだれとでも積極的に接触した。三ヵ月というもの、一行も書かなかった。睡眠もろくにとらなかった。読めたのは詩だけで、それも一度に二、三行。その間ずっと、血が猛然と血管を巡っている感じだった。頭は、回転数を一気に上げていくエンジンさながら、次に何をするかだけを考えていた。まれに、エンジンが回転数を下げて冷えると、不安になった。なぜなのか、そのときはわからなかった。まだできることがあるのでは？　とか、息子には父親に何が起こったのか知る権利はないのか？　などと思った。だが、しだいにわかってきた。さがしているのは父親だけではなかったのだ。そのため、必死にさがせばさがすほど、ぼくの思考のなかで父の存在は希薄になってしまったのだ。不思議なことに、父を見つけることに一分一秒を捧げていたあの頃ほど、父が遠くに感じられたことはなかった。父の名前が、新聞、ラジオ、テレビ番組で言及されない週はなかった。ぼくは二日か三日眠らずに過ごしてから、倒れるように横になって十二時間かそれ以上眠り続け、はっと目を覚ました。起きがけは頭が混乱していて、自分がどこにいるのかさえよくわからなかった。一度、そうして泥のように眠っていたとき、夢に父が現れた。父はぼくのフラットに入ってきた。リビングは、まさにその日、ぼくが眠りこむ前とそっくり同じ状態だった。テーブルの上に並んでいる書類の順番も、しおれかけた花も、暖炉のそばの床にある空っぽのティーカップも。父は部屋の入口に立って、ぼくを見た。なぜか、部屋に入ってきたくはないようだった。何かに腹を立てているらしかったが、ようやく口を開くと、こういったのだ。

「おまえはわたしをないがしろにしている」

ある人物が姿を消した場合、理不尽に感じることはいろいろあるが、そのひとつになんとも説明し難いことがある。消えた人物が抽象化してしまう、ということだ。しかも、その人物が同じ太陽、同じ月の下に存在している可能性が現実としてあるために、かえってその人物の明確なイメージを維持するのが難しくなる。死ねば特徴はかすんでしまい、たとえ世界中に記念碑を立てたとしても、忘却という流れを食い止めることはできない。しかし、生きているかぎり、消えた人物はしきりに、複雑に、変化し続けるのだ。

新聞に国際ペンクラブの公開書簡が掲載され、続いてデイヴィッド・ミリバンドの返信が掲載された数日後、小説家のカミラ・シャムジーと、国際法の権威として名高いフィリップ・サンズが、ある新聞に共同執筆の寄稿をして、その最後でこう述べた。

そもそも（ジャーバッラー・）マタール氏の拉致は国際法に違反しており、彼が外界とのコミュニケーションを絶たれた状態で継続的に収監されていることも国際法に違反している。同様に、二十年近くにわたって彼が行方不明であることも、現リビア政府が彼の失踪事件を徹底的に捜査しなかったことも、国際法に違反している。これらの国際法違反は、リビア政府内の複数の個人が犯罪行為を犯した可能性を示している。つまり、ヒシャーム・マタール氏の権利を侵害しているということだ。ヒシャーム・マタール氏にはイギリス国民として、イギリス政府がジャーバッラー・マタール氏の苦悩を終わらせるべく、リビアに直接干渉するよう求める権利がある。

この記事が掲載された次の日、ぼくは、わざわざエジプトから飛んできたジヤードと、ダイアナと、何人かの友人と一緒に、貴族院の傍聴席に座っていた。午後二時四十四分に、法廷弁護士であり人権運動家でもある議員のレスター卿が立ち上がり、政府に質問した。「ヒューマン・ライツ・ウォッチの報告書を受けて、リビア政府に、ジャーバッラー・ハミード・マタール氏の所在に関する情報を要求するつもりですか？」

自分が帰化した国の最高の議場で父の名前を耳にすると、めまいがした。名前が繰り返されるたび、同じ感覚に襲われた。誇らしいというより、あまりに空しかった。ジヤードも同じ思いだったとみえ、じっと一点を見つめて、あごを少し突き出していた。ぼくは、そんなジヤードの手を引いて、そのネオゴシック様式の建物から飛び出し、倒れるまで走り続けたいという強い衝動に駆られた。

レスター卿の質問に対し、答弁に立った国務大臣のキノック男爵夫人は、公開書簡に対するデイヴィッド・ミリバンドの返信を引用するとともに、「わが国の在リビア大使館は、この件をリビア政府に提起し、さらなる捜査を行うよう依頼しました」と述べた。

ほかにも数人の貴族院議員が発言した。

ケネディ男爵夫人はこう述べた。「一九九六年にアブサリム刑務所で起こった大虐殺について、（イギリス）政府が調査を求めているか否か、国務大臣におこたえいただきたい……政府は、とくに石油をめぐる貿易関係を樹立するために、リビアにおける人権侵害への批判をどの程度規制しているのでしょうか？」

国務大臣は、「商業上の利益がイギリス政府の行動を動機づけている」との示唆を否定した。

そのあと、デューザ男爵夫人が質問に立った。「国務大臣に明確におこたえいただきたいのですが、イギリス政府とリビア政府のあいだで、最後にジャーバッラー・マタール氏の事件が直接話しあわれたのは、いつでしょうか？」

国務大臣はこたえた。「ジャーバッラー・マタール氏の事件に関する最後の話しあいは、今週末に行われました」

ハント卿は質問の範囲をさらに広げて、交易関係を強化するという現在のＥＵの提案に対するイギリスの支持を、リビアの改革と関連づけた。「大臣、この単純な質問におこたえいただきたい。ＥＵ・リビア間の包括協定はリビアの政治および人権面での改革が重要な進歩を遂げたことを確認したうえで締結すべきである、という考えに大臣は賛成なさいますか？」

「答えはイエスです」と国務大臣。

次に、エイブベリー卿が発言した。「わたしたちも、外務大臣のジャーバッラー・マタール氏に関する声明に感謝しています……これまでにリビア政府に対して行った抗議の完全なリストと、それらに対する先方からの返答を、外務大臣に公表していただくことはできますか？」

その場にはピーター・マンデルソンも出席していた。彼はトニー・ブレアと並んで、カダフィの息子、サイフ・アル・イスラームと親しい関係にある労働党の古参議員だ。ジャーバッラー・マタールの件をめぐるやりとりのあいだ、マンデルソンはぼくをじっと見ていた。やけに厳しい顔つきだが、感情はあえて表に出さないようにしている。その様子は、イギリス議会や政府の一部の人間がリビアの独裁政権と接触する際の冷笑的な姿勢を端的に示していた。
会議が終わったとき、ぼくたちは大胆で楽観的な気分になっていた。これほど広く、熱意のこもった支持を得られるとは、だれも思っていなかったのだ。レスター卿が近づいてきて、いった。討議時間が二、三分しか与えられていないこの手の質問に対して、これほど多くの支持的発言がなされたのは異例のことだと。その午後、議場を出てしばらくのあいだ、ぼくには自分が有能な人間に思えた。

その後も、父に関する記事は掲載され続けた。ラジオのBBCワールドサービスは、父の失踪に関するドキュメンタリー番組を制作していた。ぼくはテレビ局のインタビューに何度も応じた。やがて、前例のないことが起こった。ノーベル平和賞受賞者で元ケープタウン大主教のデズモンド・ツツ氏が、ムアンマル・カダフィに対して、次のような声明を発表したのだ。

……早急に、ジャーバッラー・マタール氏の生死の如何《いかん》と、彼の現時点での所在をあきらかにされたい……リビアが孤立から脱して国際社会に受け入れられるには、人権侵害の犠牲者に相応の救済を提供することが不可欠です。ジャーバッラー・マタール氏の事件に対処することは、そのすばらしい第一歩となるでしょう。

それまで、ツツ氏ほどの著名なアフリカ人がカダフィを公然と批判したことは、一度もなかった。アフリカ諸国の指導者のほとんどは、リビアからの補助金に依存しているために、不本意ながらもカダフィに追従していたのだ。カダフィの数少ない立派な行為のひとつは、アフリカ民族会議を長期にわたってゆるぎなく支援したことだ。だが、そのために、南アフリカで反アパルトヘイト運動を推し進めた人たちさえ、リビアにおける人権侵害を堂々と非難できなくなってしまった。ぼくは二〇〇二年に、ネルソン・マンデラ大統領（当時）を個人的に知る、反アパルトヘイト運動に重要な役割を果たした友人を介して、マンデラ大統領に手紙を送った。カダフィと密接なつながりを持つ大統領に、ぼくの父の所在と健康状態についてたずねていただけないだろうかと、お願いする内容の手紙だった。しかし、友人に伝えられた返事は明確で、「マンデラは、そのようなことは二度と頼んでこないようにといっている」というものだった。人づての返事なので、そのとおりの言葉が使われたのかどうかはわからない。ただ、これであきらかになったのは、ネルソン・マンデラほどの偉大な人物でさえ、カダフィには恩義がありすぎて、怒らせる危険のあることはできないということだった。しかし、そうした気づかいが元大主教にとって重要でないことは、あきらかだった。ツツ氏のこの声明によって、ぼくたちのキャンペーンは一気に勢いづいた。

ぼくは、イギリスとリビア、両方の政府にとって厄介な存在となった。外務大臣のデイヴィッド・ミリバンドとの面会を数回要請して、ようやく会えることになったので、このキャンペーンを初めから最も精力的に組織してくれた友人とレスター卿と、三人で出向いた。レスター卿は、そのときにはもう、イギリスとリビアの協調関係をリビアの政治および人権状況の改革につなげようとするぼくたちの試みの中心人物となっていた。外務・英連邦省の建物は、相反する様式の影響が見られるという意味で、建築学的に興味深い。設計者のジョージ・ギルバート・スコットは、一七〇〇年代半ばから一八〇〇年代半ばにイギリスを席巻したゴシック復興様式の主唱者だった。ゴシック復興様式といえば、花形建築家のひとりにオーガスタス・ピュージンがいる。ピュージンは、貴族院を包含するウェストミンスター宮殿の奔放な様式の立役者だが、そのピュージンにスコットは感化されていた。しかし、外務・英連邦省の建設に関する指示内容が、スコットを縛った。それは、十六世紀イタリアのルネサンス建築の影響を受けた、イタリア風の建物を要求していたのだ。その結果、妙にアンバランスな建物ができあがった。主要部はイタリア風で、装飾はイギリス植民地風のロマンティシズムを想起させる折衷主義。そして、圧倒的に重々しい内装や、断固として光を思いのままにしようとしている点は、ゴシック復興様式の気質と雰囲気に通じる。なかにおさめられた外務・英連邦省と同様、建物自体も、どこか別の場所に行きたがっているかのようだ。レスター卿は、その建物の長い廊下を歩きながら、ぼくと友人に、外務・英連邦省の様々な特異性を教えてくれた。卿は心配そうで、ぼくのすぐ横に来ていった。

「ひとつ、外務大臣がきいてくると思われるのは、なぜもっと早く自分のところに来なかったかということだ。政府は、この件がマスコミでしきりに取り上げられているのを好ましく思っていない」レスター卿はいったん言葉を切ったが、二、三歩進むと、またいった。「大臣をほめてやるといい。たとえば、労働党の人権政策とか」

「それはとてもできません」

「なら、ほかのことでもかまわない」

「それなら、あります。大臣の父上をほめようと思っていたんです」ぼくは、社会学者として有名なラルフ・ミリバンドの『現代資本主義国家論』を読んでいた。

「何？　あのマルクス主義者かね？」とレスター卿。「おそらく、大臣は父上を嫌っていると思うな」

「そうかもしれませんが、たとえ嫌いな父親でも、他人にほめられて悪い気はしないでしょう」

「何かほかのことでほめたほうがいいと思う」レスター卿はいった。

ぼくたちは待合室に案内され、数分後にデイヴィッド・ミリバンド外務大臣の執務室に招き入れられた。大臣はドア口で迎えてくれた。あたたかみのある陽気な人柄で、ジョークをいってくれたが、内容は思い出せない。執務室は広く、上がアーチになった細長い窓がいくつかあって、高い天井には金めっきが施され、壁紙はダークグリーンの地に金色の連続模様だった。暖炉の上には、大きな絵。堂々たる姿のインド人が剣を持っている絵だ。外務省リビア局の事務官、デクラン・バーンも来ていて、全員、赤い革のアームチェアに腰を下ろした。デイヴィッド・ミリバンドが、ぼくに隣に座るよう促した。ミリバンド氏の手に毛がまったく生えていないのが、印象に残った。レスター卿の読みは正しくて、ミリバンド氏が最初にきいてきたのは、なぜもっと早く自分のところに来なかったのか、ということだった。

「こんなに大騒ぎになる前に」とミリバンド氏はいって、片手を広げ、愛想よく笑った。

こちらとしては、以前から何度も面会を要請していたのだが、いまそれをいってもしかたないと思ったので、「まさにその大騒ぎのことで、今日はうかがったのです」とだけ、こたえておいた。

ミリバンド氏が知的でカリスマ性のある人物なのはあきらかだったが、ぼくはこの時点で、レスター卿との会話を思い出したこともあり、父上をほめるのはやめることにした。

その日、ミリバンド氏が唯一、約束してくれたのは、在リビアのイギリス大使が二週間に一度、ぼくの父の件でリビア政府に抗議をするということだった。これは大きな進展だった。リビア政府に継続的に圧力をかけることになる。ミリバンド氏は、ぼくを部屋から送り出すとき、肩に片手を載せて、たずねた。

「ところで、きみはもうイギリス人なのかい？」

「はい」

「よかった。すばらしい。わたしたち国民のひとりなんだ」

恩を着せようとしていたのだろうか？　いや、まさか。純粋に、イギリス人同士の連帯感を示してくれたのだろう。あるいは、複雑なアイデンティティを持つ人間に権力者が向ける、性急で政治的で意地悪な実利主義的態度だったのかもしれない。複雑なアイデンティティを持つぼくの関心事は、ひとつの国のなかにすっきりとはおさまらない。だから、おそらくミリバンド氏の本音はこうだったのかもしれない。「さあ、きみももうイギリス人なのだから、リビアのことは忘れたまえ」

ぼくは二週間ごとに、外務省のリビア局に問い合わせた。幾度かは出向いて、セキュリティチェックを受け、案内されていくつもの廊下を歩き、最上階の役員室に行って、事務官のデクラン・バーンとその同僚たちに会った。やがて保守党が選挙に勝って政権をとったが、新たに外務大臣に就任したウィリアム・ヘイグも、外務省によれば、父の件については「現行の政策を維持する」ことに決めたとのことだった。ヘイグ氏もまた、トリポリにいるイギリス大使に、二週間ごとにリビア政府に抗議の申し入れをさせていると、外務省の役人たちはうけあった。それで何か成果はありましたかと毎回たずねたが、そのたびに「ありません」という答えが返ってきた。ぼくとしては、たとえ不熱心な相手がよこす信頼性の低い情報でも、受け取ってさえいれば、キャンペーンの勢いだけは維持できると信じていた。しかし、大使からリビア政府への働きかけが無益だということがあきらかになると、戦略を変えたほうがいいと考えた。その時点で、ぼくの頭はそのように働いたのだが、いまでは考えが変わっている。

トニー・ブレアやピーター・マンデルソン以外にも、イギリス当局には、リビアの政権と密接につながっている、影響力の強い人物が何人もいた。ぼくは、リビアの独裁政権と貿易をしている人々に父の事件を知ってほしいと考えた。投資家のナサニエル・ロスチャイルドは、サイフ・アル・イスラームの友人だ。ぼくの友だちに、ナサニエルの父親のジェイコブ・ロスチャイルドの知り合いがいたので、紹介してもらって訪ねていったが、あれほど権力にどっぷり浸かっている人間を見たのは初めてだった。オフィスの壁からも、権力が滲《にじ》み出しているかのようだった。ロスチャイルド卿は、そのときの面会で知ったのだが、リビア投資庁の顧問を二年間つとめていたという。彼はまず、リビアの独裁政権とつながりのある様々な知人の名前をあげ、その人たちについて、興味と好奇心を持って語った。彼のような男にとって、この世は楽しいパーティーのように映るのだろう。ぼくは、父の事件に関するファイルを彼に手渡して、いった。

「イギリス政府も実業界も、リビア政府と密接な関係にあるのですから、イギリスにとっては、リビアの人々の生活向上に建設的な役割を果たす、またとない機会です。この件は、その絶好の出発点になります」

ロスチャイルド卿は、喜んで協力する、といった。サイフ・アル・イスラームとも、何度か会ったことがあるという。「息子のナット〔ナサニエルの愛称〕にいって、サイフに話してもらおう」

ぼくはロスチャイルド卿のオフィスを出ると、最短ルートでナショナルギャラリーへ行き、カナレットの「石工の仕事場」の前に立った。

その数日後、ジェイコブ・ロスチャイルドが手紙で、サイフ・アル・イスラームがロンドンにいると知らせてきた。携帯電話の番号が書いてあって、彼はあなたからの電話を待っています、とあった。

17　独裁者の息子

二〇〇四年にトニー・ブレアがリビアを訪問し、イギリスとリビアの関係が正常化して以来、ぼくは何人かのリビア人の友人からサイフ・アル・イスラームに接触するよう勧められていた。リビアのイメージが表面上好転するなか、サイフ・アル・イスラームは、一度ならず政治犯を釈放したことで知られていたからだ。また、二〇〇九年には、不可能としか思えないことをやってのけた。スコットランドの司法の網の目をくぐり抜けて、リビアの元情報部員、アブドゥル・バースィト・アル・メグラヒーを釈放させたのだ。アル・メグラヒーは、一九八八年、スコットランドのロッカビー上空でパンアメリカン航空機一〇三便を爆破、乗客乗員二百七十人を死亡させた罪で終身刑に服していた。彼の釈放に成功したサイフは、飛行機がトリポリに着陸すると、勝ち誇った様子で、アル・メグラヒーの手を高々と掲げて降りてきた。サイフの服の袖が、風に大きくふくらんでいた。その後間もなく、サイフはロンドンのハムステッドに家を買った。そのニュースを聞いてから数日間、ぼくは、その家のドアをノックしてサイフを撃ち殺したい衝動を、頭から追い払うのに苦労した。

パリに住んでいた二〇〇三年、橋から飛び下りそうになった二、三日あと、ぼくはサイフ・

アル・イスラームに手紙を書いた。内容は、何年も前からリビアとエジプトの当局宛てに書き続けていたのと同じで、父の失踪についてこちらが把握している事実を詳細に述べ、父の生死をあきらかにしてほしいと頼むものだった。父の行方がわからなくなってから、長い年月のあいだに、ぼくはそうした手紙を三百通近くも書いてきた。だが、返信を受け取ったことはない。あるときは、ロンドンのエジプト大使館の前でデモを行った。そのときは警官が、ぼくたちの手紙を、大使館の入口に立っている若いエジプト人の外交官に渡してくれた。すると、外交官はその封筒を、こちらからよく見えるよう、頭上に高々と掲げてから、真っ二つに裂いた。ぼくの目に焼きついたのは、外交官のしたことよりも、その表情だ。強い嫌悪と羞恥が奇妙に入り混じった、異様な形相だった。以来、それが、ぼくの手紙に決して返信してこない人間、全員の顔になった。その後、サイフには二度と手紙を書かなかった。しかし、それから七年たって、キャンペーンも最高潮に達しているいま、ぼくは必死だったし、父の生死を確かめられるなら悪魔とだって話そうという気になっていた。あのときはそういう気持ちだった。いまは、違うが……。

ロスチャイルド卿が知らせてきた番号に電話してみたが、だれも出なかった。留守電にメッセージを残すと、十分後に電話が鳴った。表示されたのは、さっきかけたのとは別の番号だ。出ると、男の声がありきたりの空虚な言葉を並べた。こちらが口を挟むすきを与えないため、よけい無意味にひびいた。やがて、男は「サイフだ」と名乗った。

ぼくは自己紹介をして、お会いできないだろうか、ときいた。

後ほど時間と場所を連絡させる、と相手はいった。

夕方、別の男が電話してきて、「ラジャブ・アル・ライヤスです」といった。おれのことは知ってるだろう、といわんばかりだ。「明日の午後五時、ジュメイラ・ホテルで会いましょう。場所はわかりますか？」

電話を切って、何が起こってもおかしくないと思った。明日、待ち合わせの場所に行けば、父の生死がわかるかもしれないし、父のように拉致されるかもしれない。そして、パリのアルコル橋の縁で過ごした暗い数分間を思い出した。あのとき、気づいてしまったのだ。愛する女性と暮らして、初めて大半の時間を執筆に使えるようになり、太陽はほぼ毎日輝き、食事もしっかりとっているけれど、一秒ごとに襲ってくる痛みから逃れる方法として唯一思い浮かぶのは、父のいるアブサリム刑務所の「高貴なる宮殿」に入ることなのだと。

アル・ライヤスと話したあと、カイロにいる兄のジヤードに電話して、いつロンドンに来られる？　ときいた。ジヤードはその夜の便に乗って、翌朝にはぼくのフラットに着いた。ふたりでしきりにタバコをふかし、コーヒーを何杯も飲みながら、サイフとの会見に備えた。考えられるシナリオをひととおり検討してみた。部屋に招かれるだろうか？　ロビーで会うだけか？　どこか別の場所に連れていかれるのか？　向こうはどう出る？　どう応じればいい？　ぼくは、キャンペーンの中心となってくれている人たちに、サイフと会う時間と場所を連絡した。ダイアナは近くのカフェで待機して、万一ぼくたちがもどってこなかった場合には、用意したリストの電話番号に連絡することになった。

ジュメイラ・カールトン・タワー・ホテルは、ナイツブリッジ地区にある。そのホテルについてぼくが唯一知っているのは、遠い昔、別の名前で呼ばれていた頃に、ペルーの小説家、マリオ・バルガス・リョサと、メキシコの詩人、オクタビオ・パスがよくそこで会っていたということだった。ぼくとジヤードは約束の時間よりも十分早く着いて、ロビーのカフェで四人掛けの丸テーブルについた。そのテーブルは端のほうにあって、入口がよく見えた。そのときのロビーの様子を自分が正確に記憶しているか、精神状態のせいでゆがんで記憶しているかはわからない。いずれにせよ、覚えているのはこうだ。体格のいいアラブ人のビジネスマンが何人か、大きなアームチェアに腰かけていた。その向かいにはスーツ姿のイギリス人の建築家か土地開発業者が数人いて、アラブ人のほうに身を乗り出し、広げた書類や設計図を指さして話していた。イギリス人たちが成約を期待して前のめりになればなるほど、ネクタイがきつく締まって、顔が赤くなった。

ぼくもジヤードも、飲みたくもない紅茶を頼んだ。

ロビーのまん中では、女性がひとり、少し恥ずかしそうな表情でハープをつまびいていた。腕がいいのは確かだが、有名なポピュラーソングを弾くようにいわれているらしく、ビートルズの「イエスタデイ」の出だしを弾いていた。あと、テレビでおなじみの説教師、アムル・ハーリドが、一団のファンに囲まれて座っていた。ほかのいくつかのテーブルでは、高級娼婦がふたり一組でワインを飲んでいて、その姿はまるで造花のようだった。ハープ奏者は、ポピュラーソングをひとしきり弾いたあと、ささやかな気晴らしを自分に許したらしく、バッハのゴルトベルク変奏曲のひとつを弾き始めた。たしか七番だったと思う。その演奏が一分ほど続いた。

約束の時刻を一時間過ぎた頃、ジーンズにTシャツ姿の、ボディガード集団というよりヒップホップグループのような男たちが、足早にぼくたちのテーブルに近づいてきた。サイフは、取巻きを慎重に選んだようだ。まずは、ローマを拠点にリビアとイタリアの大企業のお抱え弁護士をしている、六十五歳のムハンマド・アル・ホウニー。ぼくたちはこの男を「インテリ」と呼ぶことにした。彼のおもな役目は、サイフの取巻きにも本を読む人間がいるとぼくたちに印象づけることだからだ。あとの男たちはボディガードで、そのうちのひとりは、サイフが熱心に伝えてきたところによると、ぼくたちの一族の人間ということだった。サイフがぼくの向かいに、インテリがジヤードの向かいに座り、ボディガードたちは後ろのテーブルについた。

ジヤードはいつもどおり、堂々と感じよく振る舞った。それはぼくの演じた役割よりも負担が大きいのではないかと、心配になった。ジヤードは男たちに飲み物の注文を聞き、ここにはよくいらっしゃるんですか？　とたずねた。

「きっと常連さんなんでしょうね」ジヤードが英語でいって、にっこりした。

サイフが、「作家というのは？」ときいてきた。

ジヤードがぼくをさして「こっちです」といった。

「あんたが作家か？」サイフがまたきいた。

「ええ」とぼく。

「仕事はそれだけ？」

「ええ、まあ」

「ほんとに、書いてるだけ？」

「そのとおりです」

「ほかには何もしない？」

「そうありたいと思っています」

「あなたはすばらしい作家です」ムハンマド・アル・ホウニーが口を挟んできた。「大変な才能をお持ちだ。わたしたちの誇りですよ」

「ぼくの作品をお読みになっているとは、驚きです。リビアでは出版禁止なのに」

「いや、いや、いや」とインテリ。「『リビアの小さな赤い実』ですよね？　読みましたよ。イタリア語でね。すばらしい本だ。次の作品はもうじき出るんですか？　早く出してください、待っているんですから」

この一連の退屈な会話には、彼らにとって重要な目的があった。単なる作家が、いったいなぜこれほどの、デイヴィッド・ミリバンドのいう「大騒ぎ」を起こすことができたのか、見極めることだ。なぜ、貴族院の古参議員、外務省、ノーベル賞受賞者、国際法の権威、人権擁護団体、ＮＧＯなどを総動員できたのか？　こいつはスパイか？　なぜ金になびかない？　どうしたら――権力者が決まって問うことだが――こいつを取りこめる？　ボディガードのひとりが、サイフに電話を渡した。サイフが「失礼」といって、電話に出る。

「すばらしい本です」ムハンマド・アル・ホウニーがつぶやき、少し間を置いてから「『リビアの小さな赤い実』は」といった。

サイフの通話が終わりかけた頃、ジャヤードがぼくのほうを見ていたずらっぽく笑うと、ほかの連中にも聞こえるくらいの声でいった。「立派な若者じゃないか?」

「何だって?」サイフが、電話を切るなりきいてきた。

「あなたは立派な若者だといっていたんです」

こうした変てこなやりとりもあったが、面談はつつがなく始まった。ジャードが父の事件についてありのままの事実を述べ、ぼくたちが長いこと情報を得ようと苦労してきた経緯をかいつまんで話した。するとサイフは公式見解よりも一歩踏みこんだことをいった。父の拉致と投獄を否定せず、父がリビアに連行されたことを認めたのだ。

「これは非常に込み入った事件で、エジプトの情報機関とリビアの情報機関が関わっている。厄介なことになるだろうが、自分も覚悟はできている。あんたたちふたりに約束しよう。この件を調べて、わかったことはすべて、その都度伝える。起こったことをすべて伝えるよ。いい知らせであれ、悪い知らせであれ」

「たとえ、父上が亡くなっているとしても」ムハンマド・アル・ホウニーがつけくわえた。

それが最初のヒントだった。

サイフが続けていう。「こちらから伝える情報は、好きに使ってくれてかまわない。こちらも発表する用意はある。新聞の一面をまるごと使う予定だ」挑むようにいう。「この件はもう、終わりにしたいんでね」

それからサイフは、リビア政府にとってぼくの父がいかに危険だったかを語った。

ぼくはいった。「そこまで確信があるなら、父を裁判にかけるべきでしたね」

「あのやり方は愚かだった」サイフはいった。父を行方不明にさせるのに、別の「もっと賢いやり方」があったとでもいいたげだ。

ぼくはいった。「ところで、あなたも父上も、わたしの父の政治運動は受け入れ難いでしょうが、父の愛国心まで疑っているんですか？」

「それはない」とサイフ。

「なら、恥を知れ」ぼくは、自分でも何がしたいのかわからなかった。この男も父親同様に激しい気性の持ち主なのか、確かめたい気持ちもあった。「あなたがたは、リビアで最もすぐれた人物のひとりを逮捕した。それも卑劣なやり方で。そして、何もなかったかのように振る舞った。その男は故国に献身的に尽くし、その男の父親はリビアをイタリア人から解放するために戦ったというのに。これは愚かというより、罪深い行為だ」

そのあと、ジヤードがぼくよりもおだやかな口調でいった。「しかし、わたしたちは前向きに考えています。あなたがたにチャンスを差し上げたい。わたしたち一家にこれ以上、傷を負わせないようにするチャンスを」

「カイロではどんな仕事を？」サイフがジヤードにたずねた。

「製造業です。服をつくっています」

「工場を持っているのか？」

「ええ」

「どんな服？」

「おもにアメリカ市場向けのものです」

「もどってこないか？　商売をしたいなら援助する。リビアはあんたの国だ。障壁があるなら、乗りこえてほしい」

「その件に関しては、いまはお話しできません」とジヤード。「それに、いまも事業がうまくいっているとは言い難いのに、場所を変えたらよけい厳しくなるでしょう」

そのあと、サイフはぼくを見て、いらだちを隠せない口調できいてきた。「あんたは何がほしい？　もし、父上が亡くなっているとしたら」

それが第二のヒントだった。

「いつ、どこで、どのような経緯でそうなったのかを知りたい。遺体を返してもらって、自分たちのやり方で埋葬し、葬式を出したい。それから、説明責任を果たしてもらいたい。『この件を終わりにする』というのは、そういうことでしょう」自分の口調があまりに冷たく機械的なことに、驚いていた。こちらの望みはひとつもかなわないだろうと、そのときすでに知っていたかのようだった。

「わかった」サイフはいった。

「それで、もし、父が生きていたら？」ジヤードがたずねた。

サイフはすぐにはこたえず、片脚をゆすっていた。「いや、いや、いや、問題は、『もし亡くなっていたらどうする？』だろう」

それが第三のヒントだった。父は死んだのだ。

「たしかに。それでも、もし生きていたら？」ジヤードは食い下がった。

「いずれにしても、わかったことはすべて伝えるよ」サイフはそれから、以後十三ヵ月続くことになったやりとりのなかで、何度も繰り返すことになるフレーズを口にした。「この件は、もう終わりにしたいんでね」

ぼくはサイフをせっついて、いつまでに情報をよこすつもりか、いわせようとした。

「じきに」とサイフ。

「数週間ですか？　数ヵ月ですか？」

「数週間、数週間後だ」それから、またいった。「しかし、もどってこないか。リビアはあんたたちの国だ。障壁を乗りこえてほしい」

するとジャードがいった。「あなたのいうとおり『障壁』はありますが、それはわれわれが臆病で及び腰だからじゃない。われわれは自分の国を愛しています。そのために大変な犠牲も払ってきました。しかし、リビアにもどることについて話すのは、三つの条件がそろうまでできません」

「その三つとは？」とサイフ。

「まず、父の生死を知ること。次に、われわれのふたりの叔父、マフムード・マタール、フマード・カンフォーレと、ふたりのいとこ、アリー・エシュネイケット、サーレハ・エシュネイケットを確実に釈放することです。この四人は政治犯として、同じ期間、投獄されています。裁判所はすでに四人を釈放するよう命じたが、四人はまだ刑務所にいます。叔父のマフムードはすごく具合が悪いが、しかるべき医療を受けさせてもらっていません」

「わかった。三つ目は？」

「トリポリの実家が、カダフィ政権の閣僚に盗まれたままなので、返していただきたい」

サイフはテーブルを軽くたたいた。「それは保証する」

サイフもボディガードたちも立ち上がり、出口に向かったが、ムハンマド・アル・ホウニーだけは残って、片手をぼくの肩に、もう片方の手をジャードの肩に置くと、いった。

「神を信じてほしい。あなたたちはもう立派な大人なのだから、最悪の事態にも備えなければなりません」

「その最悪の事態というのは、いつ起こったんです?」ぼくはたずねた。

アル・ホウニーは両手を上げた。「わたしは、何も確かなことは知りません。ただ……」

「ここに来たのは、助言や同情をもらうためじゃありません。ほしいのは事実です」

「それはサイフが、わかりしだい伝えるといったはずです」


ジャードとふたり、ホテルを出ると、大通りを避けて裏道づたいにスローン・スクエアへ向かった。そこのカフェでダイアナが待っている。寒い夜だった。ぼくたちはゆっくり歩いた。

ジャードがいった。「さっきの駆け引きはきつかったな。あんなしんどい思いはまずしたことがない」

申し訳ない気持ちになった。はたして賢いことだったのだろうか? 自分たちの父親を殺した男の息子と、同じテーブルにつくというのは。

「父さんは死んだ」ぼくはいった。

「いや、まだわからない」

「どんなバカだってわかるだろう?」

なぜ、あんなひどい言い方をしたんだろう？　ジャードに父の死を受け入れてほしいと思い、それを頑固に拒否されていらだったのは、おそらく、自分もほんとうは父の死を否定したがっていて、そのことにいらだっていたからだ。あの呪われたホテルから遠ざかりながら、ぼくもまた、ちっぽけで愚かな「希望」というエンジンを回して、父が死んでいない可能性をさぐっていたのだから。

ダイアナは、道を渡ろうとしているぼくたちを見つけると、カフェから駆け出してきたが、いい知らせはないらしいとすぐに悟ったようだ。三人とも落ち着かない気分で、じっと立ってはいられなかったので、タクシーを拾い、後部座席に並んでかけた。家に着くと、一分かそこら玄関の前に立っていたが、少し歩こうということになった。そして地元のレストランに落ち着いた。親しい友人のひとりが電話をくれて、数分後には店にやってきた。ぼくを慰めるように見る目が、「どうしたら力になれる？」ときいていた。弔問客はこんなふうに遺族を見るにちがいないと、ひそかに思った。料理を注文してすぐ、電話が鳴って、知らない番号が表示された。ムハンマド・アル・ホウニーが、あの面談からちょうど一時間後に電話してきたのだ。ぼくは店から通りに出た。

アル・ホウニーはいった。「今日はお会いできてほんとうによかった。ただ、あなたにもお兄さんにも、最悪の事態に備えていただきたいのです」

「アル・ホウニーさん、どうかその点はお気づかいなく。ぼくたちは子どもじゃありません。あれからもう二十年にもなるんですよ。しかし、事実がわかるまでは、あなたにも、希望を捨てるなという資格はないでしょう」ぼくはいいながら、夜気のなか、自分のくたびれた小さなエンジンが回る音を聞いていた。

するとアル・ホウニーはいった。「もしお父様が生きておいでなら、サイフがそういわないと思いますか?」

「なら、サイフは知っているんですね?」ぼくはきいた。

「もちろん、知っています」

面談から一ヵ月ほどたったある日の夜七時に、サイフが電話してきた。ぼくはバスでウィグモア・ホールに向かっているところで、すでにコンサートは始まっていた。

「頼む、兄弟で友だちだと思ってほしい」サイフはそういって、ぼくが何もこたえずにいると、続けていった。「自分はあんたのことを、兄弟で友だちだと思ってる」

ぼくは次の停留所でバスを降りると、静かな通りに入った。

「ほんとうに、あんたとはいい友だちになれると思うんだ」とサイフ。

「人はみな、経歴を選ぶことはできない」ぼくはいいながら、またあの冷たい機械的な声で話しているのを自覚した。「もし、あんたとぼくのようにまったく異なる経歴を持つふたりが、互いを友人と、あるいは兄弟とさえ思えるなら、それは間違いなく、ぼくたちの国を癒すのに役立つと思う」

「いいね」とサイフ。「それはいい。こないだもあんたとお兄さんにいったが、こちらは何としても、この件を終わらせようと思ってる。だが、次の段階に進むためには、あんたに書いてもらう必要があるんだ、お兄さんと一緒に話してくれたことを。あのとき話してくれたとおりに書いてほしい。それを送ってくれたら、次にどうしてもらうか知らせる」

「しかし、いまの段階で、何か情報はないのか？」

「ない。まったくない」

「あんたが知っていることは、わかってるんだ」

「たしかに。あんたの父上に何が起こったかは知ってる。だが、事実をすべて把握するまでは、教えるわけにいかない」

「それはひどい。せめて、父が生きているか死んでいるか、教えてくれないか？」

「こっちが事実を把握するまで、待ってくれ」

ぼくは家に帰ると、その夜のうちに、求められた情報をサイフにメールで送った。


ちょうど同じ頃、ある知人から電話があった。彼はリビア人の外交官で、当時はニューヨークに駐在していたのだが、ロンドンのリビア大使館にいるターリク・アル・アバディーという同僚がぼくと話したがっていると伝えてきた。その名前には聞き覚えがあった。アル・アバディーは、二〇〇六年三月、ぼくが初めて自作の小説の朗読会を開いたとき、会場に来ていた。それは本が出る三ヵ月も前のことで、作品もぼく自身も、まだほとんど知られていなかった。会場は、ハマースミス地区にあるアイルランド文化センターだった。当日、そこに向かって歩きながら、アイルランド出身のフランスの劇作家、サミュエル・ベケットのことを考えたのを覚えている。なぜなら、アイルランド文化センターの近くには、ベケットが一九八〇年代にパリから来て『ゴドーを待ちながら』の稽古を行った、リバーサイド・スタジオがあるからだ。ぼくの友人で、当時リバーサイド・スタジオの芸術監督をしていたデイヴィッド・ゴサードによると、ベケットはロンドンに到着したとたん、故国アイルランドを近くに感じて危険を覚え、デイヴィッドに指示したという。「いかなる場合でも、たとえ葬儀のためでも、わたしがダブリンに行くのを許してはいけない」と。その頑なさに、ぼくは敬服したものだ。朗読会場のアイルランド文化センターに着くと、リビア大使館の役人が三人、最前列に座っていた。ターリク・アル・アバディーもそのひとりで、文化担当官だと自己紹介した。ぼくが朗読を終えるとすぐ、その三人のうちのひとりが手をあげて、発言した。「なぜ、舞台をリビアにしたのですか? ここロンドンでの生活について書いてほしいですね」その数日後に報告書がトリポリに送られ、ぼくの本はリビアで出版禁止になった。アル・アバディーには、その後、もう一度会っている。ナイツブリッジを西方向に歩いていたとき、ばったり会ったのだ。アル・アバディーが向かう先には、ハイド・パーク・コーナーの交差点とリビア大使館があった。

アル・アバディーは大きな声で話しかけてきた。「ヒシャームさん、お会いできて光栄です。どうぞ、大使館にいらしてください。必要なものがあれば何でもおっしゃってください」

ぼくは機嫌が悪かったので、とげとげしく切り返した。「必要なものは何でも? さあて、何が必要だったかな? そうだ、思い出した。一九九〇年からずっと答えを求めているんですが、ぼくの父をどうしたんです?」

あれから四年になるが、ターリク・アル・アバディーはいま頃、ぼくに何の用があるのだろう。とりあえず、ぼくの加入している会員制のクラブで会うことにした。そこを選んだのは、ほかにだれを連れてくるのか、たずねる口実になるからだ。

するとアル・アバディーはいった。「わたしひとりでうかがいます」

「ふだん、どんな服装をされているか知りませんが、クラブのドレスコードはジャケットとネクタイ着用です」

「外交官ですから」アル・アバディーはきつい口調でいった。「常にスーツを着ています」

クラブに頼んで、最上階の部屋を用意してもらった。そして当日、エレベーターを使わずに、階段でアル・アバディーを部屋に案内した。最上階に着いたとき、アル・アバディーは息を切らしていた。部屋に入って椅子にかけると、ぼくはなぜか時刻を確認した。アル・アバディーは、自分は「良家」の出身だといってから、独白のように語りだした。

「神に誓っていいますが、わたしの第一の野心、わたしが何より望んでいることは、あなたの友人になることです。あなたには敬服しています。ただ、正直にいわせていただくと、ずっと前から、あなたが故国にもどるのを阻んでいるものは何だろうと思ってきました。リビアはカダフィのものではありません。彼の一族のものでもありません。あなたのものです。もどってきてください。そして、栄誉を授与させてください。あなたはほかの国の人たちには、それを許していらっしゃる。世界中の国々が、あなたに賞を贈っている。わたしたちにも同じことをさせてください。わたしたちもあなたに賞を差し上げたい。また、事業をなさりたいなら、あなたも応分のリビアの富を所有しておいでだ……」云々。

そんな前置きを二十分以上しゃべってから、アル・アバディーはいった。「わたしは、サイフ・アル・イスラームとアブーゼード・ドルダの命を受けてきました」

アブーゼード・ドルダは当時、カダフィ政権の情報機関（ムハーバラート・アル・ジャマーヒーリーヤ）の長官だった。

アル・アバディーは続けていった。「まず、そのふたりの人柄を保証させてください。神にかけて誓いますが、サイフは大使館に来ると、ひとりひとりの職員を気づかい、元気か、何か必要なものはないかと、全員にたずねてくれます。そしてアブーゼード・ドルダは、このうえなく立派な人物です。ふたりとも、知りたいことはただひとつ、『ヒシャーム・マタールの望みは何か？』です」

「おかしいですね。サイフとはついこのあいだ会いましたよ。あのとき、直接きいてくれればよかったのに」

「じつをいいますと」アル・アバディーは訂正した。「わたしをここへよこしたのは、おもにアブーゼード・ドルダです。何でも必要なものがあればいってほしいと、あなたに伝えるよう、いわれて来ました」そして繰り返した。「あなたに栄誉を、賞を差し上げたいのです。どうかリビアに来て、ほかの国の人たちがしたように、わたしたちに賞を授与させてください」

「では、ドルダにいわれてきたんですね？」

「そのとおりです」

「ということは、あなたも情報機関の一員なんですね？」

「まさか」アル・アバディーは憤然としていった。「わたしは外交官です。キャリア組の」

「なるほど。ドルダさんにありがとうとお伝えください。お気づかいに感謝すると。そして、ヒシャーム・マタールの望みが何か、アブーゼード・ドルダ氏が計りかねているのはなぜなのか、ヒシャーム・マタールも計りかねているとお伝えください。ぼくの望みは、もう二十年も前からお伝えしています。あなたがたがぼくの父をどうしたのか——その問いに対する答えです。賞に関しては、ぼくは注目されるのを好みません。金の扱いも下手です。ポケットに十ポンドあれば、すぐに使ってしまいます」

「お約束します」アル・アバディーはいった。「ドルダに、あなたがおっしゃったことを正確に伝え、ドルダにもほかの人間にも、あなたの父上のことをきいてみます」

階段を下りながら、アル・アバディーはぼくの同情をひこうとした。

「正直なところ、この政権のもとで働くのは大変です。頭痛が絶えません。解決すべき問題が山積みですからね」

それから、誇らしげにいった。ロンドンのリビア大使館に職を得たのは、スイスで、カダフィの息子ハンニバルが起こしたスキャンダルの「後始末」をした報酬なのだと。ハンニバルは、ジュネーブのホテルで使用人たちを殴ったのだ。それも、急いで病院に運ばなければならないほどにひどく。スイス当局はハンニバルを逮捕した。すると父親のカダフィは、報復として、たまたまそのときリビアにいたスイス人のビジネスマンをふたり、拘束した。スイス側は起訴を取り下げ、ハンニバルに出国を許可した。一方、カダフィはふたりのスイス人の釈放を拒み、依然、彼らをトリポリの刑務所に監禁していた。

「苦労しましたよ」とアル・アバディー。「しかし、ありがたいことに、すべてうまくおさまりました」

サイフに求められた情報をメールで送ってから二週間後の真夜中に、電話がきた。

「今日、メールで進展状況と次の段取りを知らせる」サイフはいった。

最初に会ってから、六週間が過ぎていた。サイフにこの件に集中してほしいという気持ちから、ぼくはいった。「父が拉致されてから二十年目の記念日が、二週間後の三月十二日に迫っている。それまでに情報を提供すると、約束してくれないか？」

サイフはため息まじりにこたえた。「やってみよう」

「そちらもいろいろと大変だろうが、これは早急に解決すべき問題だ」いいながら自分の体がこわばるのがわかった。

「重荷なんだ」とサイフ。

「そうだろう。だが、こちらはさらに重荷を負っている。しかるべき解決がなされれば、大変ありがたい」

「十二日よりも前に連絡する」サイフはいった。

それから一週間、サイフから連絡はなかった。そして、サイフの個人秘書であるムハンマド・イスマイールからメールが届いた。

ヒシャームへ
あなたが事実について公の場で話すか、メディアに記事を発表してくれたほうがいいと思います。こちらから話題にするのは、非常に慎重を要します。そちらが話題にしてくだされば、返答しましょう。父上がリビアに到着した後のことについて、情報を提供します。それが、面目を保つためにいちばんいい方法なのです。よろしくお願いします。

ムハンマド

このメールを読むと、リビアの政財界におけるサイフ・アル・イスラームの厄介な立場がよくわかった。彼は政権を代表している——ムハンマドのメールにある「こちら」とはリビアの政権のことであり、保つべき「面目」も政権のそれだ——ものの、何ら公的な役職には就いていないから、都合のいいときに「無党派の改革者」という役割を演じているのだ。

メールを受け取ってすぐ、ぼくはムハンマド・イスマイールに電話した。イスマイールは、ぼくがイギリスの新聞のいずれかに父の件を公表して、拉致にはエジプトも関与していたことを述べる必要があるといい、「面目を保つために」と繰り返した。

「そういうことはもう何度もやっています。いちばん最近では、一週間前にも新聞に寄稿しました」ぼくはいった。

「それは知りませんでした」とイスマイール。

「新聞を読んでいないんですか?」

「ええ」

嘘なのでは? と思った。実際、あとからそのとおりだと判明するのだが……。サイフがロンドンのリビア大使館と密接につながっていたこと、その大使館がマスコミ報道を非常に気にしていたことを考えあわせると、サイフとその助力者がぼくの書いた記事について知らないはずがなかった。ぼくはいった。

「エジプトの関与について述べている新聞記事やインタビュー記事をお送りしますよ」

それから三日後、三月五日の金曜日の晩、父が失踪して二十年になる一週間前に、ムハンマド・イスマイールが電話してきた。

「明日、ロンドンへ行きます。会いましょう」

ぼくは友人のポール・ヴァン・ズィルに電話して、考えられるあらゆるシナリオを一緒に検討した。ポールはいった。「イスマイールと会っているあいだに、ぼくと話したくなったらいつでも連絡してくれ。電話のそばにいるから」

今回は、ジャードには知らせないことにした。また前回のようにわざわざエジプトから飛んできてもらうのは気がひけたし、ムハンマド・イスマイールがどんな恐ろしい知らせを持ってくるにせよ、それを聞いたあと、自分ひとりの胸にしまっておく時間がほしかった。そうすれば、家族にどう伝えるか、考えることができる。

イスマイールに会う前の晩は眠れなかった。その二、三日後には、母とジャードと一緒に、父の失踪した記念日を過ごすことにしていた。そんな日を記念するのに何をすればいいのか、三人ともわからなかったけれど。それに、家族と会うためにぼくがカイロに行くのは無理だった。最初の小説を発表して以来、カイロへ行くのさえ安全ではなくなってしまったのだ。だから、ケニアのナイロビで落ちあうことにした。母はナイロビで、一年のうち何ヵ月かを過ごしている。それにしても、父は死んでいたと母に告げるなんて、とても考えられない。ぼくは、実際に声に出していってみて、どんなふうにひびくか確かめたりした。いえるかどうか、わからない。しかし、間違いなく父は死んだとわかったら、母にそう告げるしかないだろう。

ムハンマド・イスマイールとは、翌日の午後三時に会うことになっていた。ひとりで行くのは賢明ではないと思ったので、ごく親しい友人のひとりで、圧力をかけられても動じないとわかっている人物に電話して、途中で合流してもらった。彼はイギリス人で、アラビア語はひとことも話せないが、わかるふりをしてくれと頼んでおいた。

「ぼくがきみのことを見たら、そのとおり、というようにうなずいてくれ」

ぼくたちはイスマイールとの待ち合わせ場所に時間どおり着いたが、サイフと初めて会ったときと同じく、一時間待たされた。今回は、インターコンチネンタル・パーク・レーン・ホテルのロビーだった。ロンドンの多くのホテルがリビア投資庁の金で買収されたが、ここもそのひとつで、サイフの親しい仲間の名義になっている。ムハンマド・イスマイールがどんな外見の人物か、ぼくはまったく知らなかったが、ずんぐりした男がエレベーターを降りて、こっちにやってきた。ぼくはイスマイールと握手を交わした。同行してくれた友人のことは、イスマイールに紹介しなかった。なぜか、彼の目にその友人が謎めいて映るほうが、いいような気がしたのだ。イスマイールは携帯電話をふたつ、コーヒーテーブルの上に置いた。そして、まずは自分の家族のことを話し始めた。妻と息子がロンドンに住んでいて、息子はハンニバルという名前だと。

「サイフの弟の名前をもらったんです。私自身、ハンニバル〔古代カルタゴの将軍〕が大好きですし、じつに偉大な人物ですから」それからイスマイールは、自分の死んだ義父のことを話した。「義父は、あなたのお父様と知り合いでした。軍隊で一緒だったのです。革命後、義父も、お父様と同じく逮捕されましてね、十八年後にようやく釈放されました」

自分を投獄した男の息子にちなんで名づけられた孫とともに晩年を生きなければならなかった男の心境は、どんなものだったろう。アムネスティ・インターナショナルでリビア局の責任者をしていたサラーフ・ハンムードが、あるときこういっていたのを思い出す。「迫害する者とされる者が、リビアほど複雑にからみあっている国はないんです」

ムハンマド・イスマイールが続けていった。「今回は、とくにあなたに会うために来ました。自家用ジェット機で」

「どんなことを告げるためにいらしたのかうかがう前に、確認しておきたいのですが、事実をすべて、細かい点まで教えてもらえるという約束でしたよね」

「いや、いや、いや」とイスマイール。「ここへ来たのは、あなたに情報を伝えるためではありません。サイフからの伝言で、あなたに『アッシャルクル・アウサト』紙〔ロンドンに本部を置くアラビア語高級日刊紙〕に寄稿しているエジプト人記者のインタビューに応じていただくよう、お願いに来たのです。その記者に、起こったことを話してほしいのです。それから、ホスニー・ムバラク大統領宛てに、同じ内容の手紙を書いていただきたい。そのふたつをしてくださったら、情報を提供します」

「しかし、そういうことは全部、すでにやっていますよ。ムバラク大統領には数えきれないほどの手紙を書きましたし、メールにも書いたとおり、その件についてわたしが書いた記事は、すでにたくさん、エジプトの新聞に掲載されていて、あの犯罪行為でエジプトが果たした役割をはっきり指摘しています」

「わかっています。しかし、もう一度、やっていただきたいのです。いま、その記者と話していただくこともできます。彼は電話のそばで待っていますから。そうしていただければ、明日か、遅くとも明後日には、あなたはすべての情報を手にされているでしょう」

ぼくはいらいらして、「わかりました」といった。「そうしましょう」

イスマイールは二機の携帯電話を操作して、その記者の番号をさがした。かなり長い時間、黙っていたが、やがてふと思いついたようにいった。「リビアへもどってきませんか?」

「いつかは」

「サイフは、あなたに協力してほしいといっています。ぜひ、わたしたちと一緒に働いてください」

反体制派として活動していた男の息子が独裁者の息子と一緒に働けば、何よりも、リビアの政権の変化を強力に裏づけることになる。なるほど、それでイスマイールは、義父の話なんかをぼくに聞かせたのか。サイフは非常に多くの人間を取りこんできたから、ぼくのことも間違いなく取りこめると踏んだにちがいない。寝返らせることができると。いつの日か、ぼくが自分の息子にサイフと名づける日が来るかもしれないと。

「もどってきて、わたしたちと働いてください」ムハンマド・イスマイールは繰り返した。

「仕事なら、もうありますから」ぼくはこたえた。

イスマイールは記者の電話番号を見つけられず、二機の携帯電話をテーブルに残したまま、番号の書いてあるメモか何かをさがしに部屋に行った。テーブルの上の携帯電話は、録音モードになっているにちがいない。同行した友人が、ぼくをテーブルから引き離した。「あいつに何を話した?」ときかれたので、いまの話をすると、友人はいった。「やめたほうがいい。考えるから一時間待ってくれというんだ。それで損をすることはない。ポールに電話してみろ」

ポールはすぐに出た。イスマイールとの会話をかいつまんで伝えると、ポールもいった。「少し時間がほしいというんだ。そうすれば、その記者のことも調べられる。素性や経歴や、いろいろ」

しかし、ぼくは答えがほしくてたまらなかった。それまでの二十年間、ずっと心を占めていたひとつの問いに、ついに確実な答えが出るかもしれない、それも明日か、遅くとも明後日までに――ということしか、考えられなくなっていた。「あとで」という言葉は、ぼくにはブラックホールのように思えた。

ムハンマド・イスマイールがもどってくると、ぼくはその記者の名前と電話番号をきいて、メモしながらいった。「ご要望にこたえられるかどうか、わかりません。あなたがたが求めていらっしゃることは、すでにやったことばかりです。自分自身とカイロにいる家族を、なぜこれ以上さらしものにするよう要求されるのか、理解できません」

「あなたのご家族の安全は、サイフが個人的に保証します。エジプトにいらっしゃるご家族には、だれも接触しません」

「サイフにそんな保証ができないことは、あなたもご存じでしょう。やはり、二、三時間、考える時間をください。そのあいだにサイフに電話して、ぼくがためらっていると伝えてほしい。彼が求めていることはすでに何度もやっているということも」

そのエジプト人記者について調べると、間違いなくサイフのいいなりに動く男だということがわかった。ヒューマン・ライツ・ウォッチのカイロ支局長からは、「その男が、あなたの話したとおりに記事を書くという保証はありません。わなですよ」といわれた。

イスマイールに会った二日後、ナイロビへ飛ぶ旅支度をする傍ら、サイフ宛てにメールを送り、イスマイールへもコピーを送った。そのメールのなかで、ぼくはあらためて、父の件についてぼくが書いた記事を載せた、エジプトの新聞、数紙の名前をあげた。それらの記事でぼくは、父の拉致にエジプトが関わっていたことを詳細に述べている。したがって、いま何らかの行動を起こすべきなのはそちら側だと、ぼくはサイフへのメールに書いた。

「われわれは不当な扱いをあまりに多く受けてきたので、これ以上危険を冒すよう求められても、応じるわけにいきません。しかし、あなたがたにとっては、わたしたちの苦難に向きあい、それをわずかでも軽減する好機です。真実を教えてください」

ぼくは憤っていた。しかし、同時にほっとしてもいた。母に悪い知らせを伝えずに済みそうだったから。

18　行儀のいいハゲワシ

ぼくの乗った飛行機は、夕方、ナイロビに着いた。母と狭いフラットで夕食をともにしたあと、話しているうちに真夜中になった。母は毎年何ヵ月か、ここで暮らしている。昔から自然が大好きなのと、母の兄のスライマーンが四、五十年前からケニアに住みついているためだ。母のフラットは、いかにも休暇用の住居らしく、陽気でニュートラルな雰囲気に包まれていた。やがて、ぼくも母も眠りについたが、母は午前二時になると起き出した。コーヒーをいれている物音。それから、パンを焼いている気配。一時間後、母はジヤードを迎えに空港へ行き、午前五時頃、ジヤードを連れて帰ってきた。ジヤードはベッドにいるぼくのところに来て、片側の頰に五、六回キスをした。

少しすると、ジヤードはぼくの隣に横になった。母はソファで寝ようとしている。

「そんなところじゃ、眠れないだろう？」ジヤードが母にいう。

「大丈夫よ。あなた、パジャマはいらない？」

「いらない」

母はすぐにまた、「パジャマはいらない？」ときいた。

「こんな時間に着くとは、参ったな」とジャード。「朝でもなければ夜でもない。イギリス人が『墓場の時間』と呼ぶ時間帯だよ」

「まあ、陰気くさい」と母。「そういえば、『墓場の仕事』とかいう言い方もイギリスにはあるんじゃなかった?」

「墓場の時間」ジャードは繰り返した。

そのあと、三人とも眠ろうとしたが、母は黙っていられないようで、フライトはどうだった? ほんとうにパジャマはいらない? 寒くない? 毛布を持ってこようか? などと、ぼくたちにしきりにたずねた。ずっと息子たちに会えなくて寂しかったのだ。三人とも、互いに会えないのを寂しく思っている。いつかはまた同じ国に住めるかもしれないけれど……。

長い沈黙のあと、ぼくは闇のなかでそっと起き上がると、母のところへ行った。

「ジャードの隣で眠りなよ」とささやく。

「いいのよ」と母。

「言い争ってるとジャードを起こしちゃうからさ」

「わかったわ。いい考えがあるの」

母がどうするつもりかわかったので、とりあえず好きにさせることにして、ぼくはトイレに行った。もどってくると、母はもう、床にクッションを並べてその上に寝ていた。ぼくは素焼きタイルの床に座って、母に話しかけた。

「母さんがベッドに行くまで、ここを動かないからね」

母は起き上がった。

「枕は裏返しておいたから」とぼく。

「そう。でも、そんな必要なかったのに。あなた、もうひとつ枕があったほうがいいんじゃないの？」

「いや」

「はい、どうぞ」母はそういうと、ぼくの横にそっと枕を置いた。ひんやりとした白いものが体にふれた。

すきま風が入ってくる。ぼくは母とジャードの寝息が深くゆっくりになるまで待って、母が使っていたクッションを全部、すきま風の来ないところに並べかえ、横になった。


カーテンごしにまぶしい日差しを感じて、起き上がった。母とジャードはぐっすり眠っている。ぼくは着替えて、そっとフラットを出た。

ケニアの土はインク壺のようだ。剝き出しの足にも、自動車のタイヤにも、木の幹にも赤茶色のしみをつける。そして、土のほかはすべてがみずみずしい緑色だ。空は低く、あざやかな青。強烈に降りそそぐ日差しは、音さえ立てていそうだ。

ぼくがカフェにいると、しばらくして母とジャードがやってきた。三人で昼まで、プールのそばでパッションフルーツのジュースを飲んで過ごした。プールを囲むように生えている木々はミナレット〔イスラーム寺院に付属する高い塔〕よりも高く、その下にいると劇場のアーチ型天井の下にいるような気がした。話題にのぼるのは、この国の美しさやジャードの子どもたちのかわいらしさ。互いのおろしたてのシャツやかっこいいサングラスを、からかいあったりもした。それから写真を撮りあった。

三人ともあきらかに、何をしたらいいのかわからないでいた。ここナイロビは、一九七九年にぼくたち一家がリビアから逃れて最初に落ち着いた街、いわば最初の流刑地だ。そして、ぼくたちはふたたび、この街に慰めを求めていた。

午後になると、母はなかにもどったが、ジヤードとぼくはプールサイドに残った。日が強いので、高い木の枝葉がつくる半透明の天蓋の下に移ったが、木陰とは名ばかりで、影は素肌にまとった絹程度だった。先ほどからはるか上空に浮かんでいたワシが、舞い下りてきてその木の枝にとまり、ゆっくり翼をたたむと、それにこたえるかのように周囲の葉がちらちら光った。ワシはとても大きくて、そんなに高い木にさえ不釣り合いに見えた。

突然、何の前触れもなく、太い枝が一本落ちてきて、ジヤードとぼくのデッキチェアのあいだの小さなテーブルを直撃した。ぼくが肌身離さず持ち歩いている携帯電話が吹っ飛び、下に落ちてパーツがばらばらに散った。ぼくはそれを拾い集めながら、太い枝がもう一本、音も立てず、兄とぼくに向かって落ちてくるんじゃないかと思った。ウェイターがあわててやってきて謝り、ぼくたちの持ち物を、日なたに並んでいるふたつのデッキチェアのほうへ運んだ。そこなら、枝が落ちてくる心配はない。

「ひょっとしたら死んでたかもしれないぞ」ジヤードがいった。

ぼくはあたふたと携帯電話のパーツを元にもどした。電源を入れ直し、じっと見ていると、画面が明るくなった。

「それほど太い枝じゃなかったよ」ぼくはいった。

「ああ、それにしてもびっくりした。あと二、三センチ、どちらかにずれていたら……」ジャードは続きをいってほしそうだったが、ぼくが黙っていると、「そう思わないか？」といった。

「うん、その可能性はあったね」

プールで泳いでいた女性のひとりが、さっきの出来事を見ていたはずなのに、あの木の下にタオルを広げて寝そべった。そのまぶしい素肌が、恐ろしく無防備に見える。

「注意してやったほうがいいかな？」とジャード。

「けど、見てたはずだよ」とぼく。

「それでもさ」

結局、ふたりとも動かなかった。大きなワシはまだあの木にとまっていたが、ぼくたちはしばらく黙ったまま考えをめぐらせるうちに、面識のない半裸の女性のところへ行って本人も承知している危険について警告するのは、でしゃばりすぎか、偉そうに見えるだけだという結論に、それぞれ達したようだった。それに、自信たっぷりの彼女は魅力的だと、ふたりとも思っていた。おそらく、状況が違っていれば、ジャードもぼくも同じように落ち着きはらって、あの場所にとどまっていたかもしれない。大枝が地面に落ちてくるなんていう稀有なことが、二度も続けて起こるわけがないと確信して。

ぼくはワシの動きを目で追いながらいった。

「わからないな。なぜワシはこれほど尊ばれるんだろう。アメリカは一ドル硬貨のデザインをワシにしているし、ぼくたちアラブ人もワシが好きだ。だけど考えてみると、ワシの生き方って卑怯だよね」

「ワシは強くて誇り高い生き物だ」とジヤード。

「強くて誇り高いけど、卑怯でもある」とぼく。「動物の子を、母親のいないすきに襲うんだから」

「敏捷で、動きが驚くほど正確だし、ハゲワシと違って自分が狩った獲物しか食べない」

「いや、ハゲワシのほうがずっと立派さ」

「なぜそう思うんだ?」

ぼくはこたえようとした。ハゲワシのほうが行儀はいい、なぜなら、確実に死んでいるものしか襲わないから、などといおうとしたのだが、じつはそんなことはどうでもいいのだと気づいて、やめた。そのうちに、父がよく暗唱していた、ワシの気高さに関する詩を思い出した。ぼくがずっと持っている、ある写真のことも考えた。父が、腕にとまらせたワシの目をのぞきこんでいる写真だ。ふと思った。上空のワシは父の化身ではないのか? だから、太い枝をぼくの携帯電話に命中させたのでは? しかし、そのことはジヤードには話さなかった。父は死んだとぼくが思っていることに、気づいてほしくなかったのだ。ジヤードは、弟は口にする以上のことを知っているんじゃないか、ムハンマド・イスマイールから何か決定的なことを聞いているが兄と母を悲しませないよう黙っているのではないかと、恐れていた。だが、じつのところ、その時点では、ぼくも父が死んだとは信じていなかった。ただ、生きているとも思っていなかった。

その翌日、父が失踪した「記念日」の前日、ぼくの携帯電話に不在着信があった。相手の番号を見ると+55で始まっていて、調べたら、それはブラジルの国番号だった。着信の番号にかけると、ムハンマド・イスマイールが出た。

「ブラジルはいかがですか?」ぼくはたずねた。

「なぜブラジルにいるとわかったんです?」イスマイールが不審そうにきいてきた。

「国番号から」

「ああ、なるほど。ところで、サイフと話しましたが、やはり、先日お願いしたとおりにしていただくしかないといっています」

「ぼくのメールを見たうえで、そういっているんですか?」

「どのメールでしょう?」

「あなたにメールを送りましたよね。そちらの要請にこたえかねる理由を詳しく説明して、父の拉致にエジプトが関与していたことも最近書いたと知らせるメールです。『アル・ドストゥール』紙が、ほんの二週間前に大きな記事を載せています」

「わかりました。そのメールを見て、またお電話します」

「記念日」の晩は、母のフラットに集まった。スライマーン伯父もやってきた。母は午後じゅうかけてワライナブ〔米飯などをブドウの葉で包み、スープで煮た料理〕をつくり、丸い大皿に並べて、手づくりのパンと一緒に出してくれた。それをみんなで苦しくなるまで食べたあと、ソファに移って、タバコに火をつけた。ふいに、集まった理由を意識せざるを得なくなった。そして、あの出来事を記念するためにぼくたちがどうしたかというと——それがどんなふうに起こったか、繰り返し語りあった。みんなで出来事の経緯をたどるたび、だれかが新たな事実を思い出した。それから、脇筋のような、別の話もいろいろ語りあった。それらは川の支流のように、いったん本筋から外れるものの、またもどってきた。ぼくたちはいわば、犯行現場の周辺をさまよう目撃者だった。何度経緯をたどっても慰めは得られず、午前三時まで語りあった。二日もすれば、みんなそれぞれ違う国にいるだろうとわかっていた。その後の数日間、ぼくたちは毎日、電話をしあった。ときには日に二度、三度と電話で話すこともあった。

19　談話

ムハンマド・イスマイールから、十日ぶりに連絡があった。「サイフは、お願いしたとおりにしてほしいといっています。そうしていただくほか、ありません。要求をのんでいただければ、情報を提供できるかどうか検討します」

「同じ要求を繰り返すばかりで、こちらの懸念は無視ですか。もうこれ以上、家族をどんな危険にさらすのもごめんです。サイフに伝えてください。ぼくたちをこれ以上苦しめずに、真実を教えてほしいと」

「伝えます」

それから数ヵ月、何の返答も得られなかった。やがて、六月十六日の晩、サイフと初めて会ってから五ヵ月たった頃に、マフムード叔父の息子のハミードが電話してきた。「父からの伝言です。『状況はこれまでで最悪だ。水さえ、金を払わないと飲めない。刑務所の看守に動物のように扱われている。食事は食えたものじゃない。一週間以内になんとかしてくれ。状況が好転しなければ、ハンストに入る』。以上です」

その夜は眠れなかった。朝になるとすぐ、サイフに電話したが、出なかった。アムネスティ・インターナショナルとヒューマン・ライツ・ウォッチに連絡して、何らかの対処をしてもらえるか、たずねた。そしてまたサイフに電話したが、だめだった。そのあと、アル・ホウニーにかけると、彼は電話に出て、同情を示し、サイフに話してみるといった。ぼくはもう一度サイフの番号にかけて、留守電を残し、同じ内容のメールも送った。「アブサリム刑務所に収監されている親戚が健康を損ねている。じき、ハンストに入るといっている」と。

その二、三日後の真夜中過ぎに、サイフからこんなメールが届いた。

「今日は誕生日なんだ☺」

さらに二日後、またメールが来た。「明日、電話をもらえないか? 話がある」電話すると、サイフはいった。「あんたの親戚は他の刑務所に移送されて、近いうちに釈放される。親父さんに関しては、こちらで手筈を整える。まだやってもらうことがある。信じてほしい。この件で、こっちが得をすることはない。むしろ失うもののほうが多い。立場が逆なら、あんたは関わらないだろう」

「『男は行動が肝心』」ぼくはいった。

「信じてくれ」

その数分後に、サイフからこんなメールが届いた。「肝心なのは、したくないことはいっさいしないということだ──モシェ・ダヤン〔イスラエルの軍人・政治家〕」

ぼくも返した。「あなたがこの世で見たいと思う変化に、あなた自身がなりなさい──マハトマ・ガンジー〔インド建国の父〕」

するとサイフは、「;-)」という顔文字だけを返してきた。

それから何週間も音沙汰がなかったので、こちらから電話して、いった。

「この件を真剣に受けとめていないんだろう。信じろといっておきながら、いつになっても知っていることを教えようとしない」

サイフは大声になった。「込み入ってるんだ。すごく大勢の人間が関わってる。情報機関やら、エジプト人やら……」

ぼくはさえぎるように「サイフ、サイフ」と呼んだ。

「何だ？」サイフが怒ってどなる。

「回線に問題がある。悪いが、かけ直してくれ」ぼくはそういって、すぐに電話を切った。

サイフはすぐにまた電話してきて、同じことをいったが、口調はずっとおだやかになっていた。作戦成功だ。ぼくはいった。

「きみは勘違いしている。きみから何かをもらおうなんて、思っていない。何をもらったところで、ぼくの持っているものが増えるわけでも減るわけでもない。ぼくにとって父は、頭に載せた王冠のような存在だ。むしろ、こちらから、きみにチャンスを差し出そうとしているんだ。ぼくたちをこれ以上苦しめずに済むチャンスを。それに、これはぼくのためというより、きみ自身のため、歴史のためだ。いずれ、歴史が判定を下す。だから今後、ぼくに危険を冒すよう求めるのはやめてくれ。ぼくはこれ以上、一歩も進まない。きみが知っていることを教えてくれるまでは」

二、三日後の真夜中に、サイフが電話してきた。明るく友好的な口調だった。イギリス政府に、ぼくの父についての情報を要求する書簡をリビアの外務省に直接送るよう、依頼したという。

「そっちからも外務連邦省に頼んでくれないか？　早急に対処するようにと。連中がその書簡を送りしだい、こっちも約束を果たす。厄介なことになるだろうがね」それから、皮肉でも何でもない調子でいった。「見返りは求めない」

ぼくは外務省に連絡をとり、二、三日後にはリビア局事務官のデクラン・バーンとその同僚の女性、フィリッパ・ソーンダーズに会っていた。ふたりによると、中東担当大臣のアリステア・バートが、最近、リビアの外務大臣であるアブドゥル・アティ・アル・オベイディーと会見し、デクランも同席したという。イギリス側がジャーバッラー・マタールについてたずねると、リビアの外務大臣は質問をよく聞いていたものの、何もこたえなかったそうだ。

ふたりはまた、サイフが要請した書簡はまさにその日、首相のオフィスからリビア大使館に送られたといった。

それからふたりは、ざっくばらんな口調になった。デクランによると、イギリス政府とリビアとの関係は、いわば「互助的な関係」だという。

「リビア側から見れば」とフィリッパ・ソーンダーズがいった。「飴をもらうけれど、鞭はほとんど受けないということです」

「互助的な関係」という言い回しから思い出したのは、かつてマーガレット・サッチャー首相が南アフリカのアパルトヘイト政権との友好関係を擁護するときに使っていた、「建設的な関係」という言い回しだった。

「それで、イギリスはリビアにどんな飴を与えようとしているんです？」ぼくはたずねた。

ふたりは顔を見合わせたが、やがてフィリッパがいった。「だれもが即座に思い浮かべるようなものとは違います。貿易、専門技術、教育といったことではなくて、たとえば、デイヴィッド・キャメロン首相がリビアを訪問してアフリカ民族会議に出席するというようなことです。しかし、カダフィがイギリスに何より求めているのは」フィリッパは頬を少し赤らめた。「王室差し回しの金の馬車に乗って、ペルメル街〔バッキンガム宮殿に近い通り。パレードのルートになっている〕を走ることです。すでに何度か、女王への謁見を要請してきているんです」

「しかし、全体的に見て」デクランが横からいう。「リビアがイギリスに求めているのは、国際社会に受け入れられるための下地づくりです」

ぼくはふたりにたずねた。サイフが喜んでぼくに力を貸そうとしているように見えるのはなぜでしょう？　と。

「改革者に見られたいのでしょう」とデクラン。その声に退屈そうなひびきを感じずにはいられなかった。

フィリッパが言い添える。「カダフィの息子たちのなかでサイフだけは、リビア国内での実績がとても少ない。おもな手柄は、西洋におけるものですからね。そのギャップを埋めるため、常に、自分はリビア人のなかでもましな人間で、改革者であり革新主義者なのだと示そうとしています。今回の件は、サイフにとって好機なのでしょう。とりわけ、アブサリム刑務所に関係している点と、それゆえ暗黒時代から一歩前進したとみなされる点において」

「ぼくの父は、アブサリム刑務所での大虐殺で死んだと思いますか？」

「それに関しては、わたしたちにもまったく情報がないのです」とフィリッパ。「正直な話、サイフなり、リビアにいるほかのだれかが真実を知っているかどうかということも、わたしにはわかりません」

ぼくは外務省を出るとすぐ、サイフに電話した。

「そっちが要請して外務省に書かせた手紙は、今日、ロンドンのリビア大使館に届いたそうだ」

「そうか、それはよかった、よかった」とサイフ。

それが二〇一〇年八月のことで、以後、サイフとも、彼の取巻きとも接触のないまま、翌年の一月二十七日を迎えた。その少し前にチュニジアの政治状況が大きく変わり、同時にぼくたちが未来と自分自身に期待できるものも大きく変わった。その変化が起こっている場所は、トリポリからわずか七百キロ西だった。何千人ものチュニジア人が、首都チュニスの大通り、ハビーブ・ブルギバ通りに集まって、歌い、民主主義を要求したのだ。彼らの運動は成功をおさめ、二十三年間続いた独裁政治を平和裏に終焉に追いこんだ。そしてエジプトでも、同様の運動が活発化していた。サイフが電話してくる二日前には、カイロのタハリール広場にデモ参加者があふれた。リビアと国境を接するふたつの国で、民衆が立ち上がったのだ。後もどりできない動きが始まっていた。

一月二十七日、電話に出ると、サイフがいった。「飛行機に『ザ・ニューヨーカー』っていう雑誌があって、あんたの短編小説が載ってたよ」

「読んだのか？」

「いや、短いフライトだったんでね。ところで、約束したファイルの用意ができたので、シェイフ・スラビーに届けさせる。彼のことは知ってるか？」

「いや」

「シェイフ・スラビーだ」もう一度いえば少しは思い出せるだろう、とでもいいたげだ。「ほんとに知らないのか？」

「名前をきいたこともない」

「彼から連絡が行くはずだ。すべて渡してある」

「いつ受け取れる？」

「すぐだよ、すぐ」

「いま教えてくれ」

「スラビーからの連絡を待て」

ぼくは、刑務所にいる親戚の件はどうなったか、たずねた。

「こちらは現在、戦闘中だ。これからも戦い続ける」検察官から釈放命令が出たものの、拒否されたのだとサイフはいった。「だれか上の人間が拒否したんだ。しかし、できることはすべてやる。その件はじきに解決するはずだ」


それから六日後の真夜中に、サイフが電話してきた。

「知らせは聞いたか？」

「いや。どんな？」

「あんたの親戚、釈放されたよ」

「もう家にもどったのか？」

「今夜か明日にはもどる。もう大丈夫だ」

「それはすばらしい。ありがとう」

「それと、あんたの家の件にも取りかかった。家を乗っ取った連中と話して、叱りつけた。こっちもじきに解決するだろう。両方とも、見返りを期待せずにやった。倫理上の義務だからな。あんたにはサイフのために祈ってほしい。サイフの幸福を祈ってほしい。それだけだ」

「きみの人となりの証明になるさ」ぼくはそういってから、エジプトで起こっていることについてどう思うか、たずねた。

「いいことだ。もう潮時だからな。みんな、自由のない生活にがまんできなくなってる」


それから十八日後の、二月二十日、サイフはトリポリでテレビに出演した。彼の背後には世界地図があった。すごく大きな地図なので、彼のスキンヘッドが覆いかくせるのは南アフリカだけだった。サイフは椅子に前かがみにかけていた。「フランス領南方・南極地域」として知られる小さな島が、かなり大きな斑点として彼の左肩のそばに映っていた。サウスジョージア島とサウスサンドイッチ諸島が、彼の右肘をさしているように見える。彼自身は南極海に沈んでいた。画面の下のほうに「エンニニア、サイフ・アル・イスラーム・ムアンマル・カダフィの談話」と数分にわたってテロップが出ていたが、ようやく「エンニニア」が「エンジニア」と訂正された。

サイフは、リビアの民衆の蜂起を、海外に住むリビア人のせいにしていた。

「ときには、わたしも心から率直に語らなければなりません。抵抗勢力の人間が数名、海外に住んでいることを、われわれは把握しています。何たることでしょう。リビア人でありながら、われわれに敵対する連中がいるとは。彼らには、リビア国内に友人、知人、助力者、協力者がいます。そして、エジプトで起こったことを真似ようとしたのです」

サイフはときどき、ズボンがきつすぎるかのように腰を少し動かしたり、ジャケットの襟を引っ張ったりした。同じことを繰り返しているのだが、あいだに長い沈黙が挟まるので、この男はほかのだれにも聞こえない声を聞いているんじゃないかと思えてきた。たとえば、この談話の前に会った父親の声とか、かつては彼のことを信じていた者たちの声とか。サイフは表現を変えて同じ主張を繰り返した。つまり、海外に住むリビア人が共謀して故国に敵対している、と。何をいうにも、幾度となく繰り返した。談話は三十八分間続いたが、その内容は三分あれば伝えられそうだった。それは、彼の父親の治世にふさわしい表現方法のように思われた。

談話のなかでいちばんおもしろかったのは、サイフが予言めいたことを語り始めたときだった。自分のいうとおりにしなければ、内戦、破壊、集団移民といった悪夢が待っていると、聞く者が不安になるほど具体的に、脅すように語ったのだ。結局、彼が予言したとおりの殺《さつ》戮《りく》が行われることになるのだが、その理由は見かけとは違う。サイフは、おそらく大多数の人々よりもよく知っていたのだ。自分の父親が四十二年間かけて築いたシステムは、「ほかに選択肢はない」というもろい前提のうえに成り立っていたということを。しかし、民衆は自分の意見を主張するようになっていた。まやかしの壁を突き破ったのだ。後にサイフやカダフィ政権を惜しんだ人々もいたが、それは灰を見て「火のほうがいいのに」というのと同じことだ。カダフィの失脚に続いて起こった悲惨な出来事の数々は、革命の理想ではなくカダフィの独裁政治と性質を一にしている。ぼくたちは子どもの頃から、カダフィ政権の掲げるモットーをたたきこまれ、学校で何度も教えこまれた。それがぼくたちの教育を形成していた。「家は、そこに住んでいる人のものである」というモットーによって、私有財産を盗むことが合法化され、法はときに無視できるとぼくたちの多くは吹きこまれた。「人民が支配する。代議制の政治は民主主義ではない。民主主義は人民支配によるべきであり、人民は武装しなくてはならない」これが、一九六九年から二〇一一年にかけてぼくたちを絶えず苦しめてきたモットーだ。二〇〇九年、ラリー・キング〔アメリカのトーク番組の司会者〕がサイフ・アル・イスラームの父親であるムアンマル・カダフィに「最も誇りとする業績は何ですか？」とたずねると、カダフィは「人民支配を実現させたこと」だとこたえた。

　テレビでサイフが話すのを見ていると、まるで仮面をはがすところに立ち会っているような気がした。少し前にデモの参加者がリビアの当局に殺される事件があったが、サイフは犠牲者たちの家族に謝罪もしなければ、弔意を表すこともなかった。

「八十四人が死んだといって泣いているが」サイフは軽蔑をこめていうと、カメラに向かって人差し指を振ってみせた。「じきに、何十万人もの死に涙することになる。血の川が何本も流れるだろう」サイフは、リビアが自分たち一族の私有地であるかのように話し、「この国は、われわれのものだ」といった。

その談話のあと、サイフは、父親の残忍な軍事行動に加担して、反体制派をつぶしにかかった。数日後、サイフの側近のアル・ホウニーがローマからぼくに電話してきた。

「サイフがテレビで話したのを見ましたか？」

「ええ。原稿はあなたが書いたんですか？」

「まさか。わたしは大変失望しています」

「ムハンマド・イスマイールはどうしました？」ぼくはたずねた。

「あの犬ですか。ベンガジの抗議者を、先頭に立って襲っていました。――サイフに関する記事を書いたんですが、お送りしてもいいですか？」

興味がありすぎて、断れなかった。アル・ホウニーはその午後のうちにふたたび電話してきて、感想を知りたがった。ぼくはいった。

「タイミングがよすぎる気もしますが、あなたがついに立場を明確にされたことは評価します。しかし、正直にいって、あなたの記事は感傷的で、個人的な失望を強調しすぎています。自分には責任はないといわんばかりだ」

「サイフはわたしにとって息子も同然でした。信じていたんです」

「しかし、こうしたことは構造的な問題でしょう。それに、あなたも、彼が自分の劇場をつくりあげるのに手を貸したひとりだった。彼は独裁政権を代表する人物で、あなたはそれを終始知っていた。いま必要なのはこのような嘆きではなく、率直な言葉です。ご自身が判断を誤った、その責任をとる必要があります。たとえば、金はどこから出ていると思っていたんですか?」

「金、というと?」

「サイフが、あなたを自家用ジェット機であちこちに行かせるためや不動産をあれこれ購入するのに使った金のことです」

「サイフは、リビアの国民からは一ペニーも取っていません。取っていたとしても、わたしは知りませんでした」ムハンマド・アル・ホウニーはいった。

「わからないんですか。それこそが問題なんです。ぼくにはとうてい信じられませんよ。ハチミツ壺の中身をなめておいて、そのハチミツが盗まれたものだとは知らなかったふりをするわけにはいかないでしょう。それに、リビア投資庁のことや、サイフが投資庁を利用して自分の生活を潤していたことを、あなたがまったく知らなかったなんて、ぼくが信じると本気で思っているんですか?」

「そういうことは、いっさい知らなかったのです」アル・ホウニーはさらりといってのけた。自ら幻滅すると同時に相手をも幻滅させる口調で、誠実さと欺瞞《ぎまん》の両方をあらわにするとは、驚くべき才能だ。「サイフはビジネスで資金を得ているものと、ずっと思っていました。彼はノルウェーに水産会社を持っていたので」

「ノルウェーの水産会社ですか。そりゃいい」いまにも怒りが爆発しそうだ。「そういう欺瞞こそ、暴かれるべきなんですよ。リビアのためを思うなら、そういうことこそ、拉致や殺人といった犯罪よりも悪質なんだ。そういう、そういう……いっさいの嘘と欺瞞がね。最低だ。うんざりだ」なんとか冷静を保とうと、深呼吸をした。「いいですか、聞いてください」相手はもうしゃべっていなかったが、ぼくはいった。「何をしようと何を書こうと、あなたの勝手だ。ぼくが知りたいことは、ただひとつ。もう歴史が動いたのだから、教えてくれてもいいでしょう。ぼくの父はどうなったんです？」

「わたしは何も知らないんですよ」

それから約半年後、アブサリム刑務所の監房のドアが大槌で破壊され、ひとりで閉じこめられていた盲目の老人が発見されて、その老人がぼくの父の写真を持っているとわかったとき、ムハンマド・アル・ホウニーがまたも電話してきた。

「聞きましたか？　地下の独房から盲目の男が発見されて、その男はあなたのお父様の写真を持っていたというじゃありませんか。もしかしたら、お父様ご自身ということはありませんか？」

ぼくは何もこたえず、電話を切った。

20　何年何ヵ月

二〇〇九年に電話してきて、「地獄の口」で二〇〇二年にぼくの父を見たといった男が、ベンガジに住んでいることがわかったので、連絡をとって会う約束をした。そして当日、顔を合わせたとたん、互いに同じ思いで喜びあった。こうして堂々と、盗み聞きされる心配もなくリビアのカフェで話せるとは、まるで魔法のようですね、と。ぼくたちはタバコをふかし、語りあった。測量士同士が、ふたつの定点のあいだの距離を測っているような感じだった。定点のひとつは電話で話した二〇〇九年、そしてもうひとつはその時点での「現在」、二〇一二年の三月だ。後者は、未来への希望で明るく輝いていた。少なくとも、その時点ではそう思えた。そして、電話ごしに声を聞くだけでなく、現実にテーブルを挟んで座っているという事実、彼がテーブルごしに手をのばしてぼくの肩をつかみ、ぼくも同じことをして、その希望に満ちた日々にぼくたちの多くが感じていた、満ち足りた友情を交換できるという事実のおかげで、状況は暗い過去から確実によくなっているのだと、確信できる気がした。現在はふれることができて、リアルだった。過去、すなわちカダフィのリビアは悪夢で、ぼくたちはついにその悪夢から覚めたのだ。

父を見かけたときのことをもっと聞きたかったが、同時に、その話はしないのもいいかもしれないと、ひそかに思ったりしていた。そのふたつの思いのあいだでゆれながら、まるで昔からの友だちにするように、ぼくは、携帯電話に保存してある父の写真を見せましょうか、ときいた。

「ええ、ぜひ見せてください」彼はメガネを外して身を乗り出した。そして携帯電話の画面に顔を近づけたが、しだいにその表情は硬く、虚ろになった。

「この人がジャーバッラー・マタールですか？」

それは質問だった——たしかにそうだった——が、そのあとの沈黙のなかでぼくは、「なるほど、この人がジャーバッラー・マタールなんですね」というような意味合いなのかな、と考えた。あるいは、父の見た目が極端に変わってしまったので、父に会っても同一人物だとわからないのでは？　という、ぼくがずっと恐れていたことを、彼も逆のパターンで味わっていて、「おや、この人はずいぶん変わってしまったんだなあ」とひそかに思っているのかな、とも思った。

「この人はジャーバッラー・マタールではありませんよ」相手はついにそういって、椅子に背をもたせた。

「でも、ほら、これはもうずいぶん昔の写真ですから」とぼく。

「わたしが見かけた人とは、違います」彼はそう言い張った。

ぼくは、彼がもっとよく写真を見られるように携帯電話を手渡して、説明した。

「この写真は一九八〇年代に撮ったものです。あなたが父に会ったのは、この二十年くらいあとでしょう」

「そうだとしても」彼は首を横に振って、携帯電話を返した。「この人は、わたしが見た人とは違います」

「どういうことですか?」意図したより、声が大きくなった。

相手を緊張させてしまったのがわかった。

「きっと何か間違いがあったのかも。その……たとえば……」

彼を緊張させたら事実にたどり着けない、と自分に言い聞かせた。事実を知るには、この人にくつろいだ気分でいてもらわないと。ぼくはウェイターを呼んで、冷たい水をひと瓶とグラスをふたつ、エスプレッソをもう二杯、頼んだ。そして、目の前の男にタバコを渡した。ふたりとも黙ったまま、飲み物が運ばれてくるのを待った。そのあいだに、相手の気分も変わったようだった。

「じつは」と切り出した声に、かすかないらだちがうかがえる。「あの人がジャーバッラー・マタールだといったのは、わたしじゃないんです。わたしはもともと、あなたのお父さんの顔を知らなかった。気づいたのは別の受刑者です。その男がひとりの老人をさして、『あそこにいる人が見えるか? あれはジャーバッラー・マタールだ』といったんです。それで、わたしは釈放されると、あなたの電話番号をきいてまわった。いいことをしているつもりだったんです」

「感謝していますよ」ぼくはいった。「危険を冒して連絡してくださったんですから」

その場ですぐに別れてしまうこともできたが、ぼくは話題を変えて、世間話をした。世間話など、ふだんからまるで得意ではないのだが、相手の気持ちを楽にしてあげたくてたまらなかった。それに、自分を恥じてもいた。自分の父親の居場所がわからないことも、父親をさがすのをやめられないことも、逆に、もうさがすのをやめたいと思うことも、それぞれ恥ずかしかった。ぼくはべらべらしゃべり続けたが、二、三秒ごとに喉の筋肉がひきつり、唾を飲みこんだ。まるで、食べたばかりのものが食道を逆流してきているみたいだった。しばらくして、ようやく、ふたりとも立ち上がって別れの挨拶をした。

「お父様はきっと見つかりますよ」相手は、やけに楽観的な調子でいった。「どんなことも、いつかはあきらかになるものです」

ばかげたことを、といいたかった。よくもそんなばかげたことを、と。しかし、「そうですね」とこたえておいた。

彼が去ったあとも二、三分、カフェに残っていた。それから、ふらりと通りに出た。もう夜だった。夜でよかったと思った。一九九六年にアブサリム刑務所で大虐殺が行われて以後、父を見たといったのは、あの男ひとりきりだ。その情報をもとに積み上げてきたこと――ヒューマン・ライツ・ウォッチによる報告書、キャンペーン、サイフ・アル・イスラームとの交渉などがすべて、空しくてむごい冗談のように思えた。疲労の大波が体を突き抜け、いっそ泣けたらいいのにと思った。父はあの大虐殺で死んだのだという、すでに何度も味わった陰鬱《いんうつ》な感覚に包まれたが、ある意味、ほっとしてもいた。なじみのある感覚だから、というだけではない。希望よりも確信のほうがましだから、というだけでもない。父がほかの人たちと一緒に死んだのならいいと、ずっと思っていたからだ。父は、ほかの受刑者たちにやさしく接していたと思う。まわりの人を慰め支えようとする天性のおかげで、きっと忙しくしていただろう。気持ちを集中すれば、父の声が聞こえてくる。「みんな、まっすぐ立つんだ。苦あれば楽あり。苦あれば楽ありだ」それとは対照的に、父がたったひとりで死んでいった可能性を考えると、恐ろしくてたまらなくなるのだ。

海辺を歩きたくはなかった。のんびり散歩する気分ではない。にぎやかな街中にいたかった。騒音がひびき、人々が動きまわっているところがよかった。気がつくと、裁判所のそばにいた。二〇一一年二月十五日に、弁護士や裁判官が集結してデモを行ったところだ。裁判所のなかは、死者をまつる聖堂になっていた。子どもの頃、この廊下で、いとこのマルワーンやナーファとよく遊んだ。マルワーンたちの父親のシディ・アフマドはベンガジ高等裁判所の裁判官だったので、兄弟はここで遊びながら、父親が仕事を終えるのを待っていた。いま、その廊下の壁には、内戦で死んだ若者の写真を画像処理ソフトで加工したポスターがびっしりと貼られていた。いろんな年齢のときの写真を何枚か集めたものが多い。よちよち歩きの頃、制服を着て学校に通っていた頃、大学生の頃、戦士になってから、そして、帰らぬ人となったあと。そうした写真が順番に並んでいて、いちばん上にはその若者の名前が大きく書いてあり、「殉教者」という敬称が添えられている。こうしたものが公の場に展示されるのは、新しい傾向だった。それまでリビアでは、埋葬後一年が過ぎるまで、死者の写真は飾らない習わしだったのだ。写真を見ると死者を思い出す邪魔になる、あるいは、逆に死者をあまりに鮮明に思い出してつらくなる、というのが理由だ。それがいまでは、死んで間もない若い戦士の写真が巷にあふれている。わざわざ掲示板を借りて、死んだ息子のポスターを貼る家族もいる。忘れられていた古代の伝統が、暴力によって呼びさまされたかのようだった。まるで聖人の絵でも飾るように、戦死した若者たちの写真を飾っている。そこには、ついこのあいだまで独裁者の写真があった。厳しい表情のカダフィやほほえんでいるカダフィの代わりに、いまでは殉教者たちの写真が飾られている。

長い廊下の先にある広い部屋は、奇妙な雰囲気に包まれていた。自分以外にも複数の人間がいるときにだけ感じる類の静けさが、漂っていたのだ。しかし、ぼく以外にはだれもいなかった。四方の壁には、先ほど廊下で見たようなデザイン化されたポスターではなく、パスポートに貼るような写真がびっしりと並んでいる。どれも、何年も前に撮られたもののようで、レターペーパーくらいの大きさにひきのばされている。髪型から見て、元の写真は一九六〇年代から八〇年代に撮られたものだろう。そして、中央のテーブルいっぱいに、アブサリム刑務所の立体縮尺模型が置かれていた。その部屋は、アブサリム刑務所での大虐殺の犠牲者、千二百七十名を追悼するための場所だったのだ。十六年前のその事件をきっかけに、一連の出来事が起こり、ついにカダフィを失脚させた。ぼくはすぐにもそこから出ていきたくなったが、部屋に入った瞬間から、何かに体をがっちりつかまれたように感じていたのも事実だ。ひとりきりだったにもかかわらず、ぼくはそれらの写真に興味があるようなふりをした。あくまで、ひとりの傍観者として。写真の男たちの顔をよく見ようとしたが、なぜかぼんやりとしか見えなかった。父の写真があるかもしれない、と思った。だれか、ぼくよりも多くを知っている人がいて、父の写真をここに貼ったかもしれない。ここで父の写真を見つけて、それを貼った人に問い合わせれば、書類を手にできるかもしれない。ジャーバッラー・マタールは、一九九六年六月二十九日にアブサリム刑務所で虐殺された千二百七十人のうちのひとりだったと記した書類を。一九九六年のその日、ぼくは二十五歳で、その朝、理由は思い出せないが、なかなかベッドから出られなかった。自己憐憫《れんびん》にひたり、前の晩、金に困っていることを友人に打ち明けたことを後悔していた。そして、自分のフラットから歩いて十五分ほどのところにあるナショナルギャラリーに出かけた。その日、やはり理由はわからないが、ぼくは心に決めていた。ベラスケスが描いた愛の女神の絵、ぼくのなかに強い性的欲求を呼びさました「鏡のヴィーナス」を見るのはもうやめて、マネの未完の絵、「皇帝マクシミリアンの処刑」を見ようと。ぼくがそう思いながらナショナルギャラリーに向かったのとほぼ同じ時刻に、トリポリでは、処刑人と看守が巨大な墓穴を掘って、この壁に貼られている写真の男たちの死体をひとつ、またひとつと転がしては放りこんで、穴をいっぱいにしていた。ぼくは長いこと、ほとんど泣いたことがなかった。だから涙は、もはや目のなかではなく、腹のなかに溜まっているように感じられたが、その涙がいま、一気にこみあげてきそうだった。息ができない。壁のたくさんの顔が、こちらをじっと見ている。何列にも並んだ顔を見て、父をさがし始めた。そのとき、ひとりの女性が、隅の机に向かって座っているのに気づいた。さっきからずっとそこにいたらしい。彼女はぼくを見ていた。その表情には見覚えがあった。キャンペーンの協力者たちの顔に浮かんでいた表情だ。同情と慰めに満ち、根気強さを感じさせる。ロンドン、パリ、ハーグ、ストックホルムのボランティアたちも同じ表情をしていて、ぼく自身よりも手紙をたくさん書き、毎週、リビア政府に送ってくれた。そうして十年、十五年、二十年にわたり、ぼくの父の所在を問い合わせ続けてくれた。請願書に署名をして、地元選出の議員に圧力をかけてもくれた。いま、目の前にいる女性にも同様の、こちらが求めていない同情と鍛えられた意志が見えた。同時に自分のなかにも、そういう人たちに対して抱いてきた友愛と戸惑いを感じた。そういう人たちから、いまでも葉書をもらう。アムネスティ・インターナショナルのオランダ支部は、会員にぼくの住所を知らせている。その住所は少し間違っているのだが、いまでは郵便配達員も、ぼくに宛てたものだと承知している。その人たちからの葉書には、まったく同じメッセージが綴られている。「ヒシャーム、わたしたちは、お父様のために真実と正義を求めるあなたのキャンペーンを支持します。あなたの成功を祈ります」と、子どもも大人も手書きしてくる。葉書を裏返すと、きれいな景色の絵葉書だったり、自宅のプリンターで印刷したらしいラッパズイセンの写真だったりする。子どもが描いたハートの絵にラメが貼ってあるものもあって、ラメが指につくと、手を二、三回洗わないと取れない。ほかに、アルプスを描いた水彩画もあれば、白地に、年配の人が書いたらしい少し震え気味の丁寧な手書き文字がびっしり並んでいることもある。そんな葉書を書いて午後を過ごすしかないなんて、気の毒な子どもたち、気の毒な人たちだ。そうした葉書をどうすればいいのか、ぼくはまったくわからない。しばらく引出しに入れておいてから、まとめて捨てるのだが、後ろめたい気持ちになる。裁判所のその部屋にいた女性に対しても、ぼくは同じような困惑を感じた。

「どなたか、お知り合いの方がいらっしゃるのですか?」そういう人に特有の、少し憐れむような口調で、その女性がきいてきた。

「父です。しかし、ここに写真はないようです」

「ここにいらっしゃるのは」写真を見渡しながら、女性はいう。「犠牲者のごく一部なんです。目標は、全員の写真を展示することです」ぼくが何もいわないでいると、つけくわえるように「いつかは」といった。

「なるほど」

「お父様のお名前は？」

「ジャーバッラー・マタールです」

「ジャーバッラー・マタール」彼女は復唱すると、目の前の机にきちんと並べて置いてある書類を見た。「聞いたことがあるような気がします。ジャーバッラー……マタール……」指でリストをたどっていく。

あるかもしれない、とぼくは自分に言い聞かせた。父の名前があるかもしれない。

やがて、彼女がいった。「この記録にはないようです。ここに載っているのは確認された犠牲者の方だけなんです。もちろん、ほかにも大勢、まだ確認されていない犠牲者がいらっしゃいます。わたしの甥もあの虐殺で死んだので、わかるんです」

「それはお気の毒です」ぼくはこの女性のことをすっかり誤解していたようだ。「ほんとうに、お気の毒です」

「そちらこそ」

また涙がこみあげてきた。何もいわず、深呼吸をする——と、こらえることができた。しかし、自分はほんとうに泣きたいのか、と疑うのが最も効果的だ。猜疑心を抱けば、たいていは泣かないで済む。

「何か情報はあるのですか?」彼女がきいてきた。

「いいえ」

「お父様があの虐殺で亡くなったのは、確かですか?」

「いいえ」

「いつか、わかるといいですね」

リビアで、ぼくにこういった人は初めてだった。だれも、わかるといいね、とはいわず、きっとわかるよ、というばかりだった。そう思ったとき、なぜか気持ちがゆるんで泣きそうになった。深呼吸をしたが、間にあわなかった。顔をそむけ、写真を見ているふりをした。腰の後ろで両手を組んだ。そして、ゆっくり歩きながら、並んだ写真の顔を見ていった。よく美術展で見かける、絵から絵へと、ほとんど間を置かず横歩きに移動していく人のように。一時間で最高五十枚くらいの絵を見て、大事なのは「見る」ことよりも「見た」ことだと思っている人のように。心臓が縮んで、小さくなるのを感じた。苦しみは心臓を縮ませる。これも、独裁政権の意図するところなのだと思う。ある男を消して黙らせるだけでなく、残された者たちの心を縮め、魂をゆがめて、想像力をしぼませる。カダフィは、ぼくの父を拉致したとき、ぼくのことも、父が投獄された独房と大差ない狭い場所に閉じこめたのだ。ぼくはそのなかを行ったり来たりした。一方には怒りが、もう一方には憎しみがあって、しだいにぼくの内臓は小さく硬くなった。だが、ぼくは若かったし、憎しみも怒りも若者が抱きやすい感情だったから、この変化はいいことだと自分に思いこませた。それは進歩といってもよく、活力に満ち強くなっているしるしだと。そうやって二十代の大半を過ごしたが、父を失って十二年たった、二〇〇二年の秋、気がつくとパリのアルコル橋の縁に立って、勢いよく流れる緑がかった水を見つめていた。小説の執筆が、うまくいっていなかった。下の流れに身を投じたいという欲求に圧倒されそうだった。水の底に沈んで、息絶え、永遠に消えてしまいたかった。そのとき、鐘が鳴りひびくようにあの言葉が聞こえたのだ。働いて生きのびろ、と。その翌日、小説の執筆が少しだけうまくいった。その後何日か、書くことに完全に没頭し、知らぬまにその本の世界にもどっていた。本を書くことで統制できる思考のなかに、本を書くことでリズムを保てる時間のなかにもどっていた。

アブサリム刑務所の壁のなかで何か恐ろしいことが起こっていたという事実が少しずつ知られるようになったのは、あの虐殺から数年あとのことだった。断片的な情報がもれ始めたが、どれも不完全で、すぐには全体像がわからないように細工されているかのようだった。ぼくもその話を耳にしたが、どう受けとめたかというと、煩雑な生活を送る人間が事実に気づくときの例にもれなかった。つまり、何度も繰り返し伝えられるまで事実だと気づかず、ようやくそうと気づいてからも部分的にしか理解できなかった。欠けている情報が多すぎて、欠落に気づくたび、説明し難い悲しみに襲われた。権力側は、このことを承知していたにちがいない。人間が本質的に疲れていること、ぼくたちが事実を耳にする覚悟ができていないこと、喜んで嘘を信じてしまうことを知っていた。そしてつまるところ、つらい事実なら知らないほうがいいと、ぼくたちが思っていることも。権力側はこう考えていたにちがいない。ことの成り行きから見て、世の中は犯人にとって有利にできており、事実が起こったあとで正義や説明責任や真実を求める者には不利にできていると。権力側から見れば、正義や真実を求めるのは哀れな試みにすぎないのだろう。しかし、死者、目撃者、調査者、記録者の側にしてみれば、その残虐きわまる「処刑」がなぜ行われたのか、どうにかして理解しようと試みずにはいられない。そこで各自が、自分なりの必要性に駆られ、信念や執念を持って、あちらへこちらへと突進した。ピクニックのあとに、アリがパン屑を求めて奔走するように。そうするうちに時が過ぎ、距離ははてしなく広がり、ぼくたちはそもそもの出来事から遠ざかってしまい、一日過ぎるごとに、何が起こったのか正確に理解することは難しくなった。それどころか、何かが起こったのだと確信するのさえ難しくなった。だが一方では、年を重ねるごとに、足跡を踏んでいくと足跡が深くなるように、逃れることも、それまでにつぎこんだ時間や労力を無にすることも難しくなった。とりわけ、その不当な行為に飲みこまれた大勢の人たちをあきらめるわけにはいかなくなった。しまいには、最初の喪失、あの出発点、人生が決定的に変わってしまったあの時点が、まるで生き物のように、それ自体の力と気質を持つようになった。その力は、欲望と同じで、抑えるほど強くなり、ついには愛情と怒りがきつくからみあって、ときにはどちらがどちらかわからなくなった。

二〇〇一年になると、平服の警官がリビアじゅうの家庭を予告なしに訪ねているという話を聞くようになった。その警官たちは、各世帯の「家族の本」を貸してほしいと求める。それは一種の法的文書で、家族全員の生年月日と、故人については死亡した年月日、死因が記されている。数日後、「家族の本」は返却される。それは一見、定期点検のようで、どうでしたかと問うと、警官も「ええ、不備はまったく見あたりませんでした」とこたえる。ただひとつ、訪問を受けた全家庭に共通しているのは、父親なり夫なり息子なりが、アブサリム刑務所に投獄されているということだった。

大方の家族が改変に気づいたのは、「家族の本」が返却されて数日たってからだった。聞いた話だが、ある家族の場合、気づいたのは二ヵ月後、赤ん坊が生まれたことを記すためにその本を開いたときだったという。投獄されている祖父の欄に、数年前に死亡したという書き込みがされていたのだ。また、ある女性の場合、「家族の本」を役人から返してもらって目を通したときには、何も変わっていないと思った。丁寧に調べたが、すべてもとどおりで、ほっとしたという。ところが、一週間ほどたって、なぜかわからないが真夜中に目が覚めて、公文書をしまってある引出しのところに行った。そして「家族の本」を見たところ、最初のときには気づかなかったことに気づいた。息子の名前の上に濃いブルーのインクで「一九九六年、自然死」と書かれていたのだ。彼女の悲鳴が家じゅうにひびいた。家族が制止するのも聞かず、彼女は通りに飛び出した。その日、彼女が叫んだ言葉すべてのなかで、だれもが聞いたという唯一の言葉、それは「何年何ヵ月」だった。その言葉を、何度も何度も叫んでいたというのだ。それは、息子なしで生きなければならない、これからの年月のことだったのかもしれない。あるいは、過去の年月、とくに一九九六年からこっち、ベンガジの自宅からトリポリまで、看守が息子に会わせてくれることを期待して、長い距離を通い続けた年月のことをいっていたのかもしれない。一九九六年以前は、息子との面会が許されていて、服、ビタミン剤、食べ物、歯磨き粉、アフターシェーブローションなどを差し入れることもできた。しかし、一九九六年以降、十二時間かけてトリポリまで行っても、息子に会えたためしがなかった。看守たちは心から気の毒がっているように見えた。面会は無期限で中止されているんです、といい、差し入れの品は息子さんに渡しますから、と約束した。そして必ず、また来月、来てみてください、といった。五年間というもの、毎月、彼女は料理をつくり、息子に贈るものを買っていたのだ。すでに死んでいた息子のために。手紙も、何通も書いた。息子に何を伝え、何をいわないでおくべきか、よく考えながら。それなのに、看守たちはすべてを受け取って、手紙は捨て、料理は食べ、ほかのものは受刑者に売るか、私物化するか、自分の子どもたちや友人に与えていたのだ。アフターシェーブローションや新しいパジャマは、息子の誕生日プレゼントにしたかもしれない。「何年何ヵ月」という言葉で彼女が訴えたかったのは、きっとそういうことだ。

それから間もなく、二〇〇一年以降、母親や妻がアブサリム刑務所の前に、息子や夫の額入りの写真を持っていすわるようになった。彼女たちの悲しみに注目する者はいなかったが、そうした女性はどんどん増えていった。そしてついに、人権問題を専門に扱うある若い弁護士が、独裁政権の意向に逆らって、アブサリム刑務所で虐殺された受刑者の遺族たちの代理人を引き受けた。その弁護士が二〇一一年に逮捕・拘留されると、遺族の女性たちはみな、ベンガジの裁判所までデモ行進をして、逮捕に抗議した。

その晩は、ダイアナと一緒にベンガジの街を散歩して過ごした。ぼくはダイアナが写真を撮るところを見るのが好きだ。静かに集中している姿がいい。ただ、彼女がカメラを構える姿に周囲の人たちが注目すると、いつも少し不安になった。ベンガジの人たちはあまり気にしていないようだったが、そんな状況もじきに変わってしまう。リビア人にしろ外国人にしろ、ジャーナリストは拉致や暗殺の主要な標的となるのだ。その結果、リビアで起こっていることの大部分は報道されず、ソーシャルメディアのウェブサイトを通じてしか、知ることができなくなる。

ダイアナは、オマル・アル・ムフタール通りから広場に入った。広場のまん中にタイル敷きの大きな三角形のエリアがあって、ベンチがいくつか置いてあり、ヤシの木が二、三本植わっていた。広場の四方には、低層のフラットが並んでいた。ダイアナは、その広場の何かにひかれていた。もともと、きれいな夕日を撮影するタイプの写真家ではない。もっと別の何かを求めている。ダイアナは広場のまん中に三脚を立て、大きな箱型カメラを広場の一隅に向けてセットした。夜に写真を撮ることは多いが、フラッシュもスポットライトも決して使わない。その晩、ダイアナは照度《ルクス》を測り、露光時間を決めると、まる二分間、指をシャッターに載せたままにしていた。それから念のため、あと二枚撮った。一分半のものを一枚、三分間のものを一枚。そのあいだ、ぼくはベンチに腰かけていた。家庭の営みの音がかすかに聞こえてくる。ナイフやフォークの音、テレビの音声、話し声などが、周囲のフラットの窓からこぼれてきた。別のベンチのまわりには、若い男が集まってタバコを吸っていた。ハシッシュのにおいが鼻をつく。突然、少年ふたり――まだ十歳にもなっていないだろう――が広場に走りこんできて、向かいあった。同じ年頃のほかの少年たちが、ふたりを取り巻く。リビアの縮図のように、肌の色は黒、茶、白とまちまちだ。そこへ、タバコを吸っていた男がふたり、ぶらりとやってきて、けんかが始まる前にふたりの少年を引き離した。その一連の展開には、妙に予測可能な雰囲気があった。まるで、あらかじめ用意されたパフォーマンスの一部のようだ。少年たちは四方八方に散っていった。

ダイアナが撮影を終えると、カメラや三脚を鞄にしまうのをぼくも手伝い、ふたりで広場を出た。そのときは気づかなかったが、あとをつけられていたらしく、オマル・アル・ムフタール通りを歩いているときに、後ろから少年に呼ばれた。

「あの、すいません」内気そうな子だ。「おじさんはジャーナリストですか？」よく見ると、さっき殴りあいを始めそうになった少年のひとりだった。やさしく、賢そうで、一度見たら忘れられない顔をしている。隣には別の少年が、その子を応援するみたいに立っている。

ぼくはこたえた。「いや、ジャーナリストじゃないよ。妻は芸術家で、ぼくは作家だ」

「少し前に、いなくなった人の家族のことをききに来た人たちの仲間？」

「違うけど、なぜ？　きみのまわりにもいなくなった人がいるのかい？」

「兄さんが……」

「年はいくつ？」

「二十五歳。二〇一一年三月二十五日のデモで、逮捕されたんだ」

「それは気の毒に」とぼく。「お兄さん、早く見つかるといいね」

「うん、ありがとう」

「ひどい話だよね？」

少年はうなずいた。

「どうしたらいいか、わからなくなるよね」

少年は目をそらした。何か前向きなことをいってあげなければ、とぼくは思った。

「だけど、神様を信じて、がんばって勉強するんだよ」

少年はまたうなずいた。

「ぼくの父さんもいなくなったんだ」

「神様のお導きで、お父さんが無事にもどってきますように」少年はそういうと、しばらく黙っていてから、きいてきた。「いつ、いなくなったの?」

「ずっと前だよ。一九九〇年の三月十二日」

少年はぼくを見て、また目をそらした。

いまの会話を英語に訳してダイアナに伝え、ダイアナがいったことを少年に伝えた。「きみのお兄さんがすぐに見つかるといいって、妻がいってる」

「奥さんはどこの人?」少年の隣に立っている、さらに小柄な友だちがきいてきた。

少年が、「失礼なことをきくなよ」という目でその子を見る。

「アメリカだよ」とぼく。

「アメリカ?」と、友だち。

きみの知り合いもだれかいなくなったの? とぼくはきいた。

「ううん」その子は、小さな手を左右とも拳に握ってTシャツの下に入れると、前に突き出した。

「それはよかった」とぼく。そのあと、少年も友だちも何もいわないので、「それじゃ、さよなら」といった。

「どこに泊まってるの？」と少年。

ぼくはホテルの名前を教えた。

少年は少し考えてから、「海の上のホテル？」とたずねた。

「そうだよ」

「わかった。おやすみなさい」と少年。

ぼくとダイアナは歩き出した。少し行ってから振り返ると、ふたりとも、まだ同じところに立っていた。ぼくは手を振ったが、ふたりは振り返してこない。ホテルにもどるまでに何度か、広場にもどって、何か理由を見つけてもう少しあの子たちと過ごそうか、と思った。ダイアナも同じことを考えていた。結局、その晩はもどらなかったが、翌日になってもその気持ちが消えなかったので、またあの広場へ行って、一時間ほど待ってみたけれど、少年たちは姿を見せなかった。

21 骨

ベンガジで過ごしたその時期、不思議とアジュダービヤーに愛着を感じることがよくあった。子どもの頃にはまずなかったことだ。その思いは年を経るごとに強くなり、子ども時代に住んでいたトリポリや、夏のあいだ兄のジヤードやいとこたちと過ごしたベンガジへの憧れよりも強くなった。少年の頃は全然好きになれなかった、質素で真面目なアジュダービヤーの町が、妙に懐かしくなったのだ。もし父が生きていれば、七十三歳になる。父との再会を想像するときに必ず思い描く背景は、父が拉致されたカイロの自宅でもなく（エジプトの裏切りを考えると、釈放後に父がカイロに住む気になるだろうかと、ときどき考えた）、自分が住んでいるロンドンでもなく、アジュダービヤーにある祖父の家だった。想像のなかで、父を実家に帰してあげている気持ちだった。父がアジュダービヤーを訪れるなら、昔、危険を冒してエジプトとリビアの国境を越え、祖父のハミードに会いに行ったときのように、こっそりと夜のあいだに行くのではなく、光あふれる昼間に堂々と行かせてあげたいと思っていた。

ぼくはベンガジからアジュダービヤーにもどった。このときはひとりだった。

今回リビアにもどって、最初にアジュダービヤーを訪れたとき、叔父のフマード・カンフォーレは留守だった。ぼくはフマード叔父の釈放を求めて長年運動してきたものの、叔父本人とは長らく会っていなかった。母の話では、叔父は芝居が大好きだったから、ぼくたち一家がカイロに住んでいた頃、叔父が訪ねてくると、母は少なくとも週に三回、叔父を観劇に連れていったそうだ。ナイル川の岸辺で、フマード叔父がぼくの母といとこのアリーと並んで、派手な馬車に乗っている写真がある。三人はもちろん、御者までが笑顔で、長い鞭を脇にまっすぐ立てて持っている。この写真を撮った数ヵ月後に、叔父とアリーは逮捕された。ふたりが投獄されていた二十一年間のあいだに、ぼくは五、六回、その写真を見た。当時、叔父は劇作家になるつもりでいた。いとこのアリーはデュッセルドルフ大学で経済学を修めてもどってきたばかりで、服装といい、背すじをぴんとのばして座っている姿といい、いかにもドイツ帰りらしい、かちっとした雰囲気を漂わせているのがおもしろかった。その次に見た、このふたりの写真は、彼らが釈放された日に撮られて、次の日にメールでぼくに送られてきたものだった。マフムード叔父、フマード叔父、いとこのアリー、サーレハが、刑務所の門の前に立っている写真だ。四人とも、アイロンのきいた清潔な服を着ている。そして、各自が二十一年分ずつ年をとっていた。髪に白いものが混じっているだけでなく、肌までが色あせたように見える。四人ともカメラのほうを見て、ほほえもうとしている。気分がよさそうに見えるよう、努めている。ぼくは自問した。それ以上の何を期待していたんだ？　喜びか？　しかし、とても手放しで喜べる状況ではなかっただろう。二十一年間も監禁されたのちに釈放されたら、どれだけ不当な仕打ちを受けたかが形になって表れる。釈放されて初めて、どんなに多くの時間が過ぎたか、どんなに世の中が変わったか、どんなに多くのものが失われたかに気づくのだ。しかし、それだけではないと、なぜか、その写真を見た時点でわかった。四人の様子が、どこかおかしかったのだ。

いとこのアリーには、ベンガジに飛ぶ直前、カイロで会っていた。アリーが短期間、カイロに滞在していたのだ。ぼくは電話で実家のフラットの場所を教え、通りの角で待っていた。ようやく会えると思うと、すごくわくわくした。やがて、アリーが車を運転してやってくると、彼もぼくと同じく、つい顔がほころんでしまうのがわかった。アリーは車を停め、ぼくたちは抱きあった。これが二十一年間監禁されていた体だ。これが、様々な国の政府やNGOに宛てた手紙のなかで、ぼくが繰り返し書いた名前を持つ体なのだ。ぼくたちはソファに並んで座って、昼食の時間まで話した。アリーは刑務所の暮らしについていろいろ聞かせてくれたが、いちばん印象に残ったのはラウドスピーカーの話だった。以前に父も、刑務所からよこした手紙の一通にそのことを書いていたが、詳しく聞いてみると、想像していたよりもはるかにひどかった。スピーカーは、廊下ではなく各房の高い天井に設置されていたという。受刑者には手が届かず、取り外すこともできなかった。スピーカーからは終始カダフィの演説が流れ、ときおり政権を讃えるプロパガンダの歌やスローガンが混じった。放送は毎日、午前六時から真夜中まで、最大音量で流れた。

アリーはいった。「音がでかすぎて、ときどき、何をいってるのか聞き取れないくらいだった。大音量で筋肉が震えるのがわかるんだ。よく、寝転んで、コンクリートの床に置いた小さな空のペットボトルが振動するのを見ていたよ」それから、たぶんぼくの気持ちを楽にするために、「けど、しまいには慣れるものさ」とつけたした。そのあとふいに、「ありがとうな」といった。

「何が?」とぼく。

「いろいろ、手を回してくれただろ」

アリーの口調には、複雑な気持ちがにじんでいた。心からの言葉だがすべてを語ってはいないような、感謝していると同時に悔やんでもいるような感じで、ちょうど、あの釈放の日に撮られた写真の雰囲気と似ていた。

その日の午後、遅くなってから、アリーはぼくがそれまで知らなかったことを話してくれた。アリーたち四人が、サイフの側近から釈放のことを知らされ、ようやく家に帰れるとわかり、「今夜は自分のベッドで寝られるぞ」といわれたあとのことだ。清潔な服とカミソリとシェービングクリームを渡され、ほかの受刑者たちに別れの挨拶をする時間ももらった。案内されて中庭を突っきり、大きなソファとアームチェアがいくつかあるオフィスに入って、ハッカ茶とコーヒーとタバコを振る舞われた。先方の態度は終始感じがよく、丁寧で、自然だった。ところが、釈放にあたってひとつだけ、条件があるといわれた。それは、「偉大なる指導者に一度でも逆らったことに対する正式な謝罪文に署名すること」だった。サイフは謝罪文を用意させていた。それはだれかの手でタイプされ、四人の名前、それぞれの横に点線が付されていた。全員が署名しないかぎり、ひとりも釈放できないといわれた。

「そんなことはしたくなかった」アリーはぼくに語った。「けど、マフムード叔父さんはもう限界に達していて、具合が悪くて、弱っていた。だから心配だった」

二十一年間も残酷かつ不当に収監され続けたあとで、謝罪文に署名しろといわれたら、心が折れても不思議はない。ぼくが何もしなかったとしても、最後には、四人とも刑務所から出られただろう。反体制派がアブサリム刑務所を制圧して、大槌で監房のドアを壊して開けたときに、自由になれたはずだ。しかし、ぼくはぼくで、その時点で知り得た事実にもとづいて行動した。サイフは、謝罪文のことはひとこともいわなかった。もしいったとしても、条件つきの釈放という選択肢を、叔父たちといとこたちからぼくが奪うべきではなかったと思う。にもかかわらず、この新事実を知ったことで、すべてが汚れてしまった。そして、それ以後、叔父たちといとこたちの釈放にぼくが果たした役割について、だれかが感謝したりほめてくれたりするたび、ぼくはすぐに話題を変えるようになった。

フマード叔父は、不思議なことに、若く見えると同時に老いても見えた。長く収監されていたせいで、芝居を愛し将来の計画をあれこれ立てていた若い頃の叔父そのままのようだった。もっとも、これは珍しいことではない。だれの心のなかにも、若い頃の自分が生き続けている。しかし、日々、いろんなことをして生き、大きな争いもなく、大惨事によって物事の進行が妨げられることもなく、新たな感動や発見や影響に絶えず思考を刺激されていると、人はしだいに成長し、スムーズに成熟に向かっているという幻想を抱く。だが叔父の場合、逮捕された時点の若者だった彼と、現時点での彼とが、平行して存在しているかに見えた。ふたりのフマード叔父は決して出会うことのないまま、不協和音のようにひびきあっていた。

フマード伯父は英語が達者で、ぼくと英語で話したがった。叔父は、意識の一部を絶えず周囲の人々に向けているようだった。とてもよく気のつく人だから、社交の場に出るたび、最後には疲れきってしまうにちがいない。ぼくは、よく気がつくという点では叔父の足元にもおよばないが、やはり、人と一緒にいると「自分自身」でいられなくなる。絶えず周囲の人のことを考えてしまう。その人たちを好きな場合は迎合しがちになり、何らかの理由でその人たちに腹を立てている場合は意固地になる。いずれにしても疲れてしまい、自分がどうしたいのかよくわからなくなって、ひとりで過ごせばよかったと後悔するのだが、元来、だれかと一緒にいたいという気持ちが強いうえに、実際、いつもだれかと一緒にいるので、同じことを延々と繰り返している。おそらく、叔父も似たような悩みを抱えていたのではないかと思う。そんなこともあって、叔父には親近感を持っていた。ぼくは叔父の話を聞きたかったし、叔父もぼくに思い出話をしたがっていた。おそらく、ふたりとも、今後一緒に過ごせる時間はあまり多くないと思っていたのだろう。世の中の情勢が変わり、ぼくが頻繁にリビアへ行くことも、あるいは毎年何ヵ月間かリビアで暮らすことも、不可能になってしまうかもしれなかった。

「厳密にいうと」フマード叔父が英語でいった。「ジャーバッラーは義理の兄にあたるが、父親のように思っていた。ずっと年上だからというだけじゃない。憧れの人だったんだ」ぼくを見る叔父の目は、かつてぼくの父を慕っていた男たちの目と同じだった。そのときから、ぼくは彼のことを「フマード叔父さん」ではなく、単に「フマード」と呼ぶようになった。

二十年あまりも刑務所で過ごした四人の親戚については、釈放を求めるキャンペーンを行っていた長い年月、幾度となく彼らの名前を口にし、文字に書いた。何ヵ国もの政府、いくつもの人権擁護団体に、彼らに関する手紙を書き送った。ところが、いざ当人たちと顔を合わせると、自分と彼らのあいだに吹くすきま風に気づかざるを得なかった。四人は、その二十年あまりのあいだ刑務所でどんな人生を送っていたかをぼくに語りたがり、一方ぼくは、同じ期間、どんなに彼らのことを考えていたか、伝えたいと望んでいた。それは、約束を果たし忠誠を尽くしたことの確認でもあったが、彼らの話は事故を生きのびた人たち特有の興奮に彩られ、ぼくの言葉には自由に生きてきたことへの罪悪感がにじんでいた。それは罪悪感であると同時に、そう、ぼくは自由に生きてきたさ、という恥知らずな居直りでもあった。いいかえれば、ぼくたちは話しあうことで、それぞれが下した判断、もちろん思い違いの可能性もあるお互いの判断を非難する結果になったのだ。彼らは、ぼくの父に対する自分たちの忠誠心が揺らいでいないことをぼくに知らせたがった。一方、ぼくは、彼らのことを決して忘れず、できることはすべてやったということを知らせたがった。彼らはまた、ぼくの父のことをどう思っていたかをぼくに伝えたがり、それによって父の死を心情的に受け入れられずにいる事実を認めていた。話したいことは、彼らのほうがぼくよりも多かった。彼らはぼくを暗闇に連れこんで、自分たちが味わった苦しみを伝えようとした。そうすることで、苦しみを耐え忍び、切り抜けたという偉業を、控えめに間接的に強調していた。いったい、苦しみを切り抜ける以上の偉業があるだろうか？　それも、ほぼ無傷で。しかも、彼らは語ることを楽しんでいるように感じられた。刑務所で過ごした年月――これまでの人生の三分の一から二分の一を占める期間――に味わった残酷な恐怖を、心地よい午後にハッカ茶を飲みタバコをふかしてのんびり語ってみせることに喜びを感じていた。「『彼が思いを語る権利を得られるなら、わたしは死んでもかまわない』」とマフムード叔父が引用らしきものを口にするのが聞こえてきた。そのあと、叔父はだれかが何かいうのをさえぎって、大きな声でぼくに話しかけた。「そう思わないか？　ジャーバッラーの息子。いまの言葉を知ってるか？　たしかヴォルテールじゃなかったかな？」そして、叔父はその言葉を嬉しそうに繰り返した。

ベンガジに行く前にアジュダービヤーを訪れ、ふたりきりになったとき、叔父はぼくに、刑務所ではあらゆるひどいことをされたと語った。「殴られ、食事と睡眠を奪われ、体を縛られ、バケツ一杯分のゴキブリを胸の上にぶちまけられた。それはもう、ありとあらゆることをされた。だからもう、あのときより悪いことは起こるはずがない。それに、おれはいつだって自分を見失わなかった。心のなかに、だれのことも愛し、許せる場所を残しておいたんだ」そういう叔父の目はやさしく、口元はほほえんでいた。「その場所をおれから取り上げることは、連中にも決してできなかったんだ」

マフムード叔父の家のリビングで、ぼくは隅の床にフマードと座り、ほかのみんなの邪魔にならないよう、小声で話した。みんなはリビアの現状について話していた。治安の悪さや、武器の激増といったことだ。

「いったいだれが武器を回収するんだろう？」ひとりがたずねる。

「国じゅう、どこの家にも銃があるからな」と別のひとり。

フマードが、アブサリム刑務所での大虐殺について話し始めた。あの大虐殺こそが革命を引き起こしたと考えていたからだろう。森全体を焼きつくす山火事にも必ず発火点があるように、二〇一一年の革命にも明確な始まりがあった。それは驚くべき始まりだと、その時点でぼくたちは感じた。しかし、フマードがそこでその話を始めたのにはもうひとつ理由があったような気がする。それは、ぼくの父がまったく目撃されなくなったのが、アブサリム刑務所での大虐殺以降だからだ。フマードは、父があの大虐殺で死んだと思っているんだろうか？　そんなことをたずねるべきではないと考えたものの、次の瞬間、「父はあそこで死んだのかな？」と口にしていた。

「それは神のみが知ることだ」フマードはいった。

「そうだね」ぼくは努めておだやかに相槌をうった。この季節の、川や湖の貯水量のことでも話しているみたいに。「けど、個人的にはどう思う？」

「神のみが知ることだ」フマードは繰り返した。「投獄された当初は、ジャーバッラーの声が聞こえてきたし、ジャーバッラーと話すこともできた。そう遠くない房に入れられていたんだ。しかし、遠くの房に移されてからは、接触できなくなった。ときおり、手紙のやりとりをした程度だ」

ぼくは、話題を変えなくてはと思い、フマードに子どもたちは元気かたずねた。それと、いま、祖父のハミードの古い家に住んでいるというのはほんとうかい？　と。

「ほんとうさ」フマードはにっと笑った。「だが、おまえが覚えているのとは違っている。かなり手を入れたんだ。ぜひ、遊びに来てくれ」

「そうするよ」

「さて、最初から話させてくれ。あの大虐殺の、何ヵ月か前のことだ」フマードは本題にもどった。「刑務所内で抗議行動が起こった。不満が積もりに積もっていたんだ。受刑者の待遇はいつもひどかったが、そう変わることはなく、ほぼ予測内だった。ところが、一九九五年十一月に十三人の受刑者が脱獄すると、受刑者全体の待遇が極端に悪くなった。

なかでも最悪の刑務官が、一生忘れないが、アル・マグルースというやつだった。そいつが椅子にかけていると、赤ん坊用の粉ミルクの缶にでも座ってるみたいだったし、手にした警棒はつまようじみたいに小さく見えた。それほどの巨体で、しかも筋肉隆々だった。そいつは受刑者を尋問したあと、決まって愚弄した。それが習慣になっていたんだ。受刑者をばかにしたり怒らせたりして楽しみながら、時間をつぶしていた。看守や刑務官といった連中は恐ろしく退屈していて、いつも何かしら楽しみをさがしていたんだ。

あるとき、アル・マグルースはおれを何時間も尋問したあとで、『房にもどりたいか？』ときいてきた。

おまえには信じ難いだろうが、その質問は、おれの耳にとても心地よくひびいた。まるで、家に帰りたいかと聞かれたみたいだった。わかるか？」フマードはぼくの脚を軽くたたいた。「尋問があまりきついんで、房にもどされると、あんなにひどい場所なのに、妻や子どもの待つ家に帰るのと同じくらい嬉しく感じるんだ。そのとき、おれは徹底的に痛めつけられ、ぐったりして、何ヵ所か出血していた。『よし、わかった』とアル・マグルースはいった。『房にもどしてやるが、ひとつだけ条件がある。ジャーバッラー・マタールはのら犬だ、といえ』『しかし、それが何になるんです？』とおれはきいた。『いいから、いえ』とアル・マグルース。

だからいってやった。『いいか、あんたらにへつらう言葉をいうくらいなら、首を切られる言葉をいうほうがましだ』ってな。

同席していた別の刑務官が感心して、『もういいだろう』とアル・マグルースにいったが、あいつは聞かなかった。

だからいってやったんだ。『おれは英雄でも何でもないが、これだけはいっておく。その棒で好きなだけ打てばいいが、おれは絶対にそんなことは口にしない。だいたい、そんなことをいわせて何になる？　何の得にもならないだろう。だがこっちは、そんなことを口にしたら最後、自分がばらばらになっちまうんだ』

ありがたいことに、そこでまたもうひとりの刑務官がやつを止めてくれた。運がよかったよ。あれ以上打たれたら、おれはきっとあの言葉をいっていただろう。何だっていったと思う。

その尋問のあと、マフムードとほかのふたりがおれを見て――」フマードは笑った。「仰天していたよ。おれは体じゅう痣《あざ》だらけだったが、嬉しかった。やっと眠れると思ってな」

ぼくの細胞という細胞がタバコを求めていた。フマードにも勧めて、ふたりともタバコに火をつけた。

「さて、大虐殺の前に何があったか話そう」フマードは煙を吐き出した。「さっきもいったように、もともとひどかった待遇が、脱獄事件のあとはさらに悪くなった。石けん、枕、マットレスといった数少ない贅沢も取り上げられて、コンクリートの床だけが残った。おれたちは幽霊みたいにやせ細った。

そんな地獄の日々が二、三ヵ月続いた頃、新たな受刑者の一団が向かいの房に収監された。その連中にくらべたら、おれたちの待遇は贅沢といってよかった。彼らはベンガジで、武装して、ある駐屯地を乗っ取ろうとして捕まったんだ。そのなかに、ハーリド・アル・バクシーシという男がいた。そいつは尋問中にめちゃくちゃにたたかれて片方の太腿《ふともも》を骨折したが、治療はおろか、鎮痛剤も与えられなかった。うめき声がしきりに聞こえてきた。そのうちに、骨折したほうの脚が腐り始めた。ある日、同房の受刑者たちがドアをたたき続けていると、ようやく看守どもがやってきて、バクシーシをおれたちの翼の横の中庭に連れ出した。ほっとしたよ。病院に連れていくんだろうと思ったから。やつの、しなびて細くなった片脚が見えた。信じられないことに、体の後ろにロープみたいにぶらさがっていた。ところが、そのあと、看守たちはどうしたと思う？　バクシーシを中庭のまん中に転がして、ホースで水をかけ、それから蹴飛ばして房にもどしたんだ。その晩はうめき声も聞こえなかった。翌朝、バクシーシは死んだと、同房の受刑者たちから聞かされた。

その向かいの九番房にいた受刑者たちが、看守どもに反旗を翻したんだ。あの日のことはよく覚えているよ。あれは金曜日、一九九六年六月二十八日の金曜日だった。午後の祈りが終わるとすぐ、叫び声と、乱闘の音と、銃声が聞こえた。何が起こったかというと、看守どもが九番房のドアを開けて食事を入れたとたん、受刑者たちが飛びかかったんだ。そして銃と鍵を奪い、刑務所じゅうの受刑者を房から出した。おれたちは廊下に集まったが、次にどうしたらいいかよくわからなかった。上階にいた看守が発砲を始めた。受刑者が何人か殺され、何人かがけがを負った。おれたちは房にもどって隠れた。ときどき危険を冒して、隣の房へ、また隣の房へと走った。膠着状態が何時間も続いた。

やがて不思議なことが起こった。信じてもらえないだろうが、わが子の命にかけて、これはほんとうだ。受刑者のひとりが殺されたが、そいつの体は生きていたときとまったく同じだった。頬が少し青白くなっただけで、あとは変わらなかった。そして、麝香《じゃこう》のようなにおいがした。刑務所には麝香なんてないのに。一方、同じ頃に死んだ看守の顔は黒ずみ、体は風船みたいにふくらんで、ものすごく臭くなった。あれには驚いた。

日暮れになると、看守のひとりが大声で交渉を切り出した。おれたち受刑者に降参させようとして水道の本管を止めていたんだが、水を出してやるから、各翼からひとりずつ交渉人を出せ、といってきたんだ。おれたちは代表を選んで送り出した。彼らは長いこと行ったきりだったが、もどってきたときには、カダフィ政権の長老三人につきそわれていた。その三人とは、諜報機関の長官でカダフィの義理の兄弟のアブドゥラー・セヌースィー、同じく諜報機関幹部のアブドゥラー・マンスール、刑務所長官でカダフィの第一夫人の兄弟のハイリー・ハーリドだった。三人とも重要人物だが、いちばん地位が高いのはアブドゥラー・セヌースィーだった。やつはとても親切で、こうきいてきた。『いったいどうしたというんだ？何をそんなに怒っている？』

そこで、おれたちは説明した。耐え難いほどひどい扱いを受けている、こんなふうに生きているくらいなら死んだほうがましだ、と。『人権が聞いてあきれる。家畜なみの権利もありゃしない。家畜は、少なくともえさと水を与えられるし、ぶたれることもない。だが、われわれは食事も水もろくに与えられず、病気になっても治療を受けられず、死を待つばかりだ』と訴えた。
するとセヌースィーはいった。『それがきみたちの要求か？　だとしたら、きわめて理にかなった要求だ。わたしとしては、だれにも相談する必要はない。すぐに要求に応じよう。きみたちの憤りはすべて、過去のものと考えてくれ』
そうしたやりとりのあいだ、セヌースィーは何度もカダフィと連絡をとっていた。携帯電話が鳴ると、セヌースィーは川辺のアシのようにぴんと背をのばして、電話に向かって小声で話しだす。しばらくすると、また電話が鳴り、やつは二歩ほど遠ざかって応答した。『はい、閣下。事態は完全に掌握しております、閣下。はい、間違いなく、そのとおりにいたします。ご安心ください』セヌースィーは電話を切ると、おれたち受刑者全員に房にもどってくれといった。『目が覚めたら、何もかも変わっているのに気づくだろう』と。
おれたちは、法曹界の高位の人物と外国の大使、数名ずつに、この合意の証人になってもらいたいと要求した。するとセヌースィーはいった。『われわれは政府であり、きみたちは受刑者だ。われわれはその気になれば、今夜にでもここに戦闘機を送りこんで、受刑者・看守もろとも刑務所を爆撃することもできる。きみたちを恐れてもいなければ、きみたちに同情もしていない。しかし、人道的見地と親切心から、きみたちと交渉することに決めたのだ』そして少しすると、大きな声でおれたちに呼びかけた。『さあ、われわれの善意を証明するため、最も医療を必要としている受刑者を百二十人、引き渡してくれ。その者たちを、わたし自身の手でサラーフ・ディーン病院に運ぼう』
この最後の約束に、おれたちはものすごくひかれた。それでも、交渉に応じるべきか否かで意見が分かれた。セヌースィーはさらに、廊下の向こうから大声でいった。『迷っている時間があったら、病人とけが人を集めろ。われわれは、死者も運び出して埋葬する。明日には、新たな看守のチームと、しかるべき食事、しかるべき待遇を約束する。目覚めたら、五つ星ホテルにいるのかと錯覚するはずだ』

受刑者たちは言い争った。空気が恐ろしくはりつめていた。数人が叫んだ。『最良の事態を期待して、百二十人を選ぼうじゃないか。各翼から三十人ずつだ』

おれたちの翼から選ばれた三十人のなかには、兄のアフマドと、おまえのいとこのアリー、サーレハ、ジャーバッラー伯父さんのグループからふたり、そしてマフムードとおれが入っていた。選ばれた者のだれひとり、その夜は眠れなかった。

夜明け前の、まだ空が白みもしないうちに、おれたち百二十人は歩かされ、広い庭に出された。目を疑ったよ。そこには兵士が、何列にも並んで立っていたんだ。みな戦闘服を着ていて、射撃位置についている者もいた。とにかくすごい人数で、リビア陸軍がそっくりやってきたみたいだった。連中が到着した物音になんで気づかなかったんだろう、と不思議でたまらなかった。看守たちが、死んだ受刑者を手押し車に載せて運んで、巨大なゴミ箱に捨てていた。おれたちはいわゆる『イスラエル式手錠』をかけられた。実際にイスラエルで製造されていたものだ。最新の設計で、細いプラスティックのワイヤーでできていて、ちょっとでも抵抗するとよけいにきつく締まる。手首より頭が痛くなるんだ。

全員が、何台かの大きなバスに乗せられた。おれは窓際の席に座った。外に、男がひとりいるのが見えた。だれだかわからないが、服装と、ほかの数人がつき従っている様子から、責任者だとわかった。その男がおれのいるバスに乗ってきて、大声で『アジュダービヤーのグループの者はいるか?』とたずねた。

そのバスには、アリーと、おれのすぐ前にもうひとり、アジュダービヤー出身の男が乗っていた。おれはその男に小声で、名乗り出よう、といった。『だめだ』とその男は拒んだ。役人が繰り返していった。『アジュダービヤー出身の、一九九〇年に反逆罪で逮捕された者は名乗り出ろ』

おれは手をあげた。『ほかにだれがいる?』と役人がおれにきいた。

おれはアリーを指さしたが、もうひとりの男のことはいわなかった。責任を負いたくなかったんだ。

アリーと一緒にバスを降りると、サーレハと、おれの兄のアフマドと、マフムードと、ほかにもふたり、同じグループの人間がそこに集まっていた。おれたちは一列に並ばされ、ひざまずけと命じられた。イスラエル式手錠が手首にくいこんで、手がちぎれそうだった。おれたちはその姿勢のまま、夜が明けるまでそこにいさせられた。やがて、おれたちをひざまずかせた高官の声が後ろから聞こえてきた。部下のひとりに、こいつらの名前を紙に書いて各自のポケットに入れておけ、と命じていた。おれたちはひとりひとり名前をいわされ、部下がそれを紙に書きとめ、たたんで、おれたちのポケットに突っこんだ。もう、おしまいだと思った。ついに消されるときがきたんだと。ところが、そのあと大混乱になった。役人たちはバスに乗っていた受刑者を全員降ろして、おれたちが作業場と呼んでいた納屋のような建物に押しこんだ。だが、おれたちのグループだけは刑務所の建物に連れもどされ、新しい房に閉じこめられた。その直後に、でかい爆発音が聞こえた。続いて、無数の銃声が重なりあって延々とひびいた。拳銃、機関銃、あらゆる武器が使われていて――男たちの叫び声も聞こえた。すべて、あの作業場から聞こえてきた。あとから、ずっとあとから、銃撃に加わった看守に聞いたんだが、その大虐殺は、アブドゥラー・セヌースィーが作業場に手りゅう弾を投げこんだのを合図に始まったらしい。あの爆発音がそうだったんだ。

しかし、それは始まりにすぎなかった。陰鬱な空気と巨大なエネルギーが、刑務所に充満していた。看守たちが房から房へと、名簿を持って走り回り、何百人もの受刑者が集められた。そして手錠をかけられ、六つある中庭へ連れ出された。中庭は屋根がなく、どれも十メートル×四十五メートルほどの広さで、高さ八メートルほどの建物に囲まれていた。中庭は六つとも、受刑者でいっぱいになった。そして、兵士と看守が周囲の建物の屋上に散らばり、銃撃が始まった」

「なぜそれがわかった？　見たの？」ぼくはたずねた。

「この目では見ていないが、中庭を見下ろす房にいた受刑者たちが見ていたんだ。それと、その場にいた看守の何人かが、何があったのか、あとから教えてくれた。だが、そのときも、聞いているだけで全部わかった。銃撃は二時間続いた」

ぼくはいった。「そのときのことを、頭をドリルでえぐられているようだったと表現した男がいた」

「そのとおりだ」とフマード。「しかし、最悪なのは叫び声だった。機関銃の掃射がやむと、はっきり聞こえたんだ。それから散発的に拳銃の音がした。とどめの一撃というやつだろう。

死体は四日間、放置された。しまいにはひどくにおって、受刑者の多くが吐いた」

ぼくの頭はめまぐるしく働いた。その恐ろしい悪夢のなかに、父の姿が浮かんでは消えた。地面に倒れている父の足の一部が見え、それからじっと動かない足首が見えた。周囲を人が歩きまわるので、砂ぼこりをかぶっている。父の、しわがたくさんある閉じかけの掌《てのひら》。静かな強さを感じさせる胴。そして一瞬、顔も見えた。表情は読めなかった。悲しみと、極度の疲労と、限りない同情。悲しみは死者だけでなく、犯罪者にも向けられているかのようだ。それらすべてに加えて、二度とぼくたちに会うことはないだろうという、決定的で悲嘆に満ちた理解。ぼくは激しいめまいを感じた。あたかも、川の両岸に父と向かいあって立っているうちに、川幅がどんどん広がって大洋のようになってしまったかのようだった。

フマードがいう。「しだいに、看守どもがその日のことを話すようになった。きっと話したかったんだろう。一部始終を見ていたからな。とくに、おれたちアジュダービヤー組に起こったことに興味を持っていた。どうやって難を逃れたかということに。『おまえたちは真っ先に連れ出された一団のなかにいたのに、いったいどうやって生きのびたんだ？』看守たちはそういって笑った。珍奇なものを見て笑うみたいにな。

おれは毎日、あの仲間のことを考える。バスで、おれの前に座っていた男のことを」

遺体は、その場に掘られた浅い大きな墓に埋められたという。そして、何ヵ月もたってから掘り出された。遺骨は砕かれ、粉にされて、海にまかれた。

22　パティオ

またハッカ茶が出て、ぼくはもう一本、タバコに火をつけた。吸いすぎだ。肺の内側がニコチンに覆われているのがわかるようだ。マフムード叔父がフマードに、ヒシャームをひとりじめするなという意味のことをいうと、フマードはにやっと笑った。ふたりは遠慮のない仲らしい。それはサーレハにも感じた。二十年あまり前、叔父ふたりとアリー、サーレハは逮捕されて、それぞれ独房に入れられたが、しばらくすると四人とも同じ房に移された。だから、こうして部屋のこちら側とあちら側にふたりずつぐらいに分かれて静かに話すことに、きっと慣れているのだろう。それで思い出したが、カイロでアリーに会ったとき、いま一緒にいることをマフムード叔父に電話して知らせよう、ということになった。ぼくが電話をかけて、叔父と少し話してからアリーに替わったのだが、アリーが叔父にずけずけとものをいうのでびっくりした。「ひどいじゃないか。ずいぶん会ってないのに、電話一本くれないなんて」そう責めるようにいったあと、冗談だよ、というふうに笑うのかと思ったら、しかめ面のまま、「それじゃ、会えるときになったら会おう」といって、電話を切ったのだ。ふたりはほんとうに仲がいいんだな、と思った。相手に腹を立てたら立てたで、そのままでいられる。同じ部屋で暮らしていると、それができる。一方、どんなことも起こりうる世界、いったん溝ができるとどんどん広がってしまう世界では、できるだけ早く関係を修復しないといけない。アリーたちのように、手を組むことも拒むこともできて互いに気を使わなくてもいいという親密さは珍しく、好奇心をそそられた。互いを失うんじゃないかという心配など、まるでしていないみたいだった。ぼくたちは、たぶん、相手を失うのが怖いから、つながっていられるのだ。しかし、それとはつながり方の種類が違う。アリーたちのような関係をうらやましく思ったのを覚えている。

「話したいことがたくさんありすぎる」フマードがそういって、ほほえんだ。

「全部聞きたいよ」とぼく。

「おれが詩人になったことは、だれかから聞いたか?」

「いや、聞いてない」

「そうか。だが、ここにいる無知なバカどもと違って」フマードはわざと、マフムード叔父やほかの人たちにも聞こえるくらいの声でいった。「おれは英語で詩を書いたんだ」

「こいつは昔から外国人みたいだったからな」とマフムード叔父。

「英語でしか思い浮かばなかった」とフマード。「ただ、刑務所では頭に浮かんだが、いまではひとつも覚えてない」

「書いておかなかったの?」ぼくはたずねた。

「書きとめることはいっさい、禁じられていたんだ。おまえの父さんからすばらしい手紙をもらったが、読んだらすぐに燃やすか、破いてトイレに流すかしたよ。持っているのを見つかったら、自分も、手紙を書いた人間も、一日、地獄を味わうことになるからな」

溺れかけているような気分だった。リビアでは、どこへ行っても父の話題が出る。

「父さんは、手紙にどんなことを書いてよこした?」ぼくはたずねた。

「よく覚えてる手紙がある。忘れちゃいけないのは、そういう手紙が、房と房をつなぐ長く入り組んだ秘密のルートを経由して届いたってことだ。ときには、意図した相手に届かないうちに、処分しなきゃならないこともあった」

「紙とペンはどこで手に入れたの?」

「そういうものを受刑者に売って、見て見ぬふりをしてくれる看守が、必ずいるのさ。あるとき、ジャーバッラーが長いあいだ沈黙したことがある。おれたちは心配になった。それで手紙を書いたら、数週間後に返事が届いた。いまでも覚えてるよ。『心配するな。わたしは大丈夫だ。わたしは山のごとく、嵐が通り過ぎても変わらず、消えもしない』とあった」

心がすっと熱を失った。といっても、関心を失ったのではない。文字通り体のなかが震えて、なすすべがなかったのだ。フマードには絶対いうつもりはなかったが、ぼくはひそかに思い出していた。父が、テープに録音して送ってよこしたメッセージのなかで本心を明かし、最後に泣き声をもらして、それを消去しなかったことを。ゆるぎない父と、絶望している父、ふたりが並んで座っているようで、なんともやりきれない気持ちだった。トンネルのなかで迷子になったような、みじめな閉塞感に襲われた。そしてふたたび、テレマコスの言葉を思い出した。

せめて、父には幸せに

自分の家で老いていってほしい
しかし、人知れぬ死と沈黙が、
父の運命なのか……

長年、忠実な友のように感じていたなじみの一節が、初めて別の、それまで以上に広い意味を帯びて迫ってきた。それはオデュッセウスについて述べていると同時に、テレマコス自身についても述べていた。父親のことであると同時に、息子のことでもあった。父親に、人生の残りの日々を自宅で、安らかに尊厳をもって過ごしてほしいという息子の願いであると同時に、ついに父親を家に残して、前を向き、世界に旅立っていけたらどんなにいいかという、息子の願いでもあった。オデュッセウスが行方不明であるかぎり、テレマコスは家を離れられない。オデュッセウスが家にいないということは、どこにいても不思議ではないということなのだ。


「詩といえば」マフムード叔父がいった。「ちょっと見せたいものがある」

叔父は立ち上がると、ぼくを連れて戸棚の前まで行った。そして引出しを開けると、たたんだ白い麻布を取り出した。元は枕カバーだったらしい。とても薄くて、向こうが透けて見えるほどだ。叔父はそれを広げた。

「盗んだんだ」といって、にっと笑う。「そして糸を抜いて、平らな布にした」

裏にも表にも、びっしりと文字が書いてある。まるで、複雑な模様が描かれた羊皮紙のようだった。マフムード叔父は、書いてあることをぼくに読んで聞かせてくれた。それらは、数年間にわたって、叔父が自分の子どもたちに向けて書きつづった詩や手紙だった。細い線でひとつひとつが仕切られていて、人体の解剖図にも似ていた。腎臓の形におさまっている手紙や、片肺いっぱいに綴られた手紙。それらのすきまを詩が埋めている。

「あれだけの年月のあいだに、書き残せたのはこれだけだった」とマフムード叔父。「アブサリム刑務所のなかで書かれた無数の本のうち、ただひとつ、生き残った作品かもしれないぞ」そういって、笑った。

叔父は、その布を細くたたんで下着の腰の部分に縫いつけておいたので、持ち帰れたそうだ。

そのあと、みんなで昼食をとった。ぼくは疲れていて、元気がなかった。きっと眠そうに見えたのだろう、マフムード叔父が、イッゾの部屋で昼寝をしてこい、としきりに勧めてくれた。死んだいとこのベッドに寝るのは、妙な気分だった。どちらの壁にもイッゾの写真が飾ってある。体の下にあるマットレスが、なんだか気になった。

昼寝から覚めてキッチンに行くと、ザイナブ叔母がいた。ちょうど、リビアの家庭が眠ってもいないし完全に目覚めてもいない、午後の時間帯だった。通り全体、いや世界全体ががらんとしているように感じられる時間帯でもある。キッチンからパティオに出るドアが開いていた。まだ日差しは強いが、盛りは過ぎている。床にいびつな三角形に広がっている日だまりをのぞけば、キッチンは妙に薄暗く、しんとしていて、見捨てられた場所のようだった。パティオには、ホースで水がまいてあった。おそらくハミードがまいたのだろう。水は蒸発しているが、タイルはまだ濃い色をしている。キッチンにも涼しいそよ風が入ってくる。ザイナブ叔母がぼくを見て、にっこりした。

「手伝ってくれるの？」叔母は生地を練りながらいった。生地をふたつに折るたび、小さな泡のはじける音がする。「そのボウルを取ってちょうだい」

ボウルは、とても薄いアルミでできていて、地球の下から三分の一を水平に切り取ったような、完璧な形をしている。そして空気みたいに軽い。叔母はそれを逆さにして、火の上に置くと、見られているのを知っている腕のいい料理人ならではの、楽しそうで誇らしそうな手つきで生地をのばしていった。

それから、指に水をつけてボウルにそっとたらすと、ジュッと音がした。叔母は生地をさらに薄くのばして、ボウルの球面にぱっと落とした。生地が熱で縮まり、それからゆっくりふくらみだす。

「昼寝はどうだった？」と叔母。

イッゾの部屋で彼の枕に頭を載せて寝るのは妙な気分だったが、それにはふれないことにした。また、ほんの二十分ほどの昼寝だったにもかかわらず、何時間分にも思えるような生々しい夢を見たことも、いわずにおいた。その夢には、実際にテレビで放送された、ベンガジ出身の反体制派の人物のインタビューも出てきた。ベンガジが解放されてすぐ、ぼくはそのインタビューをテレビで見たのだ。その男が印象深かったのは、自分とちょうど同い年だったのと、その日、世間が祝賀ムードに沸いていたにもかかわらず、あまり嬉しそうではなかったからだ。その男はいった。「この場を借りて、おわびを申し上げたい。戦わなければならない若者のみなさんに、自分の世代を代表しておわびします。もっと早く、われわれが戦うべきだった……。そうすれば、いま、こんなふうに、若者たちが死んでいかなくてもよかったのです」夢のなかで、その男はイッゾに変わり、子どもたちに囲まれていた。子どもたちのなかには、笑ったり、カメラに向かって変な顔をしてみせたりしている子もいた。だが、ぼくは、その夢の話はいっさい、ザイナブ叔母にはしなかった。ただ、「よく眠れたよ」とだけいった。それはほんとうのことだった。

「ベッドの寝心地はよかった？」

「うん、とても」

「あれはイッゾのベッドなのよ」

叔母は生地を何度も裏返した。やがて、生地の両面が黄金色になった。キッチンには、あたたかい肌のようなにおいが漂っている。叔母がぼくに、デーツのシロップが入った容器を渡してよこした。ぼくは、そのとろりとした黒い液体を白い小さな鉢に少し注いだ。外から、マフムード叔父と子どもたちの声が聞こえてくる。ぼくは五、六個のグラスにヨーグルトミルクを満たすと、シロップと一緒にトレーに載せて、パティオに運んだ。

訳者あとがき

「リビアには、もう何も与えたくない。すでに多くのものを奪われたから」「故国と決別することも故国にもどることもできない者は、どうすればいい？」――悲痛な心の叫びとともに、ヒシャーム・マタールの回想録『帰還――父と息子を分かつ国』（原題 *The Return: Fathers, sons and the land in between*）は始まる。

二〇一〇年にチュニジアで始まった民主化を求める抗議運動は、翌年、隣国のリビアにも波及した。リビアではカダフィ政権による独裁政治が四〇年以上も続いていたが、半年におよぶ内戦の末、二〇一一年八月、NATO軍の支援を受けた反体制派が首都トリポリを制圧した。そして二ヵ月後の十月、潜伏中のカダフィは拘束され、銃弾を受けて死亡、反体制派の国民評議会がリビア全土の解放を宣言した。

ニュース映像で、抵抗も虚しく、腰が抜けたような姿で拘束されるカダフィの姿を目にしたとき、真っ先に頭をよぎったのは、「これでようやく、ヒシャーム・マタールは父親に再会できるかもしれない」ということだった。二〇〇七年にマタールのデビュー小説『リビアの小さな赤い実』を翻訳した際、インタビュー記事等で、彼の父親が一九九〇年に拉致され、投獄されて拷問を受けたこと、一九九五年以降消息が途絶えていることを読んでいたからだ。

ここで、リビアの現代史を振り返りながら、ヒシャーム・マタールの一家に起こったことをたどってみたい。リビアは一九一二年からイタリアの支配下にあったが、第二次世界大戦後の一九五一年、イドリース国王率いる連合王国として独立を果たした。ところが、一九六九年、二十七歳の陸軍大尉、ムアンマル・アル・カダフィが、同志の将校たちと共謀してクーデターを起こし、首都トリポリの王宮、放送局、政府関係施設等を占拠して、外遊中だったイドリース国王を退位させた。そして、自ら大佐に昇格し、革命評議会の議長に就任して共和国化を推し進めた。七三年には「人民革命」を宣言、イスラームの教えにもとづく社会建設をめざして、大規模な焚書を行ったほか、多くの文化人や政治家を公職から追放した。七六年には、いわゆるジャマーヒーリーヤ体制を確立した。表向きは「直接民主主義体制」を標榜していたが、その実態はピラミッド構造で、あらゆる決定権が「革命指導者」であるカダフィ大佐に集中していた。

この事態を憂慮した人々が反体制運動を始めると、カダフィ政権は彼らを容赦なく逮捕、尋問、処刑した。『リビアの小さな赤い実』にも、残酷きわまりない公開処刑の場面が出てくる。ヒシャーム・マタールの父親、ジャーバッラーは、貿易で得た私財を投じて反体制組織を率いていたが、身に迫る危険を察知し、国外から運動を立て直そうと考えて、一九七九年、家族ともどもリビアを離れた。このとき、次男のヒシャームは八歳だった。そして翌年、一家はエジプトのカイロに居を定めた。

一九八〇年代、リビアは、航空機の爆破など、国際的なテロ事件を相次いで起こした。そのため、八六年にアメリカがトリポリとベンガジを空爆、九二年には国連安全保障理事会が対リビア制裁決議を採択し、リビアは政治的・経済的に孤立した。

一九九〇年、ヒシャームと兄のジヤードがロンドンの大学で学んでいたときに、父親がカイロの自宅から、エジプトの秘密警察によって拉致された。その後三年間、エジプト当局はヒシャームたち家族に、父親はカイロ郊外のどこかに監禁されていると信じこませていた。そして、「もし釈放を求める運動をしたり、彼らいわく、『騒ぎたて』たりしたなら、『状況はよけい悪くなる』と繰り返し警告してきた」。ところが、一九九三年、獄中の父親から協力者を介して手紙が届き、実際にはトリポリの、「カダフィ政権が忘れてしまいたい人物を放りこむ」ことで有名な、アブサリム刑務所にいるとわかったのだ。手紙は全部で三通届いたが、一九九五年を最後に途絶えた。

ヒシャームは、消息の知れない父親を思って苦悩し続けた。その心情が、『帰還』の随所に率直に吐露されている。

……父はぼくにとって常に「独立心」そのものだった。そのことと、父の行方がいまだにわからないことがあいまって、ぼく自身の独立心がややこしいものになった。男子が独立するためには、反抗すべき父親が必要だ。だが、父親が死んだのか生きているのかもわからず、幽霊のような存在では、独立心も弱まる。（四二頁）

父の身に起こったかもしれないことを考えると、足元に深い穴があくような感覚に襲われる。ぼくはその穴に落ちかけて壁にしがみついている。（五五頁）

一九九六年、アブサリム刑務所の中庭で受刑者千二百七十人が虐殺されるという、おぞましい事件が起こった（この事実をカダフィ政権が認めたのは、二〇〇四年になってから）。ヒシャームの父、ジャーバッラー・マタールがその犠牲者のひとりだったかどうかは、わからなかった。

二〇〇〇年前後から、カダフィ政権は外交面で融和路線に転じた。過去のテロ事件の容疑者の引き渡しや被害者への補償金の支払いに応じ、二〇〇三年には「大量破壊兵器の破棄」を宣言した。これを受けて、アメリカはリビアを「テロ支援国家」のリストから外し、両国の関係は正常化に向かう。イギリスのブレア首相が二〇〇四年にリビアを訪問し、以後、リビアの資本がイギリスに流入したことも、本書でふれられている。しかし、リビア国内における反体制派への弾圧は続いた。

二〇〇九年に、ヒシャーム・マタールは一本の電話を受けた。元政治犯の男性からで、「二〇〇二年にリビアのある刑務所で父上を見かけた」とのことだった。その瞬間からヒシャームは、父親の消息究明を求める運動（キャンペーン）に邁進する。複数の人権擁護団体、ジャーナリスト、作家、友人らの支援を受けて、イギリス議会に働きかけ、在リビア英国大使から定期的にリビア政府に抗議の申し入れをするとの言質を得る。父親の失踪に関する記事が、新聞等のメディアに次々と掲載された。ヒシャームも数多くのインタビューに応じ、ついには、カダフィの次男で改革派として知られるサイフ・アル・イスラームと直接会って、父親の消息究明と、同時期に逮捕、収監された四人の親戚の釈放を求める。

本書は、ヒシャーム・マタールが故国リビアに「帰還」した旅の記録であると同時に、そこへ至るまでの家族の歴史と、彼自身の心の軌跡を綴った作品である。ノンフィクションでありながら、ときに抒情的に、ときにシニカルに、ときに激しい憤りをこめて語られるストーリーは、美しい情景描写やリアルな人物描写ともあいまって、まるで小説のようでもある。

印象深い場面がたくさんある。たとえば、十代の頃の親友と、大人になってからロンドンの通りでばったり会って、再会を喜び、電話番号を交換するものの、立場の違いから、お互い決して連絡をとることはないだろうと思って別れる場面。「聖ラウレンティウスの殉教」「皇帝マクシミリアンの処刑」といった絵画にのせて語られる心情や、建築学を専攻した作者ならではの、建築物や街並みに関する考察も興味深い。イタリアの支配に対する抵抗運動に身を投じていた、祖父ハミードのエピソードも印象的だ。故国への旅のあいだ、マタールは様々に心を乱され、不眠に陥ったりもするが、そんな彼をあたたかく迎え入れてくれる人が大勢いたことにほっとさせられる。図書館でのイベントに、昔、彼の父親と一緒に発行していた同人誌を持って訪れる老人、彼の母親から受けた恩に対して深い感謝と敬意を表明する男性、そして、父親の故郷で彼を出迎え、手を握ってくれる、父親にそっくりの目をしたおばたち……。

ヒシャーム・マタールがリビアに帰還した二〇一二年の三月頃は、「正義と民主主義と法の支配にもう少しで手が届きそうな、貴重な期間」だったが、その後、リビアは苦難の道をたどる。同年七月に六十年ぶりの選挙が行われ、暫定政権が発足したものの、二〇一四年には各地でイスラーム系武装勢力が台頭し、政府は実効支配権を失って、東部の港湾都市トブルクに退却した。一方、新たに首都トリポリを掌握したイスラーム勢力は、独自の政府・議会を設立した。その結果、国際社会から認められた「トブルク政府」と、トルコやカタールの支援を受ける「トリポリ政府」とが並立する事態となった。加えて、各地の部族が結成した民兵組織が乱立、ＩＳやアルカイダといったイスラーム過激派も力をのばし、トリポリを始め各地で戦闘が頻発して、混乱をきわめた。地中海沿岸に位置するリビアは、アフリカ各地からの難民のヨーロッパへの出発地にもなっているため、治安が悪化すると、難民たちも危険にさらされる。二〇一八年十二月には、国際社会の仲介で大統領選挙が行われることになっているが、予定通り行うのは困難との見方も強まっている。

ちなみに、本書の後半に強烈な印象を残すサイフ・アル・イスラームは、二〇一一年十一月から西部の町ジンタンの民兵組織に囚われていて、二〇一五年にはトリポリの裁判所で死刑を宣告されたが、二〇一七年に恩赦となり、釈放された。一方、オランダのハーグにある国際刑事裁判所は、「人道に対する罪」で彼に逮捕状を発行し、身柄の引き渡しを求めているが、リビア政府はこれに応じていない。

『帰還』は、二〇一七年のピューリッツァー賞（伝記部門）ほか、数多くの文学賞を受賞した。二〇一八年七月には、オバマ前米大統領が、退任後初のアフリカ旅行を前に、「この夏、お薦めの本」の一冊にあげて、話題になった。ナイジェリア出身の女性作家、チママンダ・アディーチェは本作について、「心を動かされ、涙した。愛と故郷について教えられた」と述べ、カズオ・イシグロも「引き裂かれた家族をめぐる、不屈の精神に貫かれた感動的な回想録」と称賛している。

最後になりましたが、質問に丁寧にこたえてくださった作者のヒシャーム・マタールさん、作品を表紙に使用することを快諾してくださった写真家のダイアナ・マタールさん、アラビア語のカナ表記やイスラーム文化について助言してくださったアジア・アフリカ語学院の石黒忠昭先生、訳者ふたりに勝るとも劣らない作品愛をもって編集にあたってくださった人文書院の赤瀬智彦さんに、心から感謝を。

二〇一八年十月

金原瑞人・野沢佳織

［著者紹介］

ヒシャーム・マタール

一九七〇年、ニューヨークでリビア人の両親の間に生まれる。幼少年期をトリポリ、カイロで過ごす。一九八六年以降、イギリス在住。二〇〇六年、『リビアの小さな赤い実』（金原瑞人・野沢佳織訳、ポプラ社、原題 *In the Country of Men*）で小説家としてデビュー。自伝的要素の色濃い作品は高い評価を受け、ブッカー賞の最終候補にノミネートされたほか、英国王立文学協会賞など、数々の賞を受けた。その後、二作目の長編小説、『消失の構造』（原題 *Anatomy of a Disappearance*、二〇一一年、未訳）を発表。リビアのカダフィ政権崩壊後に発表した本作 *The Return: Fathers, sons and the land in between* でピューリッツァー賞（伝記部門）を受賞した。

［訳者紹介］

金原瑞人

一九五四年、岡山県生まれ。翻訳家、法政大学社会学部教授。児童文学、ヤングアダルト向けの作品を中心に精力的に海外文学の紹介を行い、訳書は五〇〇冊を超える。書評、エッセイなどでも活躍。訳書に、シアラー『青空の向こう』（求龍堂）、〈パーシー・ジャクソンシリーズ〉（ほるぷ出版）、サリンジャー『このサンドイッチ、マヨネーズ忘れてる／ハプワース16、１９２４年』（新潮社）ほか多数。

野沢佳織

一九六一年、東京都生まれ。翻訳家。訳書にセペティス『凍てつく海のむこうに』『灰色の地平線のかなたに』（ともに岩波書店）のほか、シュヴァリエ『林檎の木から、遠くはなれて』（柏書房）、バーネット『秘密の花園』（西村書店）、ウェストール『遠い日の呼び声』（徳間書店）、金原との共訳書にブラッドベリ『バビロン行きの夜行列車』（ハルキ文庫）、ゲイマン『アメリカン・ゴッズ』（KADOKAWA）など。

帰還——父と息子を分かつ国

二〇一八年一一月二〇日　初版第一刷印刷
二〇一八年一一月三〇日　初版第一刷発行

著　者——ヒシャーム・マタール
訳　者——金原瑞人・野沢佳織
発行者——渡辺博史
発行所——人文書院
〒六一二‐八四四七
京都市伏見区竹田西内畑町九
電話　〇七五（六〇三）一三四四
振替　〇一〇〇〇‐八‐一一〇三
装　幀——間村俊一
印　刷——創栄図書印刷株式会社
©Mizuto Kanehara, Kaori Nozawa, 2018, Printed in Japan
ISBN978-4-409-13041-4　C0097
（落丁・乱丁本は小社郵送料負担にてお取替えいたします）

好評既刊書

J・M・クッツェー著、くぼたのぞみ訳

モラルの話　　四六判上製、160 頁、本体 2,300 円

ノーベル賞作家が、これまで自明とされてきた近代的な価値観の根底を問い、時にシニカルな、時にコミカルな筆致で開く新境地。英語オリジナル版に先駆け贈る、極上の7つの物語。

J・M・クッツェー著、くぼたのぞみ訳

ダスクランズ　　四六判上製、240 頁、本体 2,700 円

ヴェトナム戦争末期、プロパガンダを練るエリート青年。18世紀、南部アフリカで植民地の拡大に携わる白人の男。ふたりに取りつく妄想と狂気を、驚くべき力業で描き取る。

ジャン・ジュネ 著、海老坂武／鵜飼哲訳

恋する虜――パレスチナへの旅　　四六判上製、616 頁、本体 7,000 円

中東戦争の只中に入りこんだ作家の目に映ったものは何か?人が生きるとは何か、戦争とは何か、兵士とは何か、宗教とは?民族とは?パレスチナ問題を抉る、ジュネ最後の大作。

シモーヌ・ド・ボーヴォワール著、井上たか子訳

モスクワの誤解　　四六判上製、172 頁、本体 2,200 円

共産党時代のソ連への旅のなかで、ささいな誤解から生じた老年カップルの危機と和解。男女それぞれの語りが視点を交互に替えて展開される。大きな話題を呼んだ傑作小説。

津島佑子著

笑いオオカミ　　四六判仮フランス装、440 頁、本体 3,400 円+税

父と墓地に暮らす少年は、ある夜、男女の心中を目撃した。数年後、少年は死んだ男の娘を連れて列車の旅に出る。二人の眼に映る、敗戦下の日本とは。柄谷行人解説

星野智幸

星野智幸コレクションⅣ　フロウ　　四六判上製、360 頁、本体 2,400 円

私たちは移民に何を見るのか。私／かれらの境界を突破する「目覚めよと人魚は歌う」「砂の惑星」「チノ」「ハイウェイ・スター」、単行本未収録「人魚の卵」「風の実」等を収録。

表示価格（税抜）は 2018 年 11 月現在